LA MAISON À DROITE DE CELLE DE MA GRAND-MÈRE

Michaël Uras est né en 1977. D'origine sarde, par son père, il a grandi en Saône-et-Loire et est aujourd'hui professeur de lettres modernes dans le Haut-Doubs. Il est l'auteur de quatre romans : *Chercher Proust*, finaliste du Prix de l'inaperçu 2013), *Nos souvenirs flottent dans une mare poisseuse*, *Aux petits mots les grands remèdes* (prix Marcel-Aymé 2017) et *La Maison à droite de celle de ma grand-mère*, dont les droits ont été cédés dans de nombreux pays.

Paru au Livre de Poche :

AUX PETITS MOTS LES GRANDS REMÈDES

CHERCHER PROUST

NOS SOUVENIRS FLOTTENT DANS UNE MARE POISSEUSE

MICHAËL URAS

La Maison à droite de celle de ma grand-mère

ROMAN

PRÉLUDES

Préludes est un département de la Librairie Générale Française.

© Librairie Générale Française, 2018.
ISBN : 978-2-253-26225-1 – 1re publication LGF

Pour Angéla et ses sourires.

De mon village je vois de la terre tout ce qu'on peut voir de l'Univers... C'est pour cela que mon village est aussi grand qu'un autre pays quelconque, parce que je suis de la dimension de ce que je vois et non de la dimension de ma propre taille...

Fernando PESSOA, *Le Gardeur de troupeaux.*

Sur cette mer enchantée – voguant en silence –
Ohé ! Pilote ! Ohé
Connais-tu le rivage
Où ne gronde nulle vague –
Où la tempête a cessé ?

Emily DICKINSON, *Cahiers.*

La maison à droite de celle de ma grand-mère est rouge, celle de gauche est bleue. Celle qui se trouve en face de la porte d'entrée est jaune. La nôtre est verte. Traverser la rue, c'est passer par toutes les nuances du spectre. Une plongée dans l'arc-en-ciel. Rien n'est plus coloré que notre espace vital, rien ne semble plus joyeux que notre village. Sauf que les gens ont les cheveux mal coiffés, les dents mal plantées et les habits usés.

Chaque fois que je reviens, j'ai l'impression, durant un instant, que tout a changé, les mentalités, les habitants, la gamelle du chien devant la porte des voisins. C'est une illusion de courte durée. Rien ne bouge, ici, dans le village. C'est peut-être l'altitude qui empêche le mouvement, je ne sais pas. L'altitude qui raréfie l'air. Il faudrait faire descendre tout le monde dans la vallée pour voir si les choses évoluent. Mais personne ne descend jamais. Comme s'il fallait rester perché, loin des autres, loin de la vie en dehors des murs colorés et dessinés. Parce que notre vieux village a une autre particularité. On dessine sur les murs. Des fresques, des caricatures, des objets, des animaux, rien n'échappe aux pinceaux des artistes. Une sorte de bande dessinée à ciel ouvert, géante, envahissante.

Il était six heures du matin. Le premier bus de la journée venait tout juste de me déposer dans l'artère principale du village. Six heures du matin, l'heure des chiens errants et des voyageurs fraîchement débarqués au port, cinquante minutes plus tôt. Il y avait toujours eu autant de chiens errants que d'habitants, chacun se partageant le temps. La journée pour les humains, la nuit pour les quadrupèdes abandonnés. Il y en avait un ou deux que je reconnaissais, même si mes venues sur l'île se faisaient de plus en plus rares. Il faut être courageux pour revenir là où l'on est né, là où l'on a grandi, et observer les lieux avec un regard d'adulte. Je n'étais pas courageux. Les retours étaient douloureux, l'un après l'autre, ils m'apportaient de plus en plus de souffrance, de moins en moins de plaisir. Je vivais loin de ce petit monde, en France, sans la couleur des maisons, sans les dessins sur les murs et sans les chiens errants. D'ailleurs, l'un d'entre eux s'approcha de moi à ma descente du bus, comme pour sentir si j'avais quelque chose à voir avec ce pays, si j'étais autorisé à en fouler le sol. Il m'accepta en ne me dévorant pas la jambe. Je l'ai déjà dit, mais je ne suis pas vraiment courageux. Pour me protéger, j'avais placé entre l'animal et ma peau la petite valise qui contenait une partie de mon existence. Un peu de France en Sardaigne. Mes vêtements, bien sûr, et le livre dont je préparais une nouvelle traduction depuis plusieurs mois, *Moby Dick*, de Herman Melville. Il y avait aussi les feuillets que j'avais déjà noircis, à grand-peine. J'y tenais bien plus qu'à mes habits parce que je n'avais jamais connu un travail aussi complexe à mener. Une version remaniée par Melville, quelques mois avant sa mort. Un texte que mon éditeur, Carlo, avait dégoté par surprise et dont les spécialistes ignoraient l'existence. Un texte qu'il m'avait confié à moi, traducteur plein d'avenir... future référence en la matière... C'était un grand honneur. Une forme de reconnaissance, selon mes amis. Ce que beaucoup ignoraient, c'est que la mère de l'éditeur était sarde. La raison était là. La vraie. Mais je la taisais, il est bon parfois de garder un certain mystère sur notre personne et sur les événements qui nous font avancer. J'avais dit oui à l'éditeur, sans mesurer la difficulté du travail. Son importance, également. Signer le contrat était si facile, si tentant. Les problèmes viendraient plus tard. Je ne me souvenais plus que le texte de Melville fût si long. Sept cent quarante-deux pages pour la version déjà publiée. Six cent quarante et une pour celle que je devais traduire. Cent pages en moins, je pouvais m'estimer heureux.

Alors, quand le chien s'approcha de la valise, je ressentis une forme d'appréhension pour ma chair, évidemment, mais aussi une terreur toute légitime de voir mon travail anéanti par un chien dont personne ne se souciait sauf moi, pour l'occasion. Heureusement donc, il m'épargna et laissa la valise indemne. Il n'était sans doute pas féru de Melville, ou alors il avait eu peur de s'attaquer au monstre marin. Les chiens ne sont pas plus courageux que les hommes, finalement. Ils se dispersèrent et me laissèrent avancer en direction de la maison de mes parents.

Il n'y avait toujours personne dans la rue quand j'arrivai devant la porte d'entrée. Le village fantôme dormait encore. La serrure était difficile, je ne l'avais jamais connue autrement, comme si la maison demandait un effort particulier à celui qui désirait entrer. Mes parents n'étaient pas présents, ils étaient partis en vacances, à l'autre bout de l'île. Ils me laissaient toujours une clé pour me permettre d'y retourner quand j'en ressentais le besoin. Et ce besoin se faisait de plus en plus rare. Les parents pensent savoir mieux que personne ce que désirent leurs enfants. Ils se trompent, parfois. La maison était froide, les volets, fermés depuis leur départ, avaient empêché l'intrusion du soleil.

Mes parents étaient spéciaux selon nos amis, spéciaux selon la famille, spéciaux selon les villageois, spéciaux pour le monde entier ! Il y a des gens comme ça qui passent une vie côte à côte alors qu'ils étaient faits pour s'ignorer superbement. Rien ne volait entre eux. Mon père était l'incarnation du calme, dans la Grèce antique il aurait pu postuler pour le titre de dieu de l'introspection. Peu de mots avaient l'occasion de sortir de sa bouche. Et, comme cela durait depuis des années, son idiolecte s'était tellement appauvri que le peu de vocables encore disponible avait perdu la direction de la sortie. De temps à autre, un mot la trouvait, mais il semblait ne pas donner l'information aux autres. Quant à ma

14

mère, elle était spécialisée dans les scandales minuscules et les crises hyperboliques. Je ne comptais plus le nombre de fois où elle était partie, laissant mon père seul, les mains dans les poches, triste et désespéré jusqu'à son retour. Ma mère partait s'installer chez ma grand-mère, dans la maison d'en face. Des fuites qui duraient deux ou trois jours, jamais davantage. Il fallait que mon père souffre, c'était son mot d'ordre. Le plus terrible était que ces disputes n'avaient pas vraiment lieu d'être. Elles naissaient souvent dans des situations absolument inoffensives. Un jour, mon père avait renseigné une touriste égarée dans notre village et qui cherchait la direction de la mer. « Il mare », répétait-elle inlassablement en tournant la tête de droite et de gauche. Mon père avait pris cinq minutes pour la renseigner. J'étais adolescent. La touriste était très belle, le regard clair, hâlée comme il fallait, comme les touristes qui maîtrisaient l'influence du soleil sur leur peau. Elle ne faisait pas partie de ceux qui venaient sur notre île pour en repartir rôtis. On mangeait le cochon grillé, pas les étrangers. J'aurais bien embrassé ses bras libérés de manches. J'imaginais même la demander en mariage et l'emmener loin du village pour vivre une histoire d'amour merveilleuse dans une cabane de berger. Pas très loin de la maison familiale, mais juste assez pour éviter d'entendre les cris de ma mère. Je rêvais pendant que mon père tentait de la renseigner dans un anglais qu'il avait remanié pour l'occasion. Une sorte de mélange entre la langue des Beatles et un vieux reste de cours qu'il avait suivis quarante ans plus tôt. Au bout de cinq minutes, il avait opté pour le croquis. Le dessin est universel. Pas les mots. Papa peignait sur les murs des maisons quand on le lui demandait. Des fresques ou des couleurs, simplement. Peintre en bâtiment et artiste cohabitaient dans un même corps. Du bleu, du rouge, du vert, des formes, des personnages, des mots sortaient de ses mains épaisses. Et il fallait qu'elles le soient, épaisses, pour contenir tout ça.

La touriste s'était rapprochée pour mieux voir. Le croquis était net, précis, aussi parfait que la peau de Clara, la touriste, qui avait finalement révélé son nom, éblouie qu'elle était par les talents de cartographe de mon père. Maman, n'ayant pas goûté cette réduction de distance, avait reproché à mon père de ne lui avoir jamais rien dessiné en trente ans de mariage.

« Mario, tu dessines pour une étrangère mais pas pour moi ta femme, Maria, ta femme toujours fidèle. » Ma mère avait la fâcheuse tendance à se prendre pour la femme fidèle parfaite. Pénélope en Sardaigne. Ulysse était bien passé tout près de chez nous, sans s'arrêter. Clara, qui ne comprenait rien aux provocations maternelles, pensait sans doute que maman donnait des conseils à mon père afin qu'il améliore son croquis. Elle lui souriait et je comprenais que la fureur allait débarquer dans notre maison dès que Clara aurait pris la direction de la mer. Elle allait se rafraîchir. Quant à nous, nous nous apprêtions à subir maman. « Mario, tu me déçois, jamais un dessin pour ton épouse. »

16

Elle avait raison. Mon père ne dessinait jamais, ni pour elle ni pour les autres femmes. Et certainement pas pour moi. Il n'était pas du genre à me dessiner un modèle de voiture, une maison ou un soleil lorsque j'étais tout enfant. Je n'avais rien de lui, rien de tangible, seulement ses yeux emplis de désespoir avant la tornade. Le temps va se gâter, disaient-ils, déjà embués. Lorsque nous nous retrouvâmes sans Clara, devenue Chiara dans ma tête, Alba chiara, une perfection lumineuse dorénavant disparue, maman prit la direction du crépuscule. Dans la maison, les portes claquèrent, les mots aussi. Elle prépara sa valise qui, en fait, était toujours prête, au cas où, et s'en alla chez ma grand-mère. Sa fuite, selon ses dires, était définitive. Elle ne reviendrait pas, cette fois-ci. Elle revint le lendemain. « C'est la dernière fois, Mario, tu entends ? » J'avais remarqué que le prénom, Mario, sortait seulement dans les grandes occasions. Il était une marque de solennité, le signe qui devait attirer l'attention de mon père sur la gravité de la situation. Dans tous les autres cas, elle l'appelait papa. Bien sûr, il n'était pas son papa mais son époux. Il était mon papa. Petit, j'avais des doutes sur leurs liens. Il faut dire que ces mélanges onomastiques n'étaient pas évidents à comprendre. Heureusement pour moi, les situations *exceptionnelles* qui sortaient Mario (le prénom) de son absence et de la bouche de ma mère n'étaient pas si *exceptionnelles* que cela.

En entrant chez nous, trente ans plus tard, j'avais l'impression que ses invectives, ses reproches habitaient encore entre ces murs jaunis par ces histoires anciennes. Il était sept heures et, tel un fantôme, je parcourus le long couloir qui m'emmena jusqu'à ma chambre. Au mur, une galerie de portraits de famille. Je ne me souvenais plus de tous ces gens accrochés dans ma maison. Ils devaient être heureux d'avoir un peu de visite dans cette succursale du cimetière. Je n'étais pourtant pas venu pour eux. Je ne manifestai aucune indifférence en traversant le couloir glacé, je les regardai avec une nostalgie feinte, imperceptible par les morts.

J'étais venu pour grand-mère, ma nonna qui, selon le message laissé sur mon téléphone par Gavino, mon oncle, vivait ses derniers instants. Elle avait sombré dans un coma profond. Mes parents devaient arriver dans la journée. Ils étaient partis en « expédition » dans le sud de l'île, en visite chez un vieil ami de mon père, veuf depuis peu. Et, oui, c'était une expédition que de quitter notre village. Ma mère supportait mal le dépaysement (mais quel dépaysement ? Ils ne changeaient pas de pays !) et l'éloignement de sa maison. Comme si les murs allaient s'effondrer sans elle, comme si elle était la charpente de la construction. Elle acceptait la séparation pour faire plaisir à mon père, pour qu'il retrouve un ami d'enfance avec lequel il regarderait, c'était la coutume, leurs photos anciennes. Ils riraient, les deux hommes, pleureraient, aussi, pendant qu'elle s'endormirait sur le canapé. Une preuve d'amour, sans doute.

« Giacomo, ne tarde pas. Les médecins sont formels, la fin est proche. »

J'étais à Marseille, noyé dans ma traduction, aux prises avec *Moby Dick*, quand mon téléphone m'avait alerté. Gavino ne m'appelait jamais. J'avais compris rapidement qu'il se passait quelque chose d'important. Dans chaque famille, l'un des membres tient ce rôle de messager de mauvais augure. Gavino avait réussi le casting haut la main tant sa voix exagérément grave prédisait une fin inéluctable et imminente. La fin de grand-mère, en l'occurrence. J'avais pris le premier bateau disponible, payé un billet hors de prix pour passer la traversée couché sur une banquette au milieu du piano-bar. Un chanteur malheureux (je dis malheureux car on ne pouvait être heureux en pareil endroit) avait enchaîné les titres pendant une heure, la discographie complète de Phil Collins, devant un public apathique, dont je faisais partie. Tout était misérable, le costume, la voix, la bande-son et nous-mêmes. Et Phil Collins, comment pouvait-on créer son tour de chant autour de Phil Collins ? N'y avait-il pas un programmateur pour l'en dissuader ? Personne d'un peu capable et sensé pour lui dire qu'un tel choix nuirait forcément à sa carrière ?

Moby Dick aurait eu une idée bénéfique s'il avait décidé d'attaquer le bateau et le chanteur durant son récital et le public à moitié endormi. Nous serions morts en héros, on nous aurait pleurés du fait de notre misérable sort. Mais le monstre marin était bien au chaud dans ma valise. Décidé à ne pas en sortir. Il ne goûtait sans doute pas au spectacle proposé. Après le concert, le chanteur était venu s'asseoir près de moi. On aura compris que j'attire les autres, les chiens errants comme les chanteurs.

Ma chambre n'avait pas bougé depuis ma dernière visite. Comme une forêt endormie par une sorcière. Une année, presque deux. Le lit était fait. Maman le faisait toujours. On ne savait jamais quand je venais, disait-elle. « Tu me fais penser au facteur, on l'attend, on l'attend et il ne vient pas. Le lendemain, quand on ne l'espère plus, il arrive. On est un peu en colère parce qu'il aurait pu venir plus tôt, mais on ne dit rien, on sourit bêtement, on s'excuse presque de ne pas le recevoir avec assez d'attention… »

Sur mon lit, je reconnus l'exemplaire de *La Conscience de Zeno* que j'avais traduit en anglais. Je l'avais offert à mes parents. Ils étaient fiers de voir mon nom sur des livres, même si c'était dans les pages intérieures et jamais sur la couverture. Maman me retrouvait dans mes traductions, même si elle ne lisait pas l'anglais. Zeno et Giacomo, pour la rime. Pour la maladresse, aussi. Je m'étais souvent reconnu dans le personnage de Svevo. Je m'allongeai sur le lit froid et commençai à lire le début de l'œuvre. Une page, puis deux, puis trois…

La lumière, au plafond, clignotait et m'agaçait. Je voulus faire comme si de rien n'était et poursuivre ma lecture, mais c'était impossible. Le texte apparaissait quelques instants avant de disparaître à intervalles réguliers. On aurait pu tourner une scène d'interrogatoire dans ma chambre. Un prisonnier mal en point face à un flic violent. Un film à petit budget. Après dix minutes de lecture infructueuse, je me décidai à éteindre la lumière. J'ouvris le volet. Le jour entrait discrètement. Je montai sur le lit afin de regarder l'ampoule. Je n'en avais pas de rechange et je ne connaissais rien à l'électricité, mais on fait souvent des choses inutiles pour se donner de l'importance. J'avais remarqué cela chez les gens dont la voiture tombait en panne. Leur premier réflexe était d'ouvrir le capot pour découvrir une mécanique absolument inconnue à leurs yeux. Mais ils regardaient tout de même, imaginant peut-être que la panne allait se manifester à eux : « Je suis là ! Il suffit de déplacer cette pièce et la voiture démarrera. » Malheureusement, rien ne se passait ainsi. Ils retournaient sur le siège conducteur, bredouilles, et appelaient finalement un garagiste.

Debout sur le lit, je voyais le monde différemment. Ma chambre vue d'en haut, un panorama sur les années que j'avais passées ici. Une vie sur une île, à distance de la foule et du mouvement du continent. La solitude, l'âpreté, les rues pavées et les habitants postés devant leur maison. Quand je décidais de me rendre à la bibliothèque, il me fallait traverser l'artère principale du village. Je passais au milieu des regards anciens, les assis, qui ne manifestaient aucun sourire, aucune marque de bienveillance. J'étais comme l'ampoule qui clignotait, on me regardait avec une idée derrière la tête.

Sur l'ampoule de ma chambre, justement, il y avait une petite collection de mouches séchées. Maman était bien trop petite pour atteindre cet endroit, elle qui passait des journées entières à astiquer la maison, à la recherche du moindre grain de poussière. Une universitaire du nettoyage. Je ne lui parlerais pas de ma trouvaille funeste. Un cimetière de mouches. Je passai rapidement un mouchoir sur les corps. Le mouchoir à mouches. Ci-gît, etc., etc.

Pour me donner bonne conscience, je tournai une ou deux fois l'ampoule. L'opération ne calma pas le toc lumineux. Tant pis, la lumière du jour suffirait. Je repris ma lecture, satisfait de retrouver Zeno, mon Zeno, avec qui j'avais passé de longs mois, à Marseille. Nous formions un couple équilibré. Lui et ses cigarettes, moi et ma peur d'échouer. Une peur dont je ne me défaisais jamais, une part de mon être profond, sans doute.

Dans le couloir, les fantômes sur le mur dormaient paisiblement. Ils n'étaient plus seuls.

*

— Vous êtes sarde ?

— Euh… oui, je ne sais plus. C'est compliqué.

— Comment ça ? Vous ne savez plus ? Vous êtes drôle.

— Je suis né sur l'île mais je n'y vis plus depuis bien longtemps. J'en avais assez. Drôle, moi ? Et vous, vous êtes sarde ?

— Non, je suis de Rome.

— Génial.

— Si vous le dites.

— Rome est une ville magnifique.

— Vous connaissez ?

— Non, je n'y ai jamais mis les pieds.

— Vous devriez. C'est très beau, effectivement. Votre téléphone sonne, je crois.

— Ce n'est rien, une erreur, probablement. Je n'attends pas d'appel. Pas trop compliqué de chanter sur un bateau ?

— On se fait à tout, vous savez. Au départ, ma voix suivait les mouvements du navire. Autant dire que le spectacle était médiocre. À présent, je me suis fait à cette surface mouvante. Ma voix est plus posée, plus agréable à l'écoute.

— Effectivement, je la trouve très agréable.

— Vous avez écouté, vraiment ? Soyez franc, n'hésitez pas à me dire.

— Le début, oui. Je suis fatigué en ce moment, ma concentration est défectueuse. J'ai fini par m'assoupir.

— Vous savez, en général, personne ne m'écoute. Les gens ont mieux à faire. Dormir, par exemple. Parler, manger. Je suis comme une bouteille d'huile sur la table d'un restaurant, on ne me voit que si l'on en ressent le besoin.

— Vous êtes dur avec vous-même, je trouve.

— C'est la vérité. Dix ans que je chante sur cette scène. Je me suis spécialisé dans la discographie de Phil Collins, un artiste majeur, essentiel, même. Et vous, quelle est votre profession ? Ne me dites pas producteur de musique ou imprésario, sinon je saute par-dessus bord... après ce que je viens de vous raconter... Vous ne risquez pas de m'offrir un contrat en or, une tournée mondiale...

— Aucun risque !

— Vous êtes drôle, franchement. L'humour est une qualité rare. Quand je chante devant des passagers endormis, allongés maladroitement sur les banquettes courbes, sans chaussures, les chaussettes trouées, l'humour me permet de tenir le coup ! Vous avez remarqué les banquettes courbes ? Elles ont été dessinées pour que les gens dorment mal ! Ils trouvent le sommeil difficilement, se réveillent pleins de courbatures et reviennent pourtant chaque année sur ces bateaux ! Mais revenons à vous (j'ai le défaut des artistes, il faut toujours parler de moi), quelle est votre profession ?

— Je suis traducteur.

— De romans ?

— Oui, je traduis essentiellement la littérature anglaise vers le français. Il m'arrive également de traduire de l'italien vers le français. C'est selon.

— Selon l'offre ?

— Tout à fait.

— En fait, vous recopiez des textes dans une autre langue.

— Si l'on veut.

— Vous dites la même chose que les écrivains mais dans la langue que l'on vous impose.

— Je dis presque la même chose.

— Presque.

— Tout est dans le presque. Je suis l'homme du presque. Quasi.

24

— Et moi, je suis presque une vedette… Que traduisez-vous en ce moment, si je ne suis pas trop indiscret ?

— Je travaille sur une version inédite de *Moby Dick*, vous connaissez ?

— Le monstre marin ?

— Oui !

— Quand on travaille sur un bateau, on évite ce genre de lecture.

— Si vous voulez en savoir plus sur mon métier, j'ai répondu à quelques questions pour *La Nuova Sardegna*[1], l'interview doit paraître ces jours-ci.

— Ah, magnifique ! Je veillerai à ne pas manquer ça.

*

Être réveillé par un imbécile doit, sans doute, faire partie des pires expériences de la vie d'un homme. Avec l'obligation de manger des abats après une anémie et celle d'entendre sa mère nous répéter qu'on a un peu maigri depuis notre dernière rencontre. Gavino frappa si fort à la fenêtre que j'eus l'impression de recevoir un uppercut en pleine face. Je descendis du lit avec le plus grand mal. Je déteste parler au réveil, c'est une notion que j'avais essayé, en vain, de faire passer aux personnes qui avaient eu la chance de me connaître à ce moment de la journée. Je dois avouer que, sans comptabiliser les membres

---

1. Quotidien sarde.

de ma famille, elles n'étaient pas légion. Gavino, un nom qu'on ne rencontrait qu'ici, un passeport sarde, en quelque sorte. Je me rappelais avoir dormi quelquefois dans sa maison, durant ma petite enfance. Faisant fi de mes difficultés à m'extraire des bras de Morphée, il criait dans la maisonnée comme si une invasion martienne venait de survenir et qu'il était chargé d'en informer la population mondiale. En fait, il cherchait son rasoir, sa montre, ou je ne sais quel objet vital dont il avait oublié l'emplacement. Gavino était le contraire de l'hypermnésique, une sorte de poisson rouge échappé de son bocal. Enfant, je pleurais de longues minutes et lui poursuivait son brouhaha absolument inutile. Finalement, il retrouvait l'objet disparu et recommençait quelques instants plus tard avec autre chose. Une quête perpétuelle.

— Tu es arrivé ?

J'avais les yeux encore gonflés par ma courte sieste quand Gavino, dans un élan d'intelligence et de clairvoyance, me lança ces trois mots au visage. Il était dans la rue, moi à l'intérieur. Comment pouvait-il douter de ma présence alors que j'étais face à lui ? Bien sûr que j'étais arrivé ! Fatigué, mal en point, achevé par la lecture d'Italo Svevo, mais présent dans la maison de mes parents.

— Oui, ce matin.

— Je t'ai réveillé ?

— Oui.

— Tu allais bien te lever, de toute façon. Cinq minutes avant ou après, cela ne change pas grand-chose à l'affaire.

Avec des arguments pareils, mon oncle aurait pu passer pour un faible d'esprit, ce qu'il était peut-être d'ailleurs, cependant, à l'entendre, je ressentis une forme de peine à son égard. Il n'avait jamais quitté notre île. Son univers se bornait aux panneaux indiquant l'entrée et la sortie de notre village. Il n'avait nullement idée que ses manières, ailleurs qu'ici, pouvaient être mal perçues.

— Tu as raison, j'allais me lever. Merci d'avoir frappé à la fenêtre.

— Je t'en prie. Comment vas-tu ?

— Fatigué.

— Le voyage est trop long ! Moi, je ne voyage jamais, comme ça, je ne suis pas fatigué.

Gavino était dans le vrai, il fallait bien trop de temps pour rejoindre ce village. Certains pensaient qu'il se méritait. Pas moi.

— Tu ne remarques rien ?

— Non.

— Je ne suis pas rasé. J'ai encore perdu ce satané rasoir. C'est un coup de ta tante, j'en suis sûr.

— Sans doute.

— Il y a ton téléphone qui sonne, Giacomo.

— Laisse-le sonner, zio, on me laissera un message, si c'est urgent.

Les histoires de rasoir étaient encore d'actualité. Il me semblait que la vie, ici, tout en bas de l'Europe, passait moins vite que dans le Nord. Comme si les choses changeaient à un autre rythme. Il y avait la première division, le continent où rien ne durait, où les hommes couraient, et la deuxième, posée au milieu de la Méditerranée, où les événements prenaient le temps de vivre. Les positifs et les négatifs.

— Tes parents vont bientôt arriver.

— Tu n'es pas obligé de parler si fort, zio.

— Pourquoi, tu n'es pas seul ?

— Si.

— Alors je peux parler aussi fort que je veux.

— Vois-tu, j'ai un mal de tête terrible depuis ce matin.

— Les voyages, je te dis, les voyages sont mauvais pour la santé.

— Pour la tienne ?

— Pour tout le monde, tu as une tête de mort vivant. Repose-toi encore un peu et rejoins-nous à la maison. Nous irons voir grand-mère après.

— Comment va-t-elle ?

— Mal. Très mal. Tu t'en rendras compte, monsieur le traducteur. J'avais oublié qu'il fallait te parler doucement. Tes livres font moins de bruit que moi !

Mon oncle n'avait jamais compris mon désir de fuite, un besoin apparu très tôt dans mon existence. Pour lui, j'étais une sorte d'excroissance familiale, quelque chose qui serait ôté à notre grande famille. Adolescent, la lecture m'avait offert la possibilité d'évasion que je recherchais. Les mots des autres comme un pont tendu vers l'Europe.

— Tu as acheté *La Nuova Sardegna*, ce matin ?

— Non, pourquoi ? Ce journal est une serpillière à présent. Il n'y a que des ragots. Rien sur la vraie vie. Un peu comme dans les livres, en fait ! Tu lis *La Nuova*, toi ?

— Pas toujours, mais il y aura une interview de moi d'ici peu.

— Une interview de toi ? Et en quel honneur ? J'espère que tu n'as pas dit de mal de la famille.

— C'est mon habitude ?

— Je me méfie des gens qui quittent le village parce qu'il n'est pas à leur goût.

— J'ai parlé de mon métier.

— Ça intéresse quelqu'un, ça ?

— Sans doute. La journaliste, en tout cas.

— Mignonne ?

— On a fait l'interview par téléphone.

— Tu te feras toujours avoir, Giacomo. C'est ton destin.

Le temps n'arrangeait pas mon oncle. Il assénait chaque phrase comme s'il s'agissait de sentences définitives. Il prenait un plaisir bien visible à me reprocher tout ce qui passait entre ses oreilles. Il monta sur son vélo (un modèle qui n'était plus commercialisé depuis des décennies étant donné son aspect) et, sans rien ajouter, partit sur la route pavée. À sa place, sur pareille monture, j'aurais chuté au bout de quelques mètres tant la route était abîmée. Lui, qui l'avait empruntée des milliers de fois et qui en connaissait tous les dangers, semblait évoluer sur une piste cyclable fraîchement mise au service des villageois. Sa trajectoire était belle, sans accroc, un équilibre parfait pour un homme sans charme et grossier.

Cependant, quelques secondes plus tard, je vis un objet tomber de sa poche et se disloquer au sol. Son téléphone portable. Mon oncle s'arrêta comme s'il venait d'écraser un enfant et se jeta à terre pour ramasser les débris. Ses mains s'activaient pour rassembler les restes de la victime. À genoux, il regarda dans ma direction. « C'était mon téléphone », cria-t-il, mais j'entendis autre chose, « c'était mon fils » ou « c'était mon enfant », tant il semblait accablé de douleur. Mon oncle avait une longue histoire avec les téléphones. Quand les mobiles commencèrent à être commercialisés en Asie, il rêvait d'en posséder un. Malheureusement, notre île devait encore patienter. Alors, Gavino se fit livrer un téléphone portable factice, énorme, qu'il emportait en toutes circonstances, élargissant et déformant ses poches définitivement. C'était une coquille vide. Je m'en étais rendu compte un jour que nous dînions chez lui. Il avait laissé son merveilleux appareil sur un meuble alors qu'il refaisait le monde avec mes parents autour d'un digestif aussi puissant qu'un détergent. Tout naturellement, je m'étais approché. Puis, lentement, ma main s'était approchée, n'écoutant rien aux ordres de mon cerveau. Fatalement, le conflit déboucha sur une chute de l'objet. Il était composé de deux parties en plastique. Entre, il n'y avait que de l'air. Je n'étais pas un petit inventeur ni même un enfant doué en électronique, mais je compris aisément que les conversations de Gavino avec un interlocuteur inconnu alors que nous déjeunions en famille à la plage n'étaient en fait qu'un simulacre. De l'eau jusqu'aux chevilles, il parlait fort à un ami que personne n'avait jamais rencontré. Les passants et nous autres admirions (jusqu'à la révélation) cet avant-gardiste qui ne cessait de répéter : « Dans dix ans, tout le monde en aura un, vous verrez ! »

*

Enfant, j'avais l'impression que tout le monde m'aimait. Les professeurs, les camarades, les voisins, les membres de la famille. Tout le monde m'aimait. Même les animaux domestiques. Les moins domestiques, aussi. Les lézards qui se calaient entre deux pierres à midi, et que j'écrasais parfois et qui ne m'en voulaient pas. On m'aimait. Les cigales chantaient pour moi, quand bien même j'étais entouré par une foule immense (ce qui, soit dit en passant, arrivait rarement dans notre village, le mot foule ne lui correspondant pas vraiment). C'était fort. Un amour global. Certains se sentent persécutés, moi, je me sentais aimé. Bien sûr, ce sentiment relevait de l'illusion, mais, pour un enfant, illusion et réalité sont des pays frontaliers, et passer de l'un à l'autre ne pose aucun problème. Jusqu'au jour où l'on rétablit les contrôles aux frontières.

J'ai joué au football durant dix années. L'épicier du village avait décidé de créer et de manager une équipe de jeunes pour défier les localités voisines. Marco l'épicier avait débarqué chez mes parents un soir d'hiver. Les soirs d'hiver en Sardaigne sont la manifestation de l'ennui absolu, comme il existe le zéro absolu, le froid absolu, température à laquelle la vie disparaît. L'ennui absolu et la promiscuité obligatoire car mon père, persuadé que le climat de l'île nous protégeait des refroidissements, avait pris la décision de ne pas installer de chauffage. Il fallait donc nous réunir autour du seul point chaud de la maison, le four. Chacun sur sa chaise, épaule contre épaule. C'était en quelque sorte un avant-goût de la maison passive. Donc, je lisais pendant que ma mère invectivait mon père pour un sujet ou pour un autre quand on frappa à la porte. J'étais trop jeune pour que l'on m'intime l'ordre d'aller répondre et cela m'arrangeait bien, car la température dans le couloir était encore plus basse que dans le reste de la maison. Mon père, parce qu'il était l'homme de la famille et qu'à ce titre il nous devait protection, aussi, sans doute, pour s'éloigner de ma mère, se leva et, comme investi d'une mission périlleuse, se dirigea vers la porte. Il revint un instant plus tard, accompagné de Marco. Je crus d'abord que ce dernier vendait à domicile, désormais, puis, voyant qu'il n'avait rien dans les mains, je compris qu'il venait pour autre chose.

— Il fait pas chaud chez toi, lança-t-il à mon père qui répliqua :

— Le soleil reviendra bientôt.

Nous l'attendions le soleil, évidemment. Il réchaufferait la maison, deux à trois mois plus tard.

— Je viens vous voir pour le petit.

— Qu'a-t-il fait ? reprit ma mère.

Je disais précédemment que, dans mon esprit, la terre entière m'aimait. En voyant les yeux de maman se poser sur moi, cette conception ultra-bienveillante commença à se fissurer. Elle saisit le journal qu'elle lisait avant l'arrivée de Marco et le roula comme elle le faisait en été pour chasser les mouches. Or nous étions en plein hiver, il n'y avait aucune mouche à l'horizon. Il fallait donc chercher du côté de la fonction symbolique de l'être humain. J'étais, pour l'occasion, la mouche.

— Ne t'inquiète pas, il n'a rien fait. C'est juste que je vais reprendre l'équipe de foot du village et je voudrais que Giacomo en fasse partie.

— Vraiment ? dit ma mère avec un air de satisfaction certain tout en dépliant son journal.

Elle pensait que Marco venait me recruter parce que mon niveau dans ce sport était élevé. À dire vrai, je n'étais pas maladroit balle au pied, mais de là à être recruté par un club (fût-il celui de notre village) il y avait un gouffre aussi large que la Méditerranée. Ma mère me voyait sans doute sur la voie royale pour faire carrière. Dans la plus prestigieuse équipe de l'île, Cagliari. Son fils, son petit, recruté pour ses qualités sportives. Elle portait sa fierté comme on porte un bijou merveilleux qu'on nous a prêté pour une soirée. La lumière sur son visage. Le froid avait disparu.

— Oui, le sport est bon pour les enfants. Tu sais jouer au *calcio*, Giacomo ?

— Oui, marmonnai-je en percevant la mine déconfite de maman.

Elle venait de comprendre que l'épicier frappait à toutes les portes du village où il rencontrerait un petit garçon. Il ne savait même pas si je jouais au football. Les rêves sont volatils, et heureusement, car maman aurait bien tordu le cou à celui qui venait de s'enfuir.

— Tu vas t'occuper de l'équipe tout seul ? demanda mon père. C'est une sacrée responsabilité.

— Non, Manuella va m'aider, heureusement.

— Si ta femme t'aide, ce sera bien plus simple, car tous ces garnements vont te donner du fil à tordre.

J'acceptai volontiers de rejoindre l'équipe du village. Pour mon bien-être et pour Manuella, une femme fatale comme seuls les programmes des chaînes privées nous en donnaient à voir. Jusque-là, je n'avais pratiqué aucun sport en compétition – dire ce mot me procurait une grande satisfaction –, mes camarades non plus d'ailleurs, car notre village ne comptait pas une seule association sportive. Des peintres, oui. Des sportifs, non. Les habitants voulaient garder le statut de village d'artistes. Il fallait recouvrir les murs de fresques. J'aimais le principe mais j'étais incapable de peindre ou de représenter quoi que ce soit avec mes mains. Surtout sur un support aussi imparfait qu'un mur mal monté. À croire que les maçons faisaient mal leur travail pour complexifier celui des artistes. Une sorte de lutte des classes, en quelque sorte.

Je pensais réussir sur le terrain de football même s'il était recouvert de terre et non d'herbe. La mairie n'avait pas les moyens d'entretenir une pelouse à l'année et, comme le soleil transformait le vert en jaune, les responsables avaient décidé de laisser la nature modifier les couleurs comme bon lui semblait.

La terre est l'ennemie du footballeur. La moindre chute est synonyme de blessure, d'écorchures et de sang. Et les footballeurs passent la plupart des matchs au sol. Voilà pourquoi on les a fait jouer sur du gazon. J'avais peur pour mes genoux. Je me rassurais en pensant que les génies naissent dans la difficulté. Schopenhauer et son paternel terrifiant, Kafka et sa santé fragile. Giacomo et le terrain accidenté. Le début d'une carrière fantastique. Des rêves d'exploits sportifs, mais, surtout, des rêves d'évasion. Marquer des buts pour partir loin du village !

Marco n'eut aucune difficulté à convaincre mes camarades de rejoindre l'équipe du village. Nous devînmes rapidement une référence, une sorte d'équipe légendaire à travers la région. En dix années, nous ne gagnâmes pas la moindre rencontre. Nous ne pouvions être rétrogradés car nous évoluions déjà dans la catégorie la plus faible. Au-dessous, rien n'existait, le vide. Et tout vaut mieux que le vide. Même la dernière place de la plus petite division. Dix années de défaites. Nos adversaires profitaient de nos confrontations pour tester de nouvelles tactiques. Il arrivait parfois qu'on nous autorisât à jouer avec un joueur de plus que l'autre équipe. Mais, un joueur de plus, c'était encore trop peu. En tant que gardien (je n'étais pas assez adroit pour jouer ailleurs qu'à ce poste ingrat), je comptabilisais facilement le nombre de buts encaissés. Je passais une grande partie des rencontres le dos tourné au terrain pour aller chercher le ballon au fond des filets. Une vraie philosophie de la défaite mûrit en nous. Au départ, elle nous faisait mal, nous blessait, puis, les raclées succédant aux déroutes, notre cuir durcit et, finalement, la défaite devint un art de vivre, de rire aussi car nous semions le bonheur partout où nous nous déplacions. Personne ne nous voyait arriver avec la peur au ventre. La victoire assurée, les adversaires pensaient déjà au goûter qui suivait les rencontres.

Quant à moi, chaque rencontre me permettait de passer du temps avec l'épouse de Marco. Elle avait la charge des équipements, qu'elle nettoyait chaque semaine en vue de la rencontre suivante. Penser que Manuella frottait, séchait, pliait et repassait mon maillot me procurait une joie immense. Manuella, femme fatale, puisque ma mère la surnommait ainsi avec un air de dédain. Manuella aux cheveux noirs immenses et aux robes volantes. Manuella à qui je donnais mes vêtements délicatement, surtout s'ils étaient couverts de boue. Parce que je ne voulais pas qu'elle salisse ses mains au contact de la terre. Manuella qui avait, de manière hebdomadaire, un mot gentil pour chacun d'entre nous, même si je n'entendais que celui qu'elle m'adressait, allant jusqu'à souhaiter la disparition définitive de tous mes coéquipiers afin qu'elle se concentre uniquement sur ma personne. Manuella qui passait outre à la défaite en distribuant les gâteaux qu'elle avait confectionnés spécialement pour les joueurs. Manuella dont je n'avais pas le droit de prononcer le nom (ne serait-ce que les premières lettres) tant ma mère était jalouse de cette grande dame, la femme de l'épicier, le diable en personne, la trop belle pour être honnête, la femme qui faisait comprendre à son fils que la gent féminine ne s'arrêtait pas à elle.

Manuella était le soleil du village, même quand il pleuvait. Surtout quand il pleuvait. Enfin, surtout en hiver, parce que le reste de l'année il y avait l'autre, le vrai, celui qui tannait notre peau et donnait à celle de Manuella une couleur de plaque de chocolat au lait. Avec des yeux verts.

Puisqu'elle tenait l'épicerie et que son mari partait souvent à la ville pour chercher des marchandises, je venais à la boutique, pour un oui, pour un non, aidé, bien involontairement, par maman à qui il manquait toujours un élément essentiel (une gousse d'ail ou un oignon, pour ne citer que les plus importants) pour la réalisation du repas. Quand elle me demandait de lui rendre service, je feignais le refus puis, habilement, je me résignais et courais à toute vitesse (bien plus rapidement que sur le terrain de football) afin de profiter de Manuella. Enfin, profiter est un grand mot. Je la regardais. Je n'entrais pas immédiatement dans la boutique, mais restais à l'extérieur caché derrière un chêne-liège habillé. L'adjectif est important. Personne ne devait me voir. Je regardais Manuella de longues minutes. Elle s'affairait sans se savoir observée. J'aimais ça. Elle ne se protégeait nullement et se montrait sans fard. La société n'agissait pas sur elle. Comme le chêne, avant que les hommes décident de le déshabiller pour réaliser des objets hideux en liège.

Quand un villageois approchait de ma cachette, je me sentais obligé de la quitter. Manuella m'accueillait avec une joie réelle. Enfin, je l'espérais franche.

Walter, le chien de la boutique, me sautait sur les épaules. Un chien de berger qui n'avait jamais mis une patte dans un pré et qui ne connaissait des animaux que les morceaux de viande qu'il voyait dans l'épicerie. Il avait été appelé ainsi en hommage au gardien de football de l'équipe nationale. Nous avions donc, le chien et moi, un point commun. Walter, le footballeur, arrêtait les tirs adverses. Walter, le chien, devait arrêter les voleurs. Quant à moi, je n'arrêtais rien.

J'achetais l'oignon ou l'ail tant attendu par maman et nous parlions du prochain match, de notre prochaine défaite. Une défaite au goût de victoire pour moi, tant Manuella me contentait d'un sourire ou d'un clin d'œil. Preuve absolue que nous étions des proches. En effet, elle n'accordait aucune familiarité aux autres clients. Elle restait très professionnelle. « Les pâtes sont là, l'huile ici… », rien de plus. Je sortais de l'épicerie heureux, sûr de mon pouvoir de séduction. Une adulte, en plus. Je retournais à mon poste d'observation afin de vérifier si Manuella cherchait à me suivre du regard après mon départ. Je l'imaginais se jeter contre la vitrine et peut-être même me découvrir derrière le vieux chêne. « *Giacomo, ti amo* », m'aurait-elle lancé à travers la vitre, faisant chuter les montagnes de nourriture qui dormaient au soleil. D'ailleurs, maman se méfiait de produits ainsi exposés. Elle craignait les bactéries. J'avais beau lui dire que les produits secs ne couraient aucun risque, elle détestait tant Manuella que rien n'y faisait. Elle imaginait des monstres s'échappant des denrées.

Quant à l'épicière, elle ne sortait pas de sa boutique ni ne courait à la vitrine. Elle le faisait seulement dans mon imagination. Ou, pour être plus précis, elle l'avait fait une fois, une toute petite fois pour me dire, tout haut : « Giacomo, tu as oublié ta monnaie. » J'étais revenu sur mes pas, déçu. Je me fichais des milliers de lires que j'avais laissés sur le comptoir. La lire ne valait rien. Walter, le chien, lui, collait sa truffe humide contre la vitre. Il voyait bien que je me cachais et cela semblait lui procurer une grande joie. Être suivi par un chien quand on rêve d'une jeune femme est une expérience forcément décevante. Je me rassurais comme je le pouvais.

En fait, sauf cette exception, il y avait trop de clients pour que Manuella abandonne son poste. J'enfonçais mes doigts dans l'écorce du chêne quand je me rendais compte qu'elle ne me suivait pas du regard. Il fallait rentrer. L'ail, ou l'oignon, dans la poche.

*

Mes parents sont arrivés pendant que je prenais ma douche. La voix de ma mère, protestant contre la façon dont mon père avait garé la voiture, me donna l'envie d'y rester éternellement. Tant que l'eau coulait, je me sentais à l'abri. Pour un temps seulement. En effet, maman repensa tout à coup à sa réserve d'eau. Je dis « sa », car j'avais vraiment l'impression que l'eau lui appartenait. Elle entra dans la salle de bains et tambourina à la porte de la douche.

« Giacomo, laisse un peu d'eau aux autres ! » Les autres, c'était elle. J'arrêtai l'eau mais ne sortis pas de la douche : « Bonjour, maman, j'ai bientôt fini. » Ses colères lui ôtaient les bases de la vie en société. Quand on n'a pas vu son fils (ou un ami) depuis plusieurs mois, on commence par le saluer. Ensuite, on peut lui reprocher d'utiliser trop d'eau.

— Bientôt fini, bientôt fini, tu es comme ton père. Tu emploies des mots vides de sens. Je vais finir par t'offrir un dictionnaire, mon chéri.

Quand elle me parlait, l'amour finissait toujours par l'emporter. Ce n'était pas le cas pour mon père.

Je répétai :

— Bonjour, maman.

— Oui, bonjour, mon petit. Tu me diras quelle édition tu veux pour le dictionnaire.

Satisfaite de sa plaisanterie, elle repartit s'en prendre à mon père. Je relançai l'eau, au maximum de ce que le pommeau pouvait déverser sur ma tête. Maman revint dans la salle de bains.

— Ton téléphone n'arrête pas de sonner.

Souvent je m'étais demandé pourquoi mon père était resté avec elle. Sur l'île, il y avait eu un temps où le divorce était banni. Mais cette période n'était plus. Quelque chose le faisait rester. Le monde est peuplé de mystères autour desquels les chercheurs s'affairent. Des théorèmes inexpliqués, des phénomènes inexplicables, mon père et ma mère réunis n'intéressaient personne, sauf moi. Un jour, j'avais posé la question à papa, n'en pouvant plus de le voir subir les reproches qui tombaient sur lui.

« Je serais perdu, sans elle. Tu comprends ? » m'avait-il répondu. En fait, il s'était habitué aux crises de maman comme on s'habitue à une prise de médicaments quotidienne et obligatoire. Si on ne les prend pas, on meurt. Équation très simple. Maman était le poison et l'antidote.

*

Le problème, avec les mères italiennes, c'est qu'on a l'impression, lorsqu'elles nous retrouvent après une absence, disons moyenne, qu'on a fait un voyage sur Mars durant une dizaine d'années. Quand j'entrai dans le salon où mes parents m'attendaient (mon retour était un événement au même titre que la découverte d'un vaccin contre une maladie terrifiante), ma mère laissa tomber la brosse avec laquelle elle nettoyait ses chaussures et vint se jeter sur moi. J'étais pris au piège. Bien sûr, elle avait entendu le son de ma voix à travers la porte de la douche, mais rien ne valait ma présence physique, en face d'elle. Elle m'attrapa et m'embrassa de toutes ses forces. Heureusement, mes côtes n'étaient pas fragiles. Avait-elle agi ainsi lors de ma naissance ? J'imagine que non car un nouveau-né n'aurait pas résisté à une telle emprise. « Neuf mois que je t'attends… », cela méritait bien un étouffement !

Papa lança son traditionnel : « Ça va, fiston ? » qui accompagnait chacune de mes apparitions dans la maison familiale. Il n'était pas, à proprement parler, doué pour les retrouvailles. Moi non plus, d'ailleurs. J'arrivai péniblement à me dégager des bras de ma mère. Elle me lança un regard glacial, estimant que l'embrassade n'avait pas duré assez longtemps ! Pendant ces quelques secondes, même si je n'étais pas complètement consentant, nous n'avions fait qu'un. Elle et moi, comme durant sa grossesse, comme durant ma petite enfance, quand je ne pouvais m'échapper. Quand la mer ne me séparait pas de ma mère.

— Vous avez acheté *La Nuova Sardegna* ?

— Non, ton père n'a pas voulu s'arrêter au kiosque. Il était pressé d'arriver. Je ne sais pas pourquoi, lui non plus d'ailleurs. C'est une idée comme une autre. Il voulait sans doute me contredire, me faire enrager, comme d'habitude. Tu lis le journal sarde, toi ?

— Ces jours-ci, oui !

— Et pourquoi ?

— Parce que j'ai donné une interview qui va bientôt paraître. Peut-être aujourd'hui ou demain…

— Mon Dieu !

Le Martien était de retour, avec un cadeau inestimable. La fierté maternelle.

— Tu entends, Mario ? Notre fils dans le journal ! Tu entends ?

Mon père entendit et répondit :

— C'est bien, fiston.

Alors, maman s'énerva face à cette réaction jugée trop froide, trop molle, trop tout, en fait.

— Ton fils nous annonce qu'on va parler de lui dans le journal et ça ne te fait rien. Il t'aurait dit qu'il avait acheté le pain pour le déjeuner, tu aurais réagi avec plus de joie. Qu'est-ce que je fais encore avec toi ? Après toutes ces années, j'aurais dû partir. Giacomo est grand, à présent, il vole de ses propres ailes, il n'a plus besoin de papa et maman ensemble.

À entendre ma mère, j'avais remonté le temps. Je me voyais avec mon premier sac de voyage, prêt à rejoindre l'université qui, fort heureusement, me sortait de notre village coloré.

Mon père se leva et marmonna qu'il devait vider la voiture. Quand mes parents revenaient de voyage, il s'arrangeait toujours pour y laisser un sac ou une valise. Cela lui donnait l'occasion de s'échapper un instant. Je trouvais cette technique efficace, rusée, aussi. Mais ma mère la connaissait, alors, parfois, elle vidait la voiture sans que mon père s'en aperçoive. C'était le cas.

— Ça ne sert à rien, il n'y a plus rien dans la voiture. Sauf si tu veux enlever les sièges ou le toit.

Papa fit mine de ne pas saisir ses propos et partit.
— Mais tu parles de quoi, dans le journal ?
— De mon métier.
— Merveilleux ! J'espère que tu as parlé de moi.
Je lui devais tout, je leur devais tout parce qu'il n'y avait rien de plus que la vie. Cependant, je n'avais pas pensé un seul instant à mes parents durant l'interview. Et je ne culpabilisais pas le moins du monde. Pourquoi aurais-je parlé de ma mère dans un article sur la traduction ? Si le sujet avait été l'échec de la communication entre les adultes, pourquoi pas ? Je

n'avais jamais réussi à traduire en mots l'amour que mes parents se portaient. J'aurais voulu empêcher les disputes, les cris, mais cela dépassait ma compétence.

— Bien sûr, maman.

*

J'ai trente-cinq ans et je suis assis à l'arrière de la voiture de mes parents. Bien attaché. Ma mère me jette des regards dans le rétroviseur comme lorsque j'avais deux ou trois ans. C'est tout juste si elle n'a pas placé un rehausseur avant que je ne m'installe.

— Tu n'as pas trop d'air ? me dit-elle tendrement.

Elle a refusé que mon père achète une voiture climatisée car elle craint pour sa gorge. La climatisation provoquerait chez elle des angines à répétition. À vrai dire, je n'en sais rien car elle n'a jamais été au contact de la climatisation. Enfin, dans mon souvenir. Nous avançons donc vitres ouvertes.

Mon père roule si lentement que les piétons nous dépassent facilement dans les rues du village. Il peut saluer ses connaissances et échanger quelques mots. Il a sans doute oublié que la voiture a été inventée pour gagner du temps. Dix minutes après notre départ de la maison, il m'arrêta à l'*edicola*[1] que tenait mon ami d'enfance, Fabrizio.

— Comment vas-tu, Giacomo ?

— Ça va, merci. Content de te revoir.

---

1. Kiosque à journaux.

Fabrizio avait hérité de ce commerce. Son père, son grand-père l'avaient tenu avant lui. Certains héritent d'entreprises gigantesques, de maisons extraordinaires, de sommes importantes. Fabrizio, lui, à la retraite de son père, avait reçu une sorte de cabanon de deux mètres sur trois dans lequel il entassait tout ce que la presse pouvait produire en Italie. Des journaux, bien sûr, mais surtout des revues pleines de gens si beaux qu'ils vous faisaient faire des cauchemars quand vous vous regardiez dans le miroir après une nuit ratée. Des bellâtres, des femmes aux mensurations sans limites vous regardaient à l'approche de l'*edicola*. Un accueil aux dents brillantes qui contrastait avec le physique fragile et usé de mon ami. Fabrizio avait toujours eu une santé fragile. Trente-cinq ans, comme moi, au jour près puisque nos mères avaient accouché à quelques heures d'intervalle. Dans notre légendaire équipe de football, il occupait le poste de défenseur central, le dernier rempart avant le gardien. Un rempart plein de fissures devant un gardien qui avait peur du ballon. Le contact du cuir sur mes cuisses frêles se faisait sentir toute la semaine, après la défaite du week-end. Il m'aurait fallu des gants gigantesques pour éviter les chocs et deux ou trois camarades à mes côtés, sur la ligne de but. Ainsi, nous aurions formé un vrai rempart.

Face à moi, enfermé dans sa boîte pleine de journaux, se tenait le pire défenseur central de l'histoire du *calcio*. Fabrizio semblait avoir soixante ans. Les muscles de son visage ne retenaient plus la peau.

Tous se relâchaient comme s'ils avaient décidé, un beau matin, d'arrêter de remplir leur fonction. La mort, c'est toujours vers le bas.

— Qu'est-ce qui te ferait plaisir ? demanda-t-il en montrant du doigt un magazine à la couverture vulgaire : « Le scandale de l'année ! Elle l'a trompé ! »

Fabrizio savait bien que je ne l'achèterais pas.

— Donne-moi *La Nuova*, s'il te plaît. Les affaires vont bien ?

— C'est calme, en ce moment. Les touristes viennent de moins en moins, la route est dangereuse et la mairie ne fait rien.

— Tout sera réglé pour l'été, j'espère.

— Tu joues encore au foot ?

— Parfois, avec des amis. Pour se détendre, rien de sérieux.

— Parce que tu as déjà été sérieux sur un terrain ?

— Au début, peu.

— Nous étions si mauvais.

— Fabrizio, ne retourne pas le couteau dans la plaie. Tu revois un peu les autres ?

— Rarement. Chacun dans son coin, c'est la devise du village. L'équipe la plus nulle de l'histoire n'existe plus. Il ne reste que des individualités.

— Je repasserai. Je dois partir. Nous allons à l'hôpital voir grand-mère.

— Embrasse-la de ma part. N'oublie pas ton journal.

Je m'installai dans la voiture et découvris ma mère, assise à mes côtés. Elle avait déserté la place avant. Son regard fixait le journal que j'avais failli oublier. Elle s'en empara et le feuilleta fébrilement. Deux, trois minutes à le tourner dans tous les sens, à chercher dans chaque recoin si mon nom apparaissait.

— Tu n'as pas pris un pseudonyme, au moins ? Tu n'as pas honte de ton nom, j'espère ?

— Maman, quelle idée ! Je ne suis pas un chanteur pour prendre un pseudonyme.

— Il n'y a rien.

Elle referma le journal comme un torchon souillé qu'on va jeter à la poubelle et le mit sur la plage arrière.

— Tu peux lire le reste, si tu veux.

— Il n'y a rien, je te dis.

Rien ! Des dizaines d'articles, des photographies, des dessins de presse... Rien, pour maman, parce que je n'y étais pas. J'étais donc Tout. Les mères sont parfois dangereuses pour leurs enfants.

*

Au bout de notre rue, il y a une curiosité, quelque chose qui n'existe que dans cette partie de l'Europe. Un Domo de Jana. Une maison de fée. C'est une sépulture préhistorique. Nos ancêtres construisaient des sortes de cabanes en pierre pour s'endormir définitivement. Ceux qui les ont suivis dans cette rue ont bâti leurs maisons sans jamais détériorer les Domus de Janas. On trouve ces vestiges au beau milieu des constructions nouvelles. Les anciens et les modernes. Enfant, j'aimais y retrouver mes amis. Nous passions des heures dans ces sépultures, vides depuis une éternité. Nous parlions du futur, assis sur le passé. Parfois, certains touristes nous demandaient la direction du Domo, mais nous nous gardions bien de la donner. Nous les regardions, amusés, chercher en vain la tombe des fées. Ou des sorcières. La traduction de Jana est complexe, fée ou sorcière. Le bien ou le mal. C'est le premier mot sur lequel j'ai buté. Il était impossible de choisir l'une ou l'autre des significations. Aujourd'hui encore, les gens viennent dans notre village pour les peintures sur les murs et les Domus de Janas. Parfois, ils achètent une bouteille d'eau ou un soda, mais ne s'attardent pas quand la nuit tombe. Ils reprennent la route escarpée qui les reconduit jusqu'à la civilisation, celle qui vit au bord de la Méditerranée. Près des complexes touristiques où l'on vend des glaces et des pizzas. Ils ont peut-être peur de la légende très ancienne qui voudrait que les Domus de Janas rendent fous ceux qui s'en approchent. En fait, nous sommes peut-être déments sans le savoir car c'est le propre de la folie de se croire sain d'esprit. Ainsi, notre village ne serait que ramassis de folie. J'avais de sérieux doutes sur une partie des habitants, mais pas sur la totalité.

Il y a un peu de nous dans ces pierres, un peu de temps, un peu de notre histoire. Mes parents m'ont toujours appris à respecter ce lieu. Il y a comme une sorte de respect pour ces constructions si basses qu'un adulte ne peut plus y pénétrer qu'à genoux.

Nos ancêtres étaient minuscules. Personne ne leur avait fait découvrir les pizzas et les glaces chimiques, mais toujours *artigianali*, qui allaient faire de nous des êtres de taille honorable. Je n'entre plus dans le Domo cependant, dès que je reviens chez nous, je ne manque pas d'y jeter un œil. Il est toujours là ! Le signe, sans doute, que tout n'est pas définitivement perdu.

Sur le chemin de l'hôpital, nous avons fait une halte à l'épicerie pour acheter les gâteaux préférés de grand-mère. Je me questionnai sur la nécessité d'acheter des *formaggelle*. Nonna était si mal en point. Si proche de la mort. Qu'en ferait-elle ? Était-elle encore capable de *faire quelque chose* ? Des gâteaux au fromage pour celle qui allait mourir. Des gâteaux au fromage que ma mère n'avait pas eu le temps de confectionner. Ceux de Manuella et Marco étaient délicieux. En réalité, ils ne les fabriquaient pas eux-mêmes, mais les faisaient venir du sud de l'île. Il y avait une grande rivalité entre le Nord et le Sud. Pourtant, nous sortions tous des Domus de Janas. Sans exception. Marco, qui nous avait accompagnés dans chacune de nos défaites, avait compris que les rivalités internes nous conduiraient droit à l'échec. Une usine du Sud fabriquait des gâteaux à moindre coût et lui permettait de faire un léger bénéfice. Il fallait, parfois, ranger sa fierté dans son tablier d'épicier.

— Giacomo, tu prendras deux paquets pour grand-mère.

Maman me tendit deux pièces, comme lorsque j'allais acheter un oignon et regarder Manuella.

— Rien d'autre ?

— Non, tu sais, les choses ont bien changé depuis ton départ. L'épicier vend des produits décevants. Des choses qu'il fait venir d'ailleurs. Pourtant, nous avons tout ce qu'il faut, chez nous.

— En quoi est-ce gênant que les produits viennent d'ailleurs, comme tu dis ?

— Par principe, Giacomo, par principe.

À l'entrée de l'épicerie, on trouvait encore un rideau à lanières, en corde, destiné à repousser les mouches. Je détestais cette chose qui donnait envie de rebrousser chemin tant le contact des lanières avec le haut des épaules, voire le visage, si l'on n'était pas assez précautionneux pour se protéger, était désagréable. Mais je devais acheter les gâteaux pour ma grand-mère. Deux boîtes. Une pour grand-mère, donc, et l'autre pour maman. En effet, même si cette dernière ne portait pas l'épicière dans son cœur, elle appréciait – de manière officieuse – ses *dolci*.

Dans la boutique vide de clients et de proprié-taires, je remarquai le vieux chien couché. C'était le fils de Walter. Comme dans les familles américaines, on aurait pu l'appeler Junior, mais puisque Marco et Manuella avaient trouvé un nom à son père et que ce nom leur plaisait, le fils fut nommé… Walter. C'était assez déroutant car le fils était la copie conforme du père. Rien ne les différenciait, sauf le fait que la progéniture ne manifestait aucune joie à mon entrée dans l'épicerie. Il leva juste un œil et son cerveau dut lui signifier que j'étais « connu » par ici. Nous avions tous, sans doute, quelque chose en commun. Une marque de fabrique inhérente au village. La chemise blanche, le pantalon trop remonté, le débardeur antique visible sous le haut, une pilosité exponentielle et incontrôlable, le gel abondant dans les cheveux… Mais mon passage sur le continent avait modifié ces codes. C'était donc autre chose, une chose invisible. L'œil de Walter se referma. Un léger signal sonore avertit les épiciers de la présence d'un éventuel client. Des mouvements se firent entendre de la réserve.

Une femme aux cheveux noirs et à la peau grise en sortit. La gardienne de la grotte où étaient entassées toutes les marchandises. C'était Manuella, vieillie. Ses yeux étaient le dernier vestige de sa beauté. Vert émeraude, comme la couleur de notre côte est. La Costa Smeralda.

Il y avait toujours la même odeur dans l'épicerie, celle de la charcuterie et des fromages mêlée à la fraîcheur des pierres. On ne la trouvait nulle part ailleurs. La boutique ouvrait l'appétit. Manuella portait une robe grise à pois rouges.

— Giacomo, quel plaisir de te revoir. Comment vas-tu, mon grand ?

— Bonjour, Manuella, ça va. Tu as l'air en pleine forme.

— C'est gentil.

— Et Marco ?

— Ça va tout doucement. L'ouverture de l'hypermarché nous a fait beaucoup de mal. Marco a

51

déprimé. Il pensait que ses clients lui resteraient fidèles. Ils ont fui dès qu'ils ont pu. Même les anciens ! Tout le monde en voiture pour aller acheter des fruits ou de la viande. Les hommes sont comme ça, que veux-tu…

— Je suis désolé.

— Tu n'y peux rien. Que te faut-il ?

— Des *formaggelle*, s'il te plaît. Deux paquets. C'est pour grand-mère.

— On m'a dit qu'elle était souffrante.

— C'est bientôt fini.

— Tu es revenu pour ça ?

— Oui, pour ça, comme tu dis.

— Mais les gâteaux, ils sont pour toi, alors ?

Manuella souriait en prononçant ces paroles. Elle savait dédramatiser. Cela me rappelait l'époque des défaites incessantes. Marco avait de la chance de vivre avec elle. Il le savait, dans mon souvenir. Jamais je ne l'avais vu regarder une autre femme dans la rue. Jamais le moindre mouvement de tête pour suivre une passante. D'ailleurs, cela me semblait absolument impossible ! Moi, je regardais les femmes. Depuis toujours, depuis que le chêne-liège me protégeait du regard des autres.

En sortant, je passai devant la voiture de mes parents, incrédules, et me dirigeai, justement, vers l'arbre. Habillé de liège, il avait une épaisseur incroyable. Cinq cents ans qu'il trônait sur la place du village. Cet arbre avait tout vu et tout entendu. Il connaissait tous les morts qui peuplaient les strates du cimetière. Il avait vu ma grand-mère enfant. Il l'avait vue courir lorsqu'il pleuvait trop. Il l'avait vue anxieuse au retour de l'école quand le maître avait été trop sévère. Peut-être venait-elle s'abriter sous ses branches. Peut-être l'avait-il vue embrasser mon grand-père pour la première fois. Le chêne ne parlait pas. Heureusement pour moi.

— Tu es toujours aussi rêveur, Giacomo. Il n'y a que toi pour regarder un arbre de cette façon. Un vrai poète, mon fils. Tu as bien repris la monnaie ?

*

Jusqu'à l'ouverture de l'hôpital régional, il valait mieux ne pas être malade au village. Il y avait bien un docteur, le Dr Ignazio, un grand type au sourire persistant, mais sa réputation était quelque peu malmenée. Il était, de loin, l'homme le plus fortuné à plusieurs kilomètres à la ronde. Ses voitures, toujours neuves, aux couleurs éclatantes, se mariaient bien avec les murs de nos maisons. Elles étaient bruyantes, obligatoirement, et énormes, en comparaison avec les rues du village. Il lui fallait s'y reprendre à plusieurs fois avant de pouvoir tourner dans certaines ruelles. Cela, bien sûr, au péril du malade qui l'attendait sur son lit.

Le docteur en voulait aux ruelles, il le criait avec sa voix de stentor quand, enfin, il arrivait à passer l'obstacle, mais il ne lui serait pas venu à l'esprit d'acquérir un véhicule plus petit pour se déplacer dans un village si étroit. On l'appelait parce qu'il n'y avait personne d'autre à appeler. On lui faisait confiance parce qu'il n'y avait personne d'autre à qui s'en remettre, même si personne n'avait très bien compris son cursus universitaire. Il était là et sa plaque en témoignait.

Pourtant, je ne le vis jamais prescrire autre chose qu'une sorte de médicament censé guérir tous les maux. Des granulés blancs inégaux qu'il emportait à chaque consultation, dans un bocal à l'étiquette colorée. Une jeune femme blonde au sourire radieux. Une poitrine généreuse et une poignée pleine de granulés. *Effervescente al limone*. Un nom mystérieux qui laissait planer le doute dans la tête des patients. Il n'écoutait ni le cœur ni les poumons. « Tout vient du ventre ! » était sa devise. Maux de tête, maux d'estomac, otite, angine, grippe... *Effervescente al limone* ! Le médecin retardait toujours l'arrivée de « *al limone* ». On avait l'impression qu'il ajoutait au remède un dernier ingrédient, précieux, sans lequel il serait inopérant. Comme le disait mon père, « avec Ignazio, soit on guérit, soit on meurt », la sentence était recevable mais un peu exagérée, quand même. Il y avait une autre alternative, pas très agréable mais qui avait le mérite d'exister. Si on ne guérissait pas avec ses médicaments à l'allure de bonbons, on pouvait également se retrouver héliporté à l'autre bout de l'île, dans le grand hôpital de la capitale.

Le jour de mes vingt ans, je m'installai à Marseille. Un petit appartement de la rue Estelle, sombre et humide. Quelques jours plus tard, je tombai malade. Le mal du pays, sans doute. *Nostalgia di casa*.

Homesick, en anglais. Les langues se mélangeaient dans ma tête et dans ma bouche. *Nostalgia di casa*, la nostalgie de la maison. La maison était l'île, l'île était la maison. Ce qui manquait, aussi, c'étaient les médicaments. Je me rendis chez le médecin. Il m'examina et diagnostiqua un syndrome grippal. Rien de grave, selon lui. Plus tard, lorsque le pharmacien revint vers moi avec deux ou trois boîtes de médicaments, je fus étonné de ne pas voir les fameux bocaux d'*Effervescente al limone* du Dr Ignazio. Je demandai des explications. Le pharmacien comprit que j'étais vraiment traumatisé par cette absence. Je passai dix minutes à tenter de lui expliquer ce que l'on me prescrivait depuis ma petite enfance. Devant l'incrédulité de mon interlocuteur, j'en vins même à dessiner le bocal qui les contenait traditionnellement. Et la jeune fille sur l'étiquette, souriante, soulagée par les granulés *al limone*. Et sa poitrine, généreuse. Finalement, le pharmacien me conseilla de rentrer rapidement à mon domicile pour commencer à prendre les médicaments prescrits. « Vous avez beaucoup de fièvre, les yeux rouges. Rentrez vite. Prenez du paracétamol et dormez. » En fait, il mettait mon désir d'*Effervescente al limone* sur le compte de la fièvre.

Arrivé dans mon triste appartement, je me couchai, écrasé par la fièvre et par la déception. Je fus réveillé par le téléphone. Maman s'inquiétait de mon état.

— Tu es allé chez le médecin ?

— Oui, maman, ne t'inquiète pas.

— Il t'a donné des médicaments ?

— Oui, bien sûr, en France aussi, les médecins donnent des médicaments aux malades.

— Quels médicaments ?

— Je ne sais plus, des remèdes français.

— *Effervescente al limone*, j'espère !

— Oui, deux bocaux, énormes.

— Comment dit-on en français ?

— Effervescents.

— *Al limone* ?

— Oui, au citron, maman, au citron. Le citron est essentiel dans ce remède. Les Français le savent bien.

— Oui, mais c'est un Sarde qui a trouvé la formule.

— Ah ?

— Ignazio me l'a dit.

— Alors, tu peux lui faire confiance.

Quelques mois plus tard, j'ai trouvé les fameux remèdes d'Ignazio. Dans un supermarché misérable, mal entretenu, avec des feuilles de salade écrasées au sol. Au rayon « Produits italiens ». En fait une dizaine de produits alignés sur une tablette surmontée d'une carte de l'Italie. On y voyait la botte, la Sicile mais, à mon grand étonnement, le graphiste avait oublié la Sardaigne. J'aurais toléré cette erreur si elle avait été faite dans le sens inverse. Notre île, sans la botte et sans la Sicile. Mais, dans ce cas précis, mon insularité resurgit et me poussa à commettre l'irréparable, je déchirai la carte. Sans la Sardaigne, l'Italie ne pouvait exister.

À côté des pâtes, des sauces tomate et des risottos déshydratés, les bocaux d'*effervescente* trônaient. Une révélation. Ici, ce que nous considérions comme un remède miracle était, tout au mieux, un produit destiné à faciliter la digestion. Rien de plus. Une eau gazeuse, en somme. Ignazio s'était acheté de superbes voitures, durant toutes ces années, en nous prescrivant un placebo. Des petits bocaux contre des voitures énormes. Colorées.

Quand le nouvel hôpital ouvrit, au milieu d'un champ jadis envahi de brebis, le Dr Ignazio vit son activité réduire comme le liège sur un chêne trop épais. Ses voitures, elles aussi, commencèrent à rétrécir. À ne plus se renouveler, également. La plaque professionnelle où il exposait fièrement sa qualité de *Dottore* jaunit, les lettres s'effaçant peu à peu. Finalement, Ignazio décida, un beau matin, de ne plus ouvrir son cabinet, c'était une sage décision car, comme il le raconta à ma mère, il passait ses journées dans une solitude profonde. La déprime guettait mais, heureusement, il lui restait un stock important d'*Effervescente al limone* ! Un excellent antidépresseur que ma mère ne se priva pas de lui conseiller. Elle savait mettre les gens à l'aise.

On raconte que le Dr Ignazio avait postulé pour travailler dans l'hôpital qui venait d'ouvrir. En vain, là-bas, personne n'avait voulu de lui. Le médecin, fâché que l'on remette ainsi en cause ses capacités, disait à tous les villageois qu'il croisait que ce refus était le fruit de la jalousie. Dans le nouvel hôpital, il n'y avait que des incapables. Que des médecins formés sur le continent ou, pire, à l'étranger. Bientôt, selon lui, tout le monde verrait qu'ils dispensaient de mauvais soins. Mais ce serait trop tard, bien sûr, car lui, le vieux médecin, le vieux sage aux voitures rutilantes et trop grosses, aurait pris le large. Il avait des rêves de départ, de soleils nouveaux, de champs plus verts que sur l'île, d'une vie recommencée. Cependant, comme pour la plupart des villageois à qui il arrivait d'en proférer, ses menaces de fuite restèrent de simples mots formulés au détour d'une rue ou au comptoir du bar du village après une série de verres de liqueur. Personne ne partait vraiment, même quand on ne faisait plus attention à nous.

Nous ne risquions donc pas de le rencontrer en parcourant les longs couloirs à la peinture écaillée. Ou alors, en tant que malade.

Nous entrâmes dans une pièce immense où les lits s'entassaient comme dans un dortoir militaire. Un amoncellement de malades, de vieillards fatigués ou de jeunes qui n'avaient pas la chance de vivre en bonne santé. Il y avait des rideaux pour séparer les lits, mais tous n'étaient pas tirés. Le chef de service faisait sa tournée et on ne rétablissait pas toujours l'intimité après son passage. Ses assistants tiraient parfois les rideaux, parfois non. Ils étaient quatre autour de lui, quatre mouches agrippées à son bras, à sa parole sainte. Quelques mots, chaque fois, une parole rare, précieuse, donc. Les médecins ne nous remarquèrent pas, il y avait affluence dans la salle. Certains patients râlaient, d'autres échangeaient avec un congénère à l'autre bout de la pièce. Aucune règle de bienséance, aucun respect de celui que l'on gênait et qui, tranquillement, à quelques centimètres du lit, quittait la vie.

Grand-mère ne dormait pas quand nous arrivâmes près d'elle. Ses yeux ouverts regardaient droit devant elle. Ils ne manifestèrent pas le moindre mouvement à notre approche. Maman chercha un fauteuil pour s'asseoir et tenir la main de la vieille dame. Mais les sièges étaient ailleurs auprès d'autres malades. Nous étions arrivés trop tard pour avoir le privilège de nous reposer dans un de ces fauteuils qui, d'après ce que je voyais autour de nous, avaient fait le tour de l'île, tant ils semblaient usés, avant de se poster dans cet hôpital. De vieux fauteuils pour de vieux malades. Maman maugréa un instant puis demanda à mon père d'aller chercher dans le coffre de la voiture les chaises pliantes qui les accompagnaient dans toutes leurs sorties. Une habitude coriace dans cette partie de l'Europe. On s'arrêtait partout et on s'installait où l'on voulait. Dans une pinède, sur une plage, n'importe où. L'île appartenait à ses habitants. Papa partit sans rien dire. Il revint cinq minutes plus tard et mes parents s'installèrent face à grand-mère. Les assis et la couchée. Je m'installai délicatement à l'extrémité droite du lit. Ainsi, je ne risquais pas d'écraser les jambes de nonna. En fait, ma précaution était dérisoire car grand-mère était si petite qu'on aurait pu mettre deux personnes de sa corpulence dans ce lit. Elle semblait flotter au milieu du drap. Une terre presque inhabitée en pleine mer.

Battue par les paroles des patients, des médecins, leurs gestes, par la vie alentour. Celle qui la fuyait. Je ne souhaitais pas la toucher, il me fallait un prétexte. Maman prit sa main et se plaça face à elle. Les yeux de grand-mère ne clignèrent même pas.

— Ça va mal.

La voix du médecin vint interrompre notre silence. Je me levai rapidement, par respect pour la fonction mais aussi par peur. La blouse blanche m'effrayait. Les instruments qui en dépassaient et la cour du praticien, également. Toutes ces intelligences pour une si petite dame. Toutes ces intelligences pour nous dire ce qu'un garagiste aurait pu nous dire en voyant grand-mère : « Ça va mal. »

J'attendais des explications précises (auxquelles je n'aurais rien saisi, d'ailleurs), des détails sur tous les maux qui rongeaient la mère de ma mère, qui faisaient qu'elle ne pourrait jamais plus goûter aux merveilleux gâteaux de Manuella. En lieu et place, la sentence du médecin. Plate et vide, scientifiquement. Ses assistants opinèrent du chef et firent mine de noter des informations dans leurs carnets. Pour la suite de leur carrière, il fallait considérer chaque parole du chef comme la manifestation d'une entité extraordinaire. Ils devaient faire le même geste quand le médecin leur réclamait un café.

Angéla Irau : ça va mal.

Ils ne pouvaient imaginer que cette femme avait écouté mes chagrins, encouragé mes désirs de fuite, calmé ma mère quand la tension était à son

maximum, qu'elle m'avait donné une dose extraordinaire de douceur, à diffusion lente, qui courait
encore dans mes veines, même quand j'étais à des
milliers de kilomètres d'elle.

Ils s'en fichaient. Elle n'était qu'une vieille dame
usée qui laisserait bientôt la place à un autre patient.

— Avez-vous tout prévu, pour la suite ?

— Oui, docteur, tout est prêt.

Les obsèques étaient prêtes. La compagnie qui
s'en chargerait attendait le coup de téléphone de
mes parents pour lancer l'opération. Les médecins se
décalèrent vers un autre lit. Il y avait quelque chose
de révoltant à évoquer la mort d'un être devant lui.
Sans doute que cela faisait partie des nouvelles pré-
rogatives en vigueur dans notre système de santé.

— Maman, on t'a apporté tes gâteaux préférés,
tu vois ? Je les ai faits ce matin.

Il est des petites filles, devenues grandes, qui
ne peuvent s'empêcher de mentir à leurs parents.
Soudainement, grand-mère cligna des yeux, comme
si son cerveau se remettait en route. Elle serra fort
la main de sa fille. Ma mère ajouta que les gâteaux
lui faisaient toujours de l'effet. Je ne savais pas si les
responsables de ce sursaut étaient les gâteaux ou les
propos du médecin qui venaient d'arriver jusqu'à
son cerveau.

— Tu en veux un ? ajouta-t-elle.

Bien sûr, grand-mère ne répondit pas et ne fit
aucun geste en direction des *formaggelle*. Les mots
du médecin, j'en étais certain à présent, étaient responsables de ses mouvements de paupières. Nous

repartîmes avec les gâteaux. Maman prétexta qu'ils s'abîmeraient si on les laissait ou, pire encore, qu'un malotru les subtiliserait. Grand-mère ne pourrait rien faire. Dans la voiture, j'avais toujours trente-cinq ans, installé à l'arrière, j'entendais un bruit de mastication qui venait de l'avant.

*

Je ne savais pas pourquoi Herman Melville avait écrit plusieurs versions de son roman ni pourquoi il avait décidé d'en cacher une dans la plus vieille bibliothèque de New York. Les romanciers ont des idées surprenantes, c'est peut-être pour ça, d'ailleurs, qu'ils écrivent. J'aimais beaucoup *Moby Dick*. Première version. Le texte sur lequel je travaillais était moins bon, moins profond mais je m'étais bien gardé d'en parler à l'éditeur, Carlo. Il voulait faire un coup éditorial. Personne n'était encore au courant de sa découverte. Sauf moi et le spécialiste qui avait authentifié le manuscrit. Et, comme ce spécialiste venait de mourir, nous n'étions plus que deux. Deux insulaires pour un gros livre sur un monstre marin. Melville, dans cette ultime variante, disait presque la même chose que dans la version canonique. Tout est toujours dans le presque. Ma mère est presque plus calme à l'approche de la mort de nonna. Mon père est presque moins fuyant. Le Dr Ignazio est presque un vrai médecin. Manuella est presque aussi belle qu'avant. Et moi, je dis presque la même chose que les écrivains qu'on me donne à travailler. Presque.

Mon téléphone sonna alors que nous allions passer à table. Maman s'en empara pour me le donner et, surtout, pour voir qui m'appelait. Vieille habitude. Mauvaise habitude. Ce n'était pas une fiancée ou autre chose dans le genre. « C'est Carlo », me dit-elle en me tendant l'appareil. Je lui répondis qu'il pouvait attendre et que je le rappellerais le lendemain. « Ton éditeur n'est pas très poli, il est tard pour déranger les gens. Il a oublié d'où il venait, celui-là. C'est un Romain, maintenant. »

Je savais exactement la raison de son appel. Carlo voulait que je finisse le travail le plus rapidement possible. Il me téléphonait sans cesse. J'étais son obsession. C'était étrange car, avant qu'il ne me confie cette tâche, je l'appelais deux ou trois fois par semaine, pour savoir s'il avait quelque chose à me proposer. Du travail, en fait. Carlo ne répondait pas ou prétextait un rendez-vous de la plus grande importance avant de raccrocher. Le chat et la souris. Rôles interchangeables. Je me souviens de sa suffisance à l'annonce de sa découverte. Carlo, le petit Sarde devenu éditeur à Rome. Carlo, originaire du village le plus perdu de l'île. Au centre, là où personne n'allait jamais. En art, le centre, c'est l'élément primordial. Prenez le tableau de Vermeer, *Femme en bleu lisant une lettre*. Au centre, il y a la missive, celle que l'on aimerait lire, celle sur qui portent toutes les réflexions. Est-ce une lettre d'amour ? De rupture ? Une dénonciation ? etc. Le village de Carlo était au centre du vide. Cela lui pesait car quand on lui demandait sa ville d'origine, il disait toujours

Cagliari, comme s'il avait honte de son village. À Rome, il était le Cagliaritain. Je le taquinais souvent sur cette approximation géographique. Selon lui, c'était plus facile pour les autres de le situer s'il parlait de Cagliari. Son mensonge n'était donc qu'une aide offerte à ses interlocuteurs. Un mensonge pavé de bonnes intentions en était-il encore un ? Un tout petit mensonge de deux cents kilomètres.

Le téléphone sonna à nouveau. Encore Carlo.

— Si tu veux, je lui réponds, dit maman.

— Non, laisse courir. Il finira bien par aller se coucher.

Je l'imaginais lui répondre et l'admonester, usant des arguments les plus terribles en sa possession. La fuite de l'île, les appels tardifs, la fatigue de son fils, la maladie de grand-mère… Le pauvre Carlo ne s'en remettrait pas. Je ne pouvais lui faire ça. Il me faisait vivre, après tout. Maman, le parapluie anti-éditeur. La mère protectrice qui, surtout, détestait manger froid. Une catastrophe, selon elle. Une catastrophe, au même titre qu'une fissure dans un barrage hydraulique.

— Quel goujat ! Il insiste, en plus. Il me fait penser à Manuella, l'épicière. Quand tu jouais au foot, elle n'arrêtait pas de nous appeler pour nous répéter le jour du match, le lieu du match, les horaires du match… Toujours un bon prétexte. Je suis persuadée qu'elle en avait après ton père. Il faut dire qu'il était mignon, à l'époque.

Papa se leva de sa chaise et partit dans le salon. Il savait que la conversation allait se poursuivre et qu'elle ne serait pas à son avantage. Comme j'étais d'humeur taquine, ce soir-là, je poursuivis.

— Je ne savais pas que Manuella faisait les yeux doux à papa.

— Il était beau, je te le répète. Et il a toujours succombé au charme des belles femmes.

Maman disait cela avec une certaine fierté car elle s'incluait dans ce sous-groupe.

— Heureusement, tu étais attentive à tout ça. Tu veillais.

— Oui, sinon notre couple aurait volé en éclats et tu aurais été orphelin.

— Orphelin, mais pourquoi ?

— Orphelin, car tu n'aurais jamais plus vu ton père.

— Tu l'aurais tué ?

— Non, tu plaisantes ! Je lui aurais interdit de te voir, c'est tout.

— Même si j'avais voulu lui parler ?

— Même si tu avais voulu lui parler. On ne me trompe pas, un point c'est tout.

— Alors le mot orphelin est un peu fort, je trouve.

— Mais ton éditeur, il n'est pas amoureux de toi, au moins ?

— Non, il veut juste que je travaille plus vite.

— Ne te tue pas à la tâche, mon chéri. Profite de ta jeunesse. Le travail est secondaire.

Mon père revint s'asseoir à table. Il tenait une boîte à la main.

— Tiens, me dit-il, c'est une boîte dont l'intérieur est recouvert de liège. Avec ça, on n'entendra plus ton téléphone sonner. On dînera plus tranquillement.

Il y avait des escargots minuscules, de la viande et des pâtes. Du vin, aussi. Rouge, très rouge. Mis en bouteille par mon père. Sans étiquette. Nous avions besoin de boire quelque chose de fort. Pour oublier la réalité. Pour oublier que grand-mère ne viendrait plus s'installer à mes côtés, pour oublier que Carlo maîtrisait parfaitement la fonction rappel automatique de son téléphone, et pour oublier que Manuella, il y avait bien longtemps, appelait régulièrement à la maison. Pour mon père ou pour moi…

*

En rallumant mon téléphone, bien après la fin du repas, je me rendis compte que Carlo m'avait appelé dix fois. Une obsession, me répétais-je. La peur que je ne fasse pas le travail, la peur que je ne vende la mèche. Je décidai de ne pas le joindre avant le lendemain. Je me mis au travail et traduisis une bonne partie de la nuit. Cela rachetait mon refus de lui parler. Dans la maison silencieuse, retranché dans ma chambre, je lançai un disque de Glen Gould. La musique accompagnait tous mes travaux depuis l'adolescence. Impossible de faire sans elle. J'écoutais le même morceau des dizaines de fois, en boucle, jusqu'à saturation, jusqu'à ce qu'il soit vidé de sa force, comme un agrume pressé jusqu'à atteindre l'écorce. À cette époque, Glenn Gould occupait mon espace musical. Et j'attendais qu'il chantonne pour reprendre sa respiration, pour accompagner la musique qui l'envahissait. Les jazzmen chantent toujours, à un moment ou à un autre. C'est discret et maladroit, parfois. Maladroit car on peut être un excellent musicien et un piètre chanteur. Tout comme on pouvait être un excellent traducteur et un piètre écrivain. Un piètre dessinateur, également. Mes brouillons, au fil du temps, se couvraient de petits dessins, mauvais, en rapport avec le texte. On voudrait tous les talents. Glenn Gould n'en finissait pas de se répéter, Carlo n'arrêtait pas de m'appeler. Et je n'arrêtais pas de lire Melville.

À quatre heures du matin, maman, sans doute exaspérée par la musique, entra dans ma chambre et, délicatement, arracha le câble de la chaîne de la prise électrique. Ma tête était posée contre mon bureau, sur le monstre marin. Je m'étais, lamentablement, endormi sur le texte, dans une posture impossible qui me vaudrait à coup sûr des courbatures durant plusieurs jours. Maman regarda avec méfiance les quelques feuillets que j'avais griffonnés. Elle remarqua mes tentatives d'illustrations du monstre sur lesquelles il ressemblait davantage à un hippo-campe raté qu'à un cachalot. Elle les retourna pour ne plus les voir. On cache la laideur. Et le mensonge qu'on réserve aux enfants lorsqu'ils rentrent de l'école avec un dessin hideux, en leur disant : « C'est magnifique, mon chéri », n'avait plus lieu d'être.

— Mets-toi au lit, Giacomo, tu n'en peux plus.

J'écoutai son conseil et me couchai sans tarder. Maman me recouvrit jusqu'au cou d'une couverture lourde et rugueuse. Impossible, pour l'enfant, de s'échapper. Pour l'adulte aussi. D'ailleurs, je n'en avais aucune envie. Il y avait bien longtemps que plus personne ne commercialisait ce type de couverture, je n'en possédais pas mais, à ce moment précis, quand maman éteignit la lumière, je ressentis une profonde satisfaction. Un bonheur simple, sans musique, juste avec une couverture qui démangeait et le baiser de ma mère. Un baiser sans paroles. Ses lèvres sur ma joue, aussi irritantes que sa couverture. Après avoir fermé la porte, je l'entendis marmonner dans le couloir : « J'appellerai Carlo, demain. »

*

À mon réveil, la maison était vide. Mes parents étaient déjà à l'hôpital. Je n'avais pas grande motivation pour travailler ou pour parler à Carlo. Je décidai de me rendre à l'*edicola*, pour voir si l'interview avait paru. Je passai près du Domo de Jana sans m'arrêter. Fabrizio m'accueillit avec un grand sourire qui trahissait déjà la bonne nouvelle.

— Tu es dans le journal, me dit-il. Je suis fier de toi ! Heureusement qu'il y en a un, parmi nous tous, qui réussit.

Réussir n'était pas un verbe qui convenait à ma situation réelle mais, puisqu'il convenait à mon ami, je n'osai pas le contredire.

— Comment va ta grand-mère ?

— Mal. C'est bientôt fini, d'après les médecins.

— Ils se trompent, parfois.

— Pas cette fois, à mon avis. Elle est très faible.

— Tu sais que les médecins m'ont enterré à plusieurs reprises.

— Je le sais.

— Je vieillissais plus vite que tous les autres. Ma peau tombait alors que je n'avais pas vingt ans.

— Et tu es toujours là.

— Fatigué, oui, mais toujours là. Chaque jour que Dieu fait, j'ouvre ma boutique. Même si personne ne vient. Sous le soleil intenable, sous la pluie, je vends mes journaux. Et tant pis pour les médecins. Un jour, on m'a dit que j'avais la cutis laxa. Je n'ai rien compris.

— La peau relâchée ?

Mes années de latin servaient enfin à quelque chose. Six heures par semaine avec un professeur complètement dégénéré. Un mètre cinquante de méchanceté et de déclinaisons latines. Nominatif, accusatif et des coups de règle sur le bout des doigts pour se souvenir des autres. L'enseignement aux forceps. Encore un mot latin. La tenaille. Tout ça me permettait, à présent, de traduire la maladie de mon ami. La peau relâchée. Sans les coups sur les doigts. Traduction parfaite, aurait dit le vieux fou.

— C'est ça, cutis laxa, un nom compliqué pour me dire que ma peau tombait de partout. Mais je le savais, je le voyais chaque matin. Mes joues, mes pommettes, mes lèvres, la peau de mon cou, tout foutait le camp vers le bas. La cutis laxa, tu parles, je m'en fichais. Un nom savant et personne pour me soigner. On a trente-cinq ans, Giacomo. Je fais plus vieux que ton père. Mais le travail me maintient. Allez, regarde cet article magnifique. Et la photo, tu es superbe ! Bien rasé, apprêté, un vrai acteur américain.

— N'exagère pas, Fabrizio. J'étais juste présentable pour la photo.

— Tu sais, celui qui jouait le rôle de Maciste dans les péplums. Gordon Scott, je crois.

— Mais il était très musclé, un vrai culturiste.

— Tu lui ressemblais de visage, Giacomo, pas de corps.

— Je ne me souviens plus de son visage.

— Attends, je dois avoir ça quelque part, dans un vieux magazine.

Fabrizio se retourna et commença à fouiller dans une pile de revues. Au même moment, une voix qui ne m'était pas inconnue se fit entendre par-dessus mon épaule. Une voix qui me traversa des oreilles jusqu'aux orteils.

— Fabrizio, je voudrais *La Nuova Sardegna*, s'il te plaît.

Mon ami faillit trébucher en se relevant trop rapidement.

— Oui, Capitaine, tout de suite. Je regarderai ça après, Giacomo.

*

Le Capitaine, c'était le Capitaine. On ne pouvait le faire attendre. Je me retournai aussi lentement qu'un acteur dans une scène au ralenti. La peur et l'envie se mêlaient. J'avais à l'esprit l'image d'un homme que

70

je n'avais pas vu depuis des années. Un homme qui avait compté pour nous. Un homme qui portait des chemises à l'image des maisons. Colorées. Les plus jeunes, dont je faisais partie, ne l'avaient jamais vu accoutré autrement. Il ressemblait à un guêpier d'Europe, ce petit oiseau multicolore qui aime se nicher sur les poteaux électriques. À la guerre, disait-on, il avait accompli les plus grands exploits, comme en témoignaient les immenses plaques de fer qui couvraient son poitrail. Il avait combattu l'ennemi, sauvé des vies, fait exploser des ponts, détruit des avions, étranglé un chef adverse à mains nues et beaucoup d'autres choses encore. Mais la guerre, malheureusement pour lui, s'était arrêtée. On arrive toujours au bout d'un bon gâteau, quand bien même on modère le rythme entre chaque bouchée. Le Capitaine voulait sans doute un conflit interminable, une sorte de guerre de Cent Ans moderne. Les hommes en avaient décidé autrement, faisant de lui un héros – car le héros n'existe qu'à la fin des combats – aux chemises multicolores mais au regard nostalgique.

Le ralenti prit fin, le souvenir aussi. Le Capitaine était face à moi. Mon Dieu, comme le temps change les hommes et fait des héros de notre enfance des êtres qui, si nous ne les avions pas connus du temps où ils étaient présentables, n'auraient jamais attiré notre bienveillance actuelle. Quelques années auparavant, j'avais rencontré, lors de la soirée de lancement de ses Mémoires, un acteur, vieille gloire du cinéma français. Il avait joué avec les plus grands. Sa vie n'était qu'anecdotes et histoires surannées censées intéresser les vieillards férus de cinéma en noir et blanc. La superposition de son état du moment sur l'image mentale que j'avais de lui (un homme au charme fou) détruisit cette dernière. Il était autre chose. Et plus personne ne le faisait tourner. Alors, un matin, il s'était mis à l'écriture. Carlo avait sauté sur l'occasion. Une vedette dans sa maison d'édition ! Qui plus est, l'ancien mari d'une chanteuse italienne qu'adorait sa mère. Le livre fut un échec. Les vieillards, lectorat potentiel, étaient sans doute morts avant la parution. Le temps est cruel avec les hommes. Le temps est cruel avec leurs histoires.

Le Capitaine, car c'est de lui que je souhaitais parler à la fin du ralenti, me faisait penser à Fidel Castro au crépuscule de son existence. En jogging. Je gardai la comparaison pour moi. Le Capitaine, comme Achab dans *Moby Dick*, sortait du passé pour se frotter à mon présent.

— Bonjour, Capitaine.

— Bonjour, monsieur.

Le vieil homme ne se souvenait pas de moi.

— Je suis Giacomo.

— Giacomo ?

— La plage, le bus, vous vous souvenez ?

— Giacomo… Le petit garçon qui avait peur du Capitaine ?

— C'est moi, oui.

Son visage se décontracta, miraculeusement.

— Que fais-tu ici ? On m'a dit que tu étais traducteur, plus intelligent que tous les esprits de ce village perdu ?

— Je suis venu voir ma grand-mère. Elle est très malade.

— Alors, en plus de l'intelligence, tu as de la mémoire et de la reconnaissance. Fabrizio, prends exemple sur ton ami. D'ailleurs, tous les habitants de ce maudit village devraient prendre exemple sur toi, Giacomino.

Fabrizio sourit. Parce que les mots du Capitaine étaient pleins de reproches envers les villageois et parce qu'il m'avait appelé par ce diminutif, un peu ridicule, Giacomino, dont seul le Capitaine m'affublait lorsque nous étions enfants. Nous avions un profond respect pour le vieillard, même s'il portait un jogging trop large pour sa carrure diminuée. Il lui tendit son journal et le Capitaine repartit sans rien ajouter.

— Capitaine, lança Fabrizio.

Ce dernier, lentement, se retourna.

— Oui ?

— Giacomo est dans le journal.

Mon cœur s'emballa, le sang afflua à mes tempes. Je redoutais sa réaction. Le Capitaine ouvrit et ferma la main deux ou trois fois, signe, sans doute, de son intérêt pour la nouvelle. Pour être franc, cela n'était qu'une supposition car je n'avais jamais vu tel signe ailleurs que chez les petits qui apprenaient à manifester un « *ciao* ». Il s'en alla.

— Tu es fou, Fabrizio.

— Pourquoi ?

— Tu n'aurais jamais dû lui dire, pour le journal.

Si j'en avais eu le courage, j'aurais couru après

le Capitaine. Mais je n'étais qu'un traducteur, un ancien petit garçon effrayé par l'envergure du militaire et par les médailles accrochées sur sa veste.

*

Mon père, un matin, alors que j'étais au lycée, décida de peindre un *murales* sur la façade de la maison. Sur le continent, un jeune homme avait été tué par la police lors d'une manifestation contre le G8. Nous étions loin de tout ça, mais il voulait exprimer son dégoût face à cette violence inique. Il s'engageait. Jusque-là, il s'était toujours refusé à employer les murs de la maison comme support. Un principe que je pensais inaltérable. À mon retour, il était encore à l'ouvrage, suant, déterminé, silencieux. Les *murales* doivent être spontanés, non réfléchis, instinctifs. Jamais je n'avais vu mon père dans un tel état. Il ne s'arrêtait pas un instant, ne cherchait pas à fuir. Ma mère elle-même n'osait l'interrompre. De mon côté, je ressentais une grande fierté à le voir ainsi possédé par le désir créatif et par la volonté de dénoncer l'atrocité commise de l'autre côté de la Méditerranée. Mes amis n'en reviendraient pas. Eux qui s'étonnaient de ce qu'aucune peinture ne décore notre habitation. Une des rares du village à être vierge de *murales*. Depuis 1969, il en poussait un peu partout. 1969, le premier homme sur la Lune, tout le monde le savait. 1969, la première peinture murale dans notre village. Qui le savait ?

Comme, l'après-midi, nous n'avions pas cours, je passai le reste de la journée à observer mon père. J'adorais le rythme de notre système éducatif. Sa lenteur. Son oisiveté. Sa volonté de nous laisser découvrir le monde autrement qu'assis sur une chaise d'écolier. Ce jour-là, je ne partis pas dans le Domo. Je n'allai pas non plus regarder la mer depuis le promontoire. L'art s'invitait chez nous. Le vert dominait. L'herbe occupait le bas de la peinture. Couché sur le sol, je pus bientôt distinguer un jeune homme, la bouche grande ouverte. Au-dessus se tenait un policier monstrueux, rageur, l'arme à la main. Papa acheva son œuvre avec cette inscription : *Non si uccide i bambini*[1]. Quand il eut terminé, il me prit dans ses bras durant de longues minutes. Sans rien dire. Il avait accompli l'œuvre de sa vie. Le soir venu, alors que je fumais discrètement à la fenêtre du grenier pour ne pas agacer maman qui ne supportait pas l'odeur de la fumée, je la vis approcher de la peinture. Elle la regardait minutieusement, approchant et reculant pour mieux percevoir la fresque de son mari. Mon père la rejoignit pour lui apporter la tisane qu'elle buvait chaque soir. Une tisane apaisante. C'est ce qu'on lisait sur la boîte.

— Fais attention, la tasse est brûlante.

— Merci. C'est magnifique, Mario.

— Je ne sais pas, mais je suis vraiment heureux que ça te plaise.

— Je suis si fière de toi.

---

1. « On ne tue pas les enfants. »

Maman prit la main de mon père et la plaça sur son visage. Il la regardait à peine, gêné par ce geste d'une douceur inhabituelle.

— Pauvre gosse.

— Il avait l'âge de Giacomo.

— Les gens sans argent sont toujours la cible des plus fortunés.

Mon père se rappelait que son île avait, durant des décennies, vécu dans une misère terrifiante. Sans infrastructures, sans travail, presque sans nourriture, sans touristes. Les habitants se contentaient de ce que la terre leur offrait. On restait assis des heures devant les maisons. Le continent ne prêtait guère attention aux insulaires. Le rejet des dominants était né. Et personne ne l'oubliait. Même si les investisseurs avaient acheté la moitié de l'île, renvoyant les vaches loin des plages, et que les touristes venaient en masse se baigner dans les eaux chaudes et translucides.

Durant toute la nuit, papa surveilla son œuvre. Il se méfiait des jaloux, bien sûr, mais aussi de la pluie qui, en juin, pouvait se montrer particulièrement agressive et dévastatrice pour la peinture. Il plut. Un déluge inopportun pour notre famille mais bienvenu pour ceux qui attendaient un peu de pluie. Nous passâmes la nuit à tenir une grande bâche pour protéger la fresque. Et le vent s'en mêlait. Impossible de parler. Il fallait simplement tendre la protection. Deux petits hommes contre les éléments. Je savais que Turner s'était fait attacher au mât d'un navire pour peindre *La Tempête*. Papa, Turner et moi, réunis pour une œuvre d'art. Le parallèle était plaisant, valorisant. Sauf que Turner était exposé dans le monde entier. L'œuvre de mon père ne verrait jamais le bout de la rue.

Au petit matin, nous étions dans un état lamentable mais satisfaits du devoir accompli. Turner, descendu du mât depuis bien longtemps, debout sur son nuage, devait être fier de nous. Le soleil revenu, maman nous apporta des serviettes chaudes et du café... tiède qui, malgré cela, me parut le meilleur de mon existence.

Les jours qui suivirent la création de mon père virent défiler l'ensemble des villageois devant notre maison. Tout le monde venait féliciter mon père. On lui tapait sur l'épaule, on le prenait dans les bras, on lui tenait la main longuement. Le village reconnaissait son engagement. J'observais ce va-et-vient depuis la fenêtre. Le maire, le médecin et ses bocaux d'*effervescente* (il en offrit un à mon père pour améliorer son sommeil), l'épicier, Manuella (si belle, vue d'en haut) et même Walter, le chien. Au lycée, on me considérait comme le fils d'un artiste important. On me considérait, et cela me suffisait. Petit à petit, pourtant, les visites s'espacèrent. Une autre peinture, sur une autre maison, vint « effacer » des mémoires celle de mon père. Elle ne lui arrivait pas à la cheville. Que trouvait-on à ces nouveaux *murales* ? La nouveauté, sans doute. Rien de plus. Le médecin revint chez nous, un soir, pour récupérer le bocal (vide), il ne regarda pas la peinture. Manuella promenait Walter (le premier) et passait devant notre maison. Sans s'arrêter.

La gloire ne dure jamais. Les peintures non plus. Au fil du temps, la peinture s'estompa. L'inscription, tout d'abord. La négation disparut. *Si uccide i bambini*. Le complément. *Si uccide*. Puis le jeune homme allongé, Carlo, dont on avait finalement appris le nom. Ses jambes dévorées et le reste du corps. Le policier, seul, restait solidement accroché au mur. Rageur, monstrueux. Il y avait, je crois, un symbole fort derrière cette disparition. Les plus forts avaient gagné, comme toujours.

*

Grand-mère ne mourait pas. J'allais passer pour la dernière des vermines en le disant, mais grand-mère ne mourait pas. Nous étions dans une situation embarrassante. Comme un homme sur un quai qui attendrait le départ du train emportant sa bien-aimée. Et le train ne partirait pas. Pour passer le temps, on ferait des signes de la main, des sourires, on enverrait des baisers, on oserait des grimaces. Puis viendrait le temps de la gêne. Parce qu'il faut que les trains partent pour que la vie, sur le quai, continue. Grand-mère ne mourait pas. J'avais un travail à poursuivre. Je voulais le poursuivre chez moi, à Marseille. Sur cette île, j'avais du mal à m'y mettre. Toute la famille attendait la fin, sans oser le dire. Gavino venait frapper à la porte tous les jours. Chaque fois, je croyais qu'il allait nous annoncer le décès de grand-mère, mais non, il venait aux nouvelles. Il en profitait, également, pour nous faire admirer ses magnifiques chaussures jaunes à zébrures vertes, si brillantes qu'on ne pouvait les regarder trop longtemps sans ressentir une gêne oculaire. « Vous verrez, bientôt, tout le monde aura les mêmes. » Il avait eu raison pour le téléphone portable. Pas pour les chaussures.

Gavino venait aussi pour raconter ses histoires personnelles, comme nous tous, en fait. J'avais l'impression que nous étions voués à toujours nous raconter. La fiction était impossible. La réalité, trop brutale. La vie continuait autour de grand-mère, à l'intérieur aussi. Depuis de longues années, notre île était vantée pour la longévité de ses habitants. Quand je l'avais quittée, je savais que j'amputais mon existence d'une décennie, peut-être. Mais ça en valait la peine, j'étouffais, si proche des quatre extrémités de l'île. Ici, on mourait plus tard qu'ailleurs. Les gens se sentent bien. Un village coloré, vue sur la mer, des fresques, une épicière au charme fou. L'annonce est tentante.

Grand-mère était sous un drap léger car la température à l'intérieur de l'hôpital était insoutenable. À croire qu'on voulait accélérer les choses. Le médecin m'avait dit que la climatisation était très mauvaise pour les malades. Elle provoquait des refroidissements. Décidément, il n'y avait pas que ma mère pour s'en plaindre. C'était une cause nationale. En montant dans la voiture familiale, j'avais enclenché machinalement la climatisation, avant de me reprendre, deux ou trois secondes plus tard. Papa aurait été furieux s'il m'avait vu. Il y avait si longtemps qu'elle n'avait pas été mise en route qu'une sorte de fine poussière sortit des aérations. C'était si désagréable que je dus sortir du véhicule. Maman, qui me surveillait par la fenêtre, comme si je venais d'obtenir mon permis de conduire, courut vers moi.

— Que se passe-t-il, Giacomo ?

— Rien, j'ai oublié quelque chose.

— C'est une raison pour sortir ainsi de la voiture de ton père ? En catastrophe ! Et de me faire peur ? Tu veux ma mort, mon fils ? Dis-moi ce que tu as oublié, je vais te le chercher.

— Je ne voulais pas te faire peur, désolé. Mais pourquoi me regardais-tu ?

— Je ne te regardais pas, je profitais du soleil.

J'entrai dans la maison sans aucun but sinon celui de tromper ma mère. Je pris la direction de ma chambre, m'assis trente secondes sur mon lit (selon mon estimation, le temps nécessaire pour saisir un objet oublié) et retournai vers la voiture.

— C'était rapide. Qu'avais-tu oublié ?

A posteriori, la prochaine fois, il me faudrait doubler le temps d'attente pour paraître plus crédible. Surtout face à un être aussi redoutable.

— Un calepin sur lequel je note des idées pour ma traduction.

— Tu te fais trop de souci pour nonna, ça te rend malade, mon chéri. Elle a bien vécu, tu sais. Nous sommes tous tristes, mais il faut aller de l'avant. Tu es jeune.

— Tu as raison. Tout le monde est triste, et impatient.

— Que dis-tu ?

80

— Rien, tout le monde est triste. C'est vrai.

Même si j'avais menti à ma mère au sujet du calepin, j'avais pris avec moi le texte de *Moby Dick* et un crayon. Il fallait bien se rassurer. Emporter son travail avec soi, c'est déjà le faire, un peu. J'ai tiré les rideaux pour rendre un peu de son intimité à grand-mère. Aussi pour briser cette lumière bien trop forte qui augmentait la mauvaise mine des patients, et la mienne. Pourquoi y a-t-il tant de lumière dans les hôpitaux ? On voudrait ne rien y voir, comme dans les tableaux dans les églises. La pénombre corrige les erreurs. Grand-mère n'était pas très causante, une vraie « tombe » selon l'expression très juste de mon oncle Gavino. Pourtant, j'avais des choses à lui dire. Nous étions seuls, débarrassés de notre pâleur.

— Nonna, il y a longtemps que je n'ai pas eu l'occasion de me retrouver seul avec toi. En général, il y a toujours un cousin, un oncle, un médecin. Tu sais, je travaille actuellement sur un texte incroyable, c'est une nouvelle version de *Moby Dick*, un roman extraordinaire. Je t'en parlerai une autre fois, je suis sûr que l'histoire te plaira. Nonna, tu ne vas pas mourir, tu n'en as pas fini de cette vie. J'ai encore plein de choses à te dire. J'habite Marseille, c'est une belle ville. Grande, il y a la mer et tout ce que l'on désire. Quand j'habitais ici, je voulais toujours partir ailleurs, loin de ce village, loin du maquis et des fêtes qui me faisaient peur. Je t'ai déjà dit que les déguisements en *Mamuthones*[1] m'empêchaient

---

1. Déguisements visant à repousser les mauvais esprits.

de dormir lors des célébrations ? Ça ne fait pas très sérieux pour un grand garçon comme moi mais tant pis. À mon avis, il y a d'autres villageois tout aussi effrayés et qui n'osent rien dire. Je n'ai jamais eu peur de dire que j'avais peur. C'est ce qui me différencie de beaucoup de villageois et de beaucoup d'adultes. Cette traduction dont je viens de te parler, elle me fait peur. Je redoute de ne pas la terminer, de ne pas avoir la force nécessaire. J'en ai fait d'autres, pourtant. On ne peut pas tout expliquer, c'est ce que j'ai compris avec le temps. Tu es d'accord avec moi, j'imagine. Je ne sais pas si je devrais te dire cela, mais quand Gavino m'a appelé, il m'a raconté que tu allais bientôt mourir. C'est un verbe fort, du genre qui réveille même quand on a la tête ailleurs. Au départ, j'ai pensé que je ne te reverrais jamais vivante. Ça m'a fait beaucoup de mal. Je ne voulais pas que tu meures sans moi. Il y a tous les autres, bien sûr, mais je voulais t'accompagner. C'est égoïste. J'ai couru au port et je suis monté dans le premier bateau qui partait pour notre île. D'ordinaire, j'ai mes petites habitudes, je prends une cabine pour croiser le moins de monde possible. Je n'aime pas voir les gens qui rentrent chez eux. Ils sont heureux mais j'imagine que ça ne va pas durer. Il leur faudra repartir. Ça me fait mal au cœur, alors je m'enferme dans une cabine, sans hublot. Je ne veux rien voir. J'entends les bruits dans les coursives, c'est suffisant. Les marins ont la mauvaise habitude de parler trop fort. Je comprends à l'agitation que l'on va accoster. Cette fois-ci, je n'avais pas de cabine, je suis resté sur le pont et au bar. Comme ceux que j'évite. Sur le pont, il y a toujours ces imbéciles qui jettent leurs sacs en plastique ou leurs mégots à la mer. Je n'ai rien dit, j'ai tourné la tête. Les mots ne peuvent rien face à la bêtise absolue. Quand je n'en ai plus pu de voir ce désastre, je suis allé au bar et j'ai bavardé avec un chanteur. Un type bien. On a parlé un peu de nos métiers. Je lui ai expliqué que je disais presque la même chose que les écrivains dont je devais traduire les œuvres. Le presque, satané presque. Tout est là ! J'ai eu du mal à dormir sur les banquettes du bar. Elles sont trop dures mais c'est fait exprès. Et Gavino m'avait fait si peur. Gavino...

— *Che stronzo*[1] !

— Tu as raison, un vrai con... mais, nonna, tu as parlé !

Emporté dans mon soliloque minable, il m'avait fallu quelques secondes pour réaliser que ma grand-mère venait de parler, ce qu'elle n'avait pas fait depuis des semaines. Je me levai pour avertir les médecins. Les rideaux fermés, je devais trouver l'ouverture, tâche rendue difficile par le stress. Finalement, je réussis à m'extirper, mais me pris les pieds dans le tissu trop grand que personne n'avait pris le temps d'ourler. Je chutai lamentablement au milieu de la pièce. Pire encore, je n'y voyais quasiment plus car la lumière intense brûlait mes yeux. Genoux à terre, je me rendis compte d'une présence humaine face à moi. Des pieds. Des sandales d'une

_____

1. « Quel con ! »

marque allemande fameuse qui équipait la majorité du personnel médical européen. Une vraie success story. Je tâtonnai de la main pour vérifier que mes yeux ne me trompaient pas sur cette présence.

— Ça va, monsieur ?

— Oui, très bien. Je sais, difficile à croire dans cette posture. Je voulais prévenir un médecin, ma grand-mère est sortie du coma, elle vient de parler.

— Je vais voir immédiatement. Mais relevez-vous, s'il vous plaît.

Les sandales appartenaient à une jeune femme qui m'aida à me remettre debout.

— Je me suis pris les pieds dans le rideau.

— L'émotion, sans doute.

La jeune médecin, la *dottoressa* Alessandra Cau, c'était écrit sur sa blouse, prit le pouls de grand-mère. Elle était charmante et me réconciliait avec tout le système de santé en vigueur sur l'île. Le Dr Ignazio à qui l'on aurait ôté l'âge, la barbe, le ventre, les mains ridées, le bocal d'*effervescente* et les voitures trop larges. Le Dr Ignazio à qui l'on aurait ajouté le sourire, la douceur, la beauté, les sandales allemandes (lui ne portait que des mocassins bateau, été comme hiver, protégé qu'il était des refroidissements par ses pilules miracle) et la compétence.

— Qu'a-t-elle dit ?

— *Che stronzo…*

— Étrange.

— C'est parce que je parlais de mon oncle, un véritable imbécile, un vaurien… Vous le connaîtriez,

84

vous en diriez autant. Un homme capable du pire, seulement…

— Non, je disais étrange car son pouls est encore très faible. Elle n'a rien dit d'autre ?

— Je ne sais pas. Ensuite, j'ai voulu courir, je suis tombé et vous m'avez ramassé.

Bien entendu, le terme « ramassé » était maladroit. Il marquait les chocs que je venais de subir. Le presque-réveil de grand-mère. Tout est dans le presque. Et l'apparition d'Alessandra. La fille aux yeux inouïs. Des sandales jusqu'au visage. Le dévoilement. Pendant quelques secondes, nonna avait disparu. Une belle scène de cinéma. Une rencontre improbable dans un lieu hostile. À côté d'une vieille dame qui n'en finissait pas de vivre. De mourir. Et de vivre. J'aurais voulu être plus séduisant, plus à mon avantage que je ne l'avais été. Il manquait une musique pour rendre la scène plus attrayante. « Rachel's Song » de *Blade Runner*, par exemple. Si l'on avait joué ce morceau, si Vangelis avait été là avec tout son orchestre, dans le couloir, pour ne pas nous déranger, alors Alessandra Cau aurait trouvé quelque chose de touchant et de franchement irrésistible dans ma personne. Parce que la musique aide l'amour. Et inversement. Mais, dans cet hôpital, on n'en écoutait pas, ni dans aucun autre, d'ailleurs. Il fallait se débrouiller sans musique, juste avec soi-même et la vie.

*

La meilleure façon de s'aimer, c'est de ne presque jamais se voir. On s'épuise à cohabiter. On épuise l'autre avec nos petites manies. Mes parents étaient épuisés. Il n'y avait plus de surprise à toujours se voir. Ils savaient, à chaque instant, ce que pensait l'autre, ce qu'il allait faire ou dire. C'était rassurant, sans doute, pour eux. Moi, ça m'effrayait. Et je m'imaginais bien vivre une relation à distance avec la *dottoressa* Alessandra. Mon métier était propice à cette situation. Depuis Marseille, tout était possible. Le bateau à portée de main. Je pouvais venir deux fois par mois. Sans problème. Il existait des cartes de réduction, des tarifs avantageux, pour les grands voyageurs. J'étais perdu dans mes pensées amoureuses quand la meute, la famille, débarqua à l'hôpital. Des loups en quête de sang qui venaient entendre nonna. Tous se placèrent autour du lit et tendirent l'oreille. Mais rien ne sortait de la bouche de grand-mère. Elle avait toujours été bornée. Du genre rancunière quand on lui jouait un mauvais tour. J'étais persuadé qu'elle devait bien rire à nous voir tous là, penchés, à l'affût de la moindre parole, comme des croyants, place Saint-Pierre, attendant la fumée blanche annonciatrice d'un nouveau souverain pontife. Mais Rome était loin. Et le pape, aussi solide que la statue de saint Paul. Les chaussures moins usées, aussi. Chacun y allait de son hypothèse quant à l'explication du silence. Ma mère, Cassandre sarde, n'imaginait rien de bon. Mon père expliquait que, dans la même situation que grand-mère (elle, couchée, et nous tous, autour), il n'aurait pas prononcé le moindre mot. Question de fierté. Désir, également, de garder la maîtrise. J'ai soutenu son argumentation. Gavino, énervé d'avoir cherché ses clés toute la matinée, n'en finissait plus de tourner autour du lit. On voyait qu'il avait envie de dire quelque chose. Il attendait le moment propice où le silence se ferait. Il fallait que tout le monde entende clairement ce qu'il avait à dire et, comme il n'osait pas élever la voix en pareil lieu, il espérait une fenêtre de tir. Elle arriva.

— Si le peintre et le traducteur sont d'accord, c'est qu'ils doivent avoir raison. Comme d'habitude.

Les autres membres de la famille ne bronchèrent pas et baissèrent les yeux. Papa souffla pour signifier l'ineptie de ces propos. Je tentai d'élaborer rapidement une réplique. Une phrase cinglante, un coup de gros ceinturon en cuir, comme on en trouvait par ici. Un cuir âpre, qui laisserait une marque profonde dans l'esprit de Gavino. Les idées s'entrechoquaient dans ma tête. Au bout de quelques instants, j'étais décidé, j'allais prononcer LA phrase, preuve de ma repartie unique et légendaire (pour être honnête, ma légende devait naître de ma prise de parole).

— Gavino, lançai-je d'un ton assuré mais ronflant.

— Oui, je t'écoute, mon petit.

— Vois-tu, Gavino…

Je répétai le prénom pour retarder mon annonce. Melville le faisait, parfois, et je trouvais cela du meilleur goût.

— Oui, dis-moi.

À ce moment, une voix rocailleuse retentit. Une voix qui glaçait les sangs.

— *Imbecille. Esiste qualcuno di più stupido di te, Gavino*[1] *?*

C'était grand-mère. Bien plus véloce que moi, elle avait cloué le bec à cet oncle impertinent. Elle ne mourait pas mais se rendormit aussitôt sa réplique prononcée, comme Sarah Bernhardt à la fin de sa carrière. La sonnerie de mon téléphone, couplée aux vibrations que je n'arrivais pas à désactiver, ne provoqua chez elle aucune réaction. Encore Carlo, encore *Moby Dick*. Je trouvai un petit espace au calme, au bout d'un couloir de l'hôpital.

*

— Tu avances un peu dans la traduction ?

— Oui, Carlo, ne t'inquiète pas.

— Il est normal que je m'inquiète, tu disparais comme ça, du jour au lendemain et tu ne réponds pas à mes appels.

— Mais là, j'ai répondu.

— Ne joue pas avec mes nerfs. Tu sais que cette traduction sera un événement, un coup de projecteur sur la maison d'édition. Je compte sur toi, Giacomo, ne me fais pas faux bond. Quand penses-tu avoir fini ?

— Je ne sais pas. Je suis en Sardaigne.

— Mais qu'est-ce que tu fous en Sardaigne ?

— J'ai des soucis.

— On a toujours des soucis là-bas, il y a trop de couleurs, ça fait mal aux yeux et à la tête. Les gens

---

1. « Imbécile. Existe-t-il quelqu'un de plus stupide que toi, Gavino ? »

deviennent fous. Moi, je n'y vais jamais. Dans quinze jours, tu auras terminé ?

— Ma grand-mère est sur le point de mourir.

— Désolé. Trois semaines, ça irait ?

— Je ne sais pas.

— Giacomo, quel âge a ta grand-mère ?

— Entre quatre-vingts et quatre-vingt-dix…

— Tu ne connais même pas son âge et tu veux me faire croire que tu es ennuyé au point de ne pouvoir me rendre ma traduction, c'est un comble !

— Carlo, peu importe l'âge. Elle compte beaucoup pour moi. Davantage que *Moby Dick.*

— Rien n'a plus de valeur que *Moby Dick* ! Reprends-toi ! Je te laisse quelques jours et je te rappelle. N'oublie pas, rien n'a plus de valeur que *Moby Dick* ! Pense à ce vieux capitaine Achab, il a besoin de toi…

Le capitaine Achab n'avait besoin de personne. Dans la dernière version du texte, celle que je traduisais, il survivait à la baleine et revenait en héros sur ses terres. La folie ne le conduisait pas à la mort, mais à la maison. Un autre Capitaine occupait mes pensées.

— Giacomo ! Tu rentres avec nous ?

— Oui, j'ai terminé.

*

Chez mes parents, sur la table de la salle à manger, d'ordinaire vierge d'objets pour ne pas l'abîmer, trônaient une trentaine d'exemplaires de *La Nuova Sardegna.* Ils avaient tous été amputés de la page qui contenait mon interview et une photo de moi, debout, le regard fuyant et les cheveux maladroitement coiffés. La rédaction trouvait cette photo réussie. De mon côté, j'en avais un peu honte. Elle ne me ressemblait pas et ne reflétait rien sinon ma gêne excessive devant un objectif. Les coupures étaient disposées les unes sur les autres, au millimètre près. Ma mère voulait conserver un souvenir de cette belle journée où son fils jouait les premiers rôles (davantage un emploi de figurant, en réalité), dans le journal et sur la table. Les dizaines d'exemplaires s'expliquaient par sa peur de perdre LA preuve de l'importance de son fils. Elle avait vu large. À côté des coupures, elle avait disposé un classeur rigide sur lequel était inscrit en caractères gigantesques GIACOMO. Elle pensait sans doute que cette interview en appellerait d'autres. C'était une merveilleuse preuve d'amour.

D'ailleurs, je mesurais l'importance de son geste car la salle à manger était une sorte de pièce sacrée, dans laquelle on entrait très rarement et dans laquelle on ne s'attardait pas. Comme dans la chapelle Sixtine, le temps était compté. Et la gardienne ne transigeait pas. Les objets étaient les mêmes depuis mon enfance, disposés définitivement. Le vase vert, vide, au milieu de la table. Les photographies sur le buffet très long, massif, jamais ouvert. Les rideaux eux aussi restaient fermés. Le soleil charriait la poussière et jaunissait les photos. L'obscurité était surtout un moyen efficace pour repousser les visiteurs éventuels et l'enfant que j'étais.

Chaque chose avait fini par prendre racine et par marquer son support. Ainsi, il devenait impossible de les déplacer d'un centimètre. Un Christ en croix faisait face à la Vierge Marie. Le moindre passage dans la pièce se faisait sous un regard divin. Jésus, Marie, il ne manquait que Joseph pour reformer la famille. Un peu de paille, aussi, et quelques animaux. De la paille factice, alors, pour ne pas salir. Et des animaux en plastique, sans odeur désagréable.

Je m'étais toujours demandé pourquoi on avait réalisé une telle salle à manger pour la priver de sa fonction première. Je pris une des coupures de presse et la logeai dans mon portefeuille. Mémorial du pauvre qui pourrait, quand les temps seraient difficiles, me rappeler qu'une fois, par le passé mon avis avait intéressé quelqu'un.

— Que fais-tu, Giacomo ? Ne tarde pas trop et viens prendre un café avec ta vieille maman.

Le temps imparti dans la chapelle Sixtine était écoulé, la gardienne nous rappelait à l'ordre, il fallait sortir.

*

La maison du Capitaine était un peu excentrée des autres habitations du village. Elle était minuscule si bien que je ne savais pas trop comment un être aussi imposant pouvait se mouvoir dans un espace vital aussi exigu. Il avait dû s'y habituer, sans doute, depuis qu'il était revenu au village. J'étais un jeune joueur de football, habitué aux défaites. Après la guerre, blessé, le Capitaine avait passé de longues années dans différents centres de soins du continent. Il fallait apprendre à vivre avec ce que l'on avait fait, avec ce que l'on avait vu ou entendu. Jeté dans le noir, il était revenu dans notre monde coloré, un beau matin, comme moi. Le bateau, le bus, les chiens, rien ne changeait jamais. Tout le monde à sa place.

— Que viens-tu faire par ici, Giacomo ?

Je fus surpris par la voix du Capitaine qui sortait d'une fenêtre entrouverte.

— J... je... je me promenais.

— Il ne faut pas mentir aux vieilles personnes. Il ne faut pas donner dans l'illusion.

La face du Capitaine apparut à la fenêtre. Détendu et sûr de lui, il enchaîna :

— J'ai lu ton interview dans le journal, un bel entretien. Tu es un garçon plein de talents. Tes parents peuvent être fiers de toi.

— Ils le sont. Ma mère a acheté une trentaine d'exemplaires de *La Nuova Sardegna*.

— Tu es la gloire du village, à présent. Ça change des peintures et des brebis.

— Ne vous oubliez pas, dans la liste.

— Ha, ha, ha ! Tu parles d'une époque révolue. Je ne suis plus une gloire pour qui que ce soit. Mais si tu es venu pour me faire des compliments, je les prends ! Ils sont devenus si rares.

— Je suis sincère, vous faites partie des personnes qui ont compté pour moi. Davantage que certains membres de ma famille.

Le Capitaine était ému par mes mots, je le voyais à ses yeux. Je ne lui mentais aucunement. Quand je pensais à ce qu'il avait pu m'apporter par rapport à mon oncle Gavino, pour ne citer que lui, il me semblait tout à fait normal de lui dire.

— Écoute, petit, tu me fais vraiment plaisir. J'ai du monde qui ne va pas tarder à arriver, des amis d'ici et de là, des gens que tu ne connais pas, des gens du village, d'autres villages, également, d'anciens militaires, des civils, enfin tu comprends, tu es intelligent, je vais avoir du monde. Je dois préparer la maison. Je dois me préparer, aussi, me faire beau car on ne reçoit pas les gens mal rasé, mal peigné, mal habillé. Je dois m'apprêter, tu vois ce que je veux dire, Giacomo. J'ai un corps, sous cette tête !

— Je vois parfaitement, Capitaine. Je vous laisse.

— Reviens me voir à l'occasion, nous parlerons, si tu veux.

— Avec plaisir.

Le Capitaine se retira et ferma la fenêtre. Je l'avais trouvé si mal dans sa peau, si gêné dans ses explications que je doutais de leur réalité. Il attendait « du monde » et je voulais en avoir le cœur net. Depuis l'enfance, j'étais habitué à épier Manuella, l'épicière, caché derrière un chêne-liège. Je décidai de faire la même chose avec le Capitaine. Je me postai derrière un arbre dont j'ignorais le nom. Je ne connaissais rien aux arbres ni à ce qui sortait de terre. Je ne connaissais que les chênes-lièges, les pins maritimes et le maquis qui envahissaient notre île. L'arbre qui m'occultait était large, seule cette caractéristique importait. Les trente premières minutes furent inter-minables. Personne ne venait dans cette partie du village. Même pas les chats et les chiens. No life's land. Passé cette demi-heure, j'entrai dans un système atemporel, hors du temps. Pas un bruit, pas un mou-vement pour me déranger dans ma tanière. Le même décor, figé. Je pensai à ma traduction, aux passages déjà travaillés, aux retouches, aux améliorations que je pourrais apporter, à Achab, debout sur le cachalot, hurlant, à Alessandra, le médecin, à qui je pourrais montrer la coupure de presse, pour ne pas qu'elle me réduise à un type maladroit, la main sur ses sandales. Nous aurions été bien, tous les deux, dissimulés, à espionner le Capitaine. Elle, le dos contre l'arbre, moi, les mains autour de sa taille. « Ne t'inquiète pas, je te dis s'il se passe quelque chose. » Et j'aurais prié pour qu'il ne se passe rien et qu'elle reste adossée à l'arbre. Mes mains autour de sa taille, immuables. On avait le droit de tout imaginer, seul, à attendre *du monde*. Je pensai à grand-mère, aussi, si elle m'avait vu là, planqué derrière un arbre inconnu, elle aurait bien ri ou alors, elle m'aurait lancé la même phrase qu'à Gavino. Je préférais la première option. Le temps avait disparu et les idées s'enchaînaient. Personne ne venait. Personne ne viendrait, l'évidence poussait un cri. Quand le soleil commença à décliner, je me résolus à partir. Le Capitaine m'avait menti.

Au bout de la rue, je regardai ma montre. Dix-sept heures. Durant trois heures, je n'avais pas bougé d'un orteil. Je m'étais plié à la règle de cette partie du village, l'immobilité. Jamais je n'avais tenu si longtemps pour Manuella. Vingt minutes, tout au plus, pour l'épicière. Le Capitaine me fascinait. Je l'avais connu alors que j'étais enfant, je l'avais regardé en levant la tête, mis sur un piédestal, tout en haut de l'étagère où je rangeais mes livres. C'était dire son importance. À présent, je voyais ses yeux et non plus son cou et son menton. J'étais à bonne hauteur. Je voyais ses yeux et ils me disaient de revenir. Quand le monde serait parti, bien sûr.

*

— Giacomo ! Il y a une lettre pour toi.
— Merci, maman.

J'étais étonné de recevoir du courrier car je n'habitais plus au village depuis des années et la dernière lettre que j'avais reçue chez mes parents devait être un bulletin scolaire.

— Ce doit être une admiratrice qui a lu ton interview dans le journal.
— Ou un admirateur.
— Ne plaisante pas avec ça !

Il y avait des sujets sur lesquels les mentalités évoluaient peu, de ce côté de la Méditerranée. Ma mère se signa et repartit à ses occupations. Ce matin-là, elle avait décidé de mettre de l'ordre dans le grenier, une idée comme une autre. Mon père devait l'aider dans cette entreprise pharaonique vouée à l'échec tant la pièce était encombrée de toutes nos vies. Trois vies entassées, dispersées à travers des livres, des disques, des objets hors d'usage et le matériel de peinture de papa. Les reproches de maman n'en finissaient pas de traverser la maison pour parvenir jusqu'à mes oreilles. Comme la lettre. Sans timbre. Elle avait donc été déposée directement dans la boîte aux lettres de mes parents. Une belle écriture, appliquée, sérieuse, avait tracé mon prénom. On montre beaucoup de soi en écrivant à la main. On se dévoile. J'imaginai que cette calligraphie devait être le fait d'une femme. Dans mon esprit, les femmes avaient une écriture soignée. À l'école, au lycée, à l'université, j'avais remarqué que mes camarades garçons (et moi, donc) écrivaient salement, sans application. Tout le contraire des jeunes filles et des femmes. Manuella, un jour, alors que je m'étais rendu à l'épicerie pour acheter de la *bottarga* et deux ou trois autres choses, avait écrit un petit mot à ma mère, sur un bout de papier, pour lui expliquer qu'elle n'avait pas exactement ce qu'elle voulait. Elle avait *presque* la même chose. Tout était dans le presque. J'avais découvert, à cette occasion, son écriture parfaite. Ses lettres étaient rondes et généreuses. À son image. J'avais gardé précieusement le billet et je le posséderais encore si Walter, le chien, ne l'avait pas ingurgité lors d'une visite à l'épicière. En effet, alors que j'attendais patiemment que Manuella s'occupe de mon cas, comme il y avait de nombreux clients, le chien était venu me chahuter un peu et, dans la bousculade, le petit mot était tombé. Walter mangeait tout ce qui passait sous sa truffe. J'avais bien essayé de sauver le papier, mais je n'avais réussi à délivrer de ses crocs qu'une relique incomplète et baveuse.

Mes tentatives pour le faire sécher sur le rebord de la fenêtre de ma chambre furent vaines. Cette fois-ci, il n'y avait pas de risque que Walter, le fils, dévore ma lettre. La lettre de sa maîtresse ? Mais pourquoi Manuella m'aurait-elle écrit ? Pour s'excuser du comportement de son chien ? Il y avait prescription et le pauvre Walter, le père, reposait dans le jardin familial où il avait, sans doute, été accueilli avec grand plaisir par les cochons que la famille élevait. La vengeance de ceux qui dorment dehors. Non, une lettre de Manuella ne m'aurait pas vraiment intéressé. C'était égoïste de ma part, j'en conviens, mais la chance de l'épicière était passée. Elle n'en avait plus aucune avec moi.

Alors, j'ai pensé à la *dottoressa*, Alessandra. C'était elle, sans aucun doute ! Notre rencontre quasi miraculeuse avait eu un effet cataclysmique dans son existence. Le coup de foudre. De mon côté, je ne pouvais pas être aussi formel, il me faudrait un peu de temps pour évaluer précisément mes sentiments. On ne mesure pas toujours l'impact que l'on a sur les autres. C'est de la chimie, de la physique… Alessandra avait dû rechercher mon identité en consultant le dossier de grand-mère. L'île est petite, tout le monde se connaît, quelqu'un lui avait donné l'adresse de mes parents. Et sa timidité l'avait empêchée de me dire les choses de vive voix. Une lettre, comme avant, quand les messageries électroniques n'existaient pas. J'étais ravi.

Je décachetai la lettre avec précaution et mon horizon d'attente fut renversé par le coup d'œil, rapide et précis, que je jetai sur la signature, tout en bas de la feuille.

Capitano Vincenzo Frau

Je m'étais trompé. Il ne serait pas question d'Alessandra, mais du Capitaine. Jamais je ne l'aurais imaginé m'écrire. Je devais, à présent, découvrir le corps de la lettre. Mes yeux remontèrent et trouvèrent le vide. Enfin, presque le vide. Il n'y avait que quelques mots aussi bien écrits que mon nom sur l'enveloppe.

Content de t'avoir revu.

C'était on ne peut plus concis. Un mot sur l'enveloppe, trois pour la signature et cinq pour la lettre. Le Capitaine allait à l'essentiel. Pourtant, cette lettre me fit grand plaisir, grand honneur, même. J'avais, durant des années, côtoyé cet homme étrange, effrayant et absolument mystérieux qui m'avait fait croire, la veille, que des invités, nombreux, allaient arriver chez lui. Il souhaitait que je m'en aille et je ne comprenais pas pourquoi.

Le reste de la journée, je dus affronter les remarques de ma mère concernant l'auteur de la lettre. Elle voulait tout savoir. Je ne voulais rien lui dire. Je retournai voir grand-mère qui ne mourait toujours pas. Et qui ne parlait plus.

*

Le Capitaine était revenu de la guerre auréolé de gloire. Je me souviens de l'accueil que les habitants lui avaient réservé. Les femmes s'étaient faites belles, elles avaient passé leurs plus belles robes, celles que l'on ne portait que dans les circonstances marquantes de la vie. Les positives, bien sûr. Les fêtes, les processions, les mariages, les baptêmes. Tout ce qui rythmait la vie du village. Tout ce qui faisait qu'on se réunissait. Maman n'avait pas échappé à cette envolée vers la beauté. Je ne me rappelais l'avoir vue aussi belle que pour le mariage de son frère, Gavino, l'imbécile. Maman si belle pour un mariage si chaotique, avec un oncle rouge de joie, une épouse effrayée (par son mari, je pense) et la moitié des invités ivres, prêts à se bagarrer contre le vent qui faisait trembler les branches. Une épouse ravissante et blanche qui répondait au prénom de Gavina. Gavino et Gavina. Personne ne s'appelait ainsi, sauf eux ! Comme si les deux familles avaient décidé d'accoupler un mâle et une femelle de la même race. La race des Gavin…

J'avais été choisi pour aider le curé dans sa mission. Aux premières loges pour voir Gavino faire des clins d'œil salaces à toutes les filles présentes lors de la cérémonie. Toutes, excepté sa mère et sa sœur. Aux premières loges pour entendre le curé me souffler dans les oreilles parce que je n'étais pas assez habile dans mes gestes. Il ne fallait pas faire de mauvais gestes, faire tomber une bible ou un encensoir. À croire que l'on mariait un membre de la famille royale d'Angleterre. Il n'y avait que des ivrognes. De toutes les couleurs. Les joues rouges. Les chemises roses. Les pantalons gris. Les pantalons orange. Les chaussures bleues. Toutes les couleurs d'une vie éloignée du monde.

Pour le retour du Capitaine, on avait décoré les murs de l'école, fait des banderoles, de petits drapeaux, préparé deux ou trois chansons. Le maître avait sorti toutes ses cartes et ses plus beaux livres d'histoire. Il nous répétait sans cesse qu'il connaissait bien cette illustre personne. Le village voulait manifester sa joie et sa fierté de revoir ce valeureux combattant. Il faut dire que les autres villages de l'île ne comptaient pas parmi leurs habitants un capitaine de l'armée nationale.

Le maire était allé le chercher chez lui, là où, dorénavant, rien ne bougeait. Le Capitaine avait pris place dans la belle voiture du *sindaco*[1] et ce dernier lui avait offert un triomphe digne des plus illustres empereurs de Rome. On l'aimait, ce héros de guerre. On l'aimait d'autant plus qu'il avait été soigné de longues années avant de pouvoir rentrer chez lui, dans son village couvert de peintures. On lui demandait de signer un morceau de papier, de caresser le visage d'un enfant, de poser pour la photo, mais savait-on pourquoi ? Le Capitaine, si heureux, ne refusait aucune sollicitation. Quelle merveille d'être aimé de tous ! Quel plaisir d'être l'origine des sourires sur les visages qu'il croisait ! Lui qui avait combattu les Allemands, les Américains puis les Allemands,

_____
1. Le maire.

à nouveau. Car les ennemis avaient été les alliés et vice versa. Difficile de comprendre quelque chose à cette situation. En janvier, le Capitaine demandait à ses hommes d'attaquer les Américains, en février, les choses avaient évolué si bien qu'il fallait à présent tirer sur les Allemands. Si l'on ajoutait à cela l'insularité et la haine des Italiens du continent, les soldats devaient tenir des comptes serrés pour ne pas se tromper d'adversaire. Schizophrénie italienne pour un pays qui ne savait plus vraiment où se trouvait son unité. Le Capitaine racontait à ceux qui réclamaient ses récits qu'il prenait deux minutes au réveil pour « faire le point sur la situation », c'est-à-dire pour ne pas sombrer dans la folie.

Maman l'écoutait, moi aussi. Papa pensait que les paroles du héros étaient un peu exagérées. Balivernes ! Qui l'avait vu au combat ? Qui pouvait témoigner ? Ses médailles ? Mais, à Rome, parce que mon père connaissait bien Rome, il y était allé une fois, à Rome, on pouvait acheter des médailles, des médailles de n'importe quoi. Une médaille pour un chanteur, une médaille pour un nageur, une médaille pour… un chien ! Oui, on pouvait même trouver des médailles pour les plus beaux chiens, alors cette abondance de breloques sur la veste du Capitaine ne convainquait pas mon père. Maman, elle, était sous le charme du soldat à la peau grêlée. L'attrait de l'uniforme, sans doute. Elle le regardait avec plaisir, elle qui ne voyait presque plus mon père. Tout est dans le presque. En fait, je la comprenais car il avait fière allure. Il me faisait peur avec son costume officiel et ses grandes mains dont j'imaginais qu'elles avaient causé la mort de dizaines, de centaines, que dis-je, de milliers d'ennemis. Il aurait pu tous nous anéantir d'un seul geste. C'était peut-être pour cela, aussi, que les villageois le recevaient le sourire aux lèvres. Ils avaient peur. On sourit toujours au dentiste parce que l'on espère qu'il ne nous fera pas souffrir.

Quand toutes ces célébrations furent terminées, il m'arrivait de croiser le Capitaine dans la rue centrale de notre village. On l'invitait à prendre un café ou un alcool fort parce que les militaires ne boivent que des breuvages puissants. Le Capitaine acceptait. On le plaçait à la meilleure place, visible de tous, à la terrasse du café. Il rayonnait, parlait haut, serrait longuement les mains et se postait au plus près des gens qu'il rencontrait. Le Capitaine voulait combler son absence passée par une hyper-présence. Il bouchait le paysage mais personne ne semblait en souffrir. Au contraire. Le Capitaine était comme ces gros nuages qui cachent le soleil durant quelques minutes pendant les après-midi de canicule. Il permettait aux villageois de souffler un peu en pensant à autre chose qu'à leurs querelles intestines.

*

— Avec Fabrizio, avant que la maladie ne dévore sa peau, nous aimions regarder le ciel à travers les pins maritimes. Quelqu'un qui fait ça ne peut pas être mauvais. La mer était éloignée du village, mais elle nous offrait un avant-goût de son existence en mettant à notre disposition ces arbres annonciateurs. Un peu perdus, il faut l'avouer, si loin de l'eau. Des heures à regarder le ciel en silence. Les branches qui piquaient le bleu. Parfois, un oiseau venait troubler le tableau. Quel tableau ? Le ciel est à tout le monde. Il s'offrait à nos yeux et nous espérions le voir partir. Erreur de jugement. Le temps, heureusement, l'avait corrigée. On a parfois l'impression qu'un élément nous gêne alors qu'il est là pour nous faire prendre conscience de la beauté d'une chose. L'oiseau voulait nous montrer qu'il touchait ce que l'on désirait du regard. Sans volonté de nous rabaisser, il ouvrait la voie. Fabrizio prenait une pierre et le visait. L'oiseau partait. Il sortait du tableau. Quel tableau ? Le ciel à travers les pins maritimes. Jeter des pierres, la fin de la beauté. Les pins, autour du village, avaient été décimés par une maladie terrifiante qui les flétrissait de l'intérieur. On ne voyait pas le mal, puis, un jour, l'arbre s'effondrait littéralement. À l'intérieur, rien ne subsistait. Une coquille vide, comme les Domus de Janas. Impossible de récupérer les branches ou le tronc. Les plus grands spécialistes nationaux débarquèrent sur l'île pour tenter de résoudre le problème, mais rien n'y fit. Les arbres mouraient les uns après les autres sans que l'on sache vraiment pourquoi. Les scientifiques logeaient chez l'habitant car, au village, il n'y avait pas d'hôtel. Nous en accueillîmes un, le Pr Ventrano, originaire de Milan, une ville froide du Nord. Un petit homme très sérieux, très poli et un peu effrayé par nos habitudes alimentaires. Des légumes crus, de l'huile d'olive et des pâtes. Il faut dire qu'à l'époque papa et maman étaient un peu justes financièrement. On ne faisait guère plus appel aux peintres en bâtiment parce qu'on ne construisait plus de bâtiments. Mais nous étions heureux de l'accueillir chez nous. Il me parlait du Duomo de Milan que je n'avais vu qu'à la télé, quand elle fonctionnait, et de *La Cène*, de Léonard, exposée dans une petite église de la grande ville. Je lui demandais mille explications quotidiennes. Maman tentait de repousser mes assauts contre le savant. « Laisse-le tranquille, tu vois bien que le professeur est fatigué. » J'insistais. Ventrano me répondait chaque fois, patient, posé. « Tu finiras par travailler sur les arbres, Giacomo », me disait-il souvent. Les arbres, mais quels arbres ? Je n'en connaissais que deux, les chênes-lièges et les pins maritimes. Ce qui m'intéressait, c'était la ville, les cathédrales, les musées et les monuments. Eux ne s'effondraient pas. Et s'ils finissaient par tomber, on trouvait toujours une explication. Ventrano resta un mois à la maison. Un mois de calme relatif puisque ma mère avait décrété de manière unilatérale qu'elle n'agresserait plus mon père tant que le scientifique logerait chez nous. Une trêve domestique. Ils jouaient au couple parfait et cela me plaisait. On ne criait plus, à table, quand l'autre n'était pas franchement intéressé par ce qu'on lui racontait. On ne lui reprochait pas d'être un mari indigne, un mauvais père, un séducteur insatiable et tout le reste. On s'écoutait et la maison vivait. Cela grâce à un spécialiste des arbres méditerranéens originaire de Milan. S'il ne soignait pas les arbres, il soignait les couples.

Cela me convenait parfaitement. Et, pour les arbres, je pouvais lui donner un coup de main car, au fond de moi, j'avais la solution. Ces arbres mouraient de tristesse et de solitude. Personne ne s'intéressait à eux, sauf Fabrizio et moi. Et ils étaient si loin de leurs congénères. Quelle tristesse de voir les siens à des kilomètres et de ne jamais pouvoir les toucher, les serrer. Leur parler. Car les arbres parlent entre eux. J'avais entendu dire à la télévision qu'en Afrique du Sud, lors d'une période de grande sécheresse, les acacias, devenus la seule nourriture des antilopes, avaient comme par magie augmenté le taux de tanin de leurs feuilles. Les antilopes, affamées, dévoraient ces feuilles et mouraient. Les arbres s'étaient parlé pour survivre. Chez nous, les pins, déprimés, avaient donc opté pour un suicide collectif. Ils savaient bien qu'ils ne rejoindraient jamais les autres. Il ne restait, de leur ancienne présence, que des troncs défoncés. Cela me peinait mais je me disais que les arbres avaient pris une décision courageuse. Il ne faut pas rester quand la vie est trop difficile. Mon explication ne convainquit pas le Pr Ventrano. Quand je la lui exposai, la veille de son départ pour Milan, il m'écouta attentivement et conclut mon analyse par : « Tu as sans doute raison, Giacomo. Les arbres parlent entre eux. Malheureusement, les hommes ne comprennent rien à leur langage. Il nous faudra beaucoup de temps pour l'apprendre, mais je dois rentrer chez moi. L'université me rappelle. Il n'y a plus d'argent pour travailler sur la mort des pins. Je te promets que je reviendrai, nous en reparlerons…

avec les arbres. » Il mit la main sur ma joue et la tapota. Il savait bien qu'il ne reviendrait jamais. Tous ceux qui venaient nous voir disaient la même chose.

« Dès le lendemain matin, les adieux effectués, à grand renfort de pleurs, d'embrassades et de promesses, ma mère convoqua mon père dans la cuisine. C'était pour *il conto*. La trêve finie, elle souhaitait lui signifier tout ce qu'elle n'avait pas accepté durant le séjour de Ventrano. La note serait longue et le crédit inenvisageable. *Il conto*, papa allait passer à la caisse. Moi, je filai dans ma chambre et je rêvai aux statues de la cathédrale de Milan. Quatre-vingt-seize statues, indépendantes les unes des autres, posées sur leur socle. Personne ne les dérangeait jamais.

— C'est vraiment beau ce que tu me racontes là, Giacomo.

Je ne m'étonnai plus d'entendre la voix de ma grand-mère sortir de ce corps fatigué. Je ne courus pas, ne criai pas, je restai calme. C'était le seul moyen de profiter un peu d'elle.

— Nonna, je suis si heureux que tu me parles.

— J'écoute tout, vois-tu, depuis le début. Je ne dis rien, sauf à toi.

— Mais pourquoi ne veux-tu pas communiquer avec les autres ?

— Parce qu'ils m'ennuient avec leurs histoires, leurs hypothèses sur mon état. Alors, je dors. La seule chose qui m'ennuie dans tout ça, c'est de ne pas manger les gâteaux que ta maman m'apporte chaque jour. Le reste, je m'en fiche. On traite mon corps comme s'il était déjà celui d'une morte. Je m'en fiche.

— C'est notre secret !

— Oui, comme lorsque tu étais enfant et que tu venais me raconter tes petites affaires. Je ne les répétais jamais. Je compte sur toi pour en faire autant.

— Je ne te trahirai pas.

Grand-mère jouait la comédie. Le monologue que je lui avais proposé se transformait en dialogue. Le théâtre était partout sur notre île. On nous le reprochait souvent, d'ailleurs. Depuis le continent, on nous voyait comme de mauvais acteurs. Chaque année, un quotidien national révélait un cas exceptionnel de fraude à la *pensione*[1]. Un « aveugle », qui recevait une aide financière de l'État, participait à une course de voitures et la remportait. La gloire lui faisait oublier son handicap. Il fallait rembourser ! Et tous ces habitants qui ne travaillaient pas, qui refusaient les offres du continent parce qu'ils étaient malades… des malades imaginaires ! Je trouvais cela injuste. Nous ne méritions pas ce traitement. Le soleil tapait sur nos têtes, mais pas au point de nous rendre tous voleurs, menteurs ou fous. Nonna avait toujours été honnête et je la trouvais plutôt bonne comédienne.

— Tu te souviens du jour où tu t'étais caché dans le Domo sur la colline ?

— Oui !

— Toute la famille te cherchait partout. Ta mère criait et ton père s'affairait en silence. On pensait

—————
1. Retraite.

que tu avais fugué ou, pire, que tu avais été kid-nappé.

— J'en avais assez d'entendre maman faire des scandales. Assez, également, du silence de papa. Il me fallait un lieu à l'abri. Le Domo de la colline était idéal. Il n'y avait que des brebis pour me faire la conversation. Et toi, quand tu m'as trouvé, au milieu de la nuit.

— Je me doutais bien que personne ne te kid-napperait avec une mère pareille... Les ravisseurs auraient eu trop de mal à s'en défaire !

Une infirmière s'approcha de grand-mère pour prendre son pouls et sa tension. Grand-mère ferma les yeux comme on ferme le rideau de fer d'une boutique après une journée de travail. Les clients en retard pouvaient bien frapper, personne ne répondrait. L'infirmière me regarda avec admiration.

— C'est beau de voir un petit-fils au chevet de sa grand-mère chaque matin.

— C'est normal, je crois.

— C'est rare, croyez-moi. Les anciens n'inté-ressent plus grand monde. Sauf pour l'héritage, quand il y en a un.

— Il y en a toujours un.

— Si vous le dites.

Sur ces paroles, elle repartit voir un autre patient. Grand-mère n'avait pas d'argent à nous léguer, sim-plement une vieille bâtisse sombre dont personne ne voudrait. Trois poules qui ne pondaient plus que rarement, un coq fatigué de chanter et une chatte obèse, Mila, qui passait sa vie sur un coussin. À croire qu'elle briguait le titre de chatte la plus grosse du monde. Mais grand-mère possédait autre chose, la mémoire, l'émotion, la douceur. Le fait de jouer avec le monde, aussi, de s'en moquer, parfois. Et pour ça, j'étais preneur.

— Elle est partie, tu peux te réveiller.

— Cette infirmière s'occupe bien de moi. Parfois, elle me parle. Cela me touche. Elle me raconte sa vie. Son mari est un goujat et son fils, un fainéant. La pauvre. Elle jure doucement pour que personne n'entende. Tout le monde a des problèmes en ce bas monde. Dieu est dur avec nous. Je suis vieille, j'accepte la souffrance, mais les plus jeunes, ils ne devraient pas souffrir.

Je ne sus que répondre. Je pensai à Fabrizio et à sa peau tombante qui avait fait de lui un vieillard avant l'heure. Les derniers temps où il jouait dans notre belle équipe de football, les adversaires refusaient de le voir entrer sur le terrain. *Il vecchio*, comme ils l'appelaient, « le vieux », n'avait pas le droit de participer à des rencontres d'adolescents. On lui criait d'aller à la maison de retraite. D'autres fois, on le moquait. Fabrizio ne pleurait jamais, il restait digne et faisait mine de ne rien entendre. Le mal n'existait que dans la bouche des autres, pas dans la sienne. Enfin, j'imaginais que, rentré chez lui, il devait en vouloir à la terre entière. Un après-midi, alors que nous étions assis dans le Domo, il m'avait montré comment il essayait de remonter la peau de son visage pour voir ce qu'il aurait été sans cette maladie. « Regarde, Giacomo, je ne suis pas si vilain

que ça. Regarde, je suis presque mignon. » Tout
était dans le presque. Fabrizio avait eu une petite
amie, au début. Mais sa peau avait fini par l'avoir. La
jeune fille, Lucia, s'était rapidement entichée d'un
garçon plus robuste. Fabrizio savait que sa maladie
lui causerait du tort dans sa relation aux femmes. Il
n'était pas dupe, même si ses parents le rassuraient
maladroitement. Se rassuraient. « Tu finiras bien par
trouver quelqu'un. » On ne trouve pas quelqu'un,
on le rencontre. Et Fabrizio, après l'échec de son
histoire avec Lucia, ne souhaitait plus rencontrer grand monde. Moi excepté. J'avais des petites
amies, parfois. Mais jamais je n'abandonnais mon
ami. Sauf quand il m'autorisait à le faire. Fabrizio,
en retour, me permettait de l'employer comme une
excuse auprès de maman. « Je vais chez Fabrizio. »
Ma mère répondait sans cesse la même sentence,
définitive, absolue : « Chez Fabrizio, le pauvre. »
Mon ami était devenu une maladie, il n'existait plus
autrement qu'à travers les symptômes de plus en
plus visibles qui modifiaient son apparence. Il n'était
plus Fabrizio, le fils du vendeur de journaux, non, il
était le pauvre, le malade. Dans ces circonstances, il
se réfugia entre les murs de son *edicola* où aucune
jeune fille ne le trouva jamais.

— À quoi penses-tu, mon chéri ?

— À rien. Je dois te laisser, nonna. Il faut que je
travaille un peu. Tu vas continuer à faire la morte ?

— Oui, j'arrêterai quand plus personne ne
viendra me voir. J'ai supporté ma famille durant
toutes ces années. J'ai aidé ta maman, ton oncle, j'ai

110

enduré leurs histoires, leurs colères, leurs disputes. J'ai le droit de me venger, à présent.

— Une dernière question, grand-mère.

— Oui ?

— Pourquoi ne m'as-tu pas parlé immédiatement ? Pourquoi as-tu attendu un peu ?

— Je voulais savoir si tu étais devenu comme eux. Dès que j'ai eu la réponse, je t'ai parlé.

*

Frapper à la porte de quelqu'un et savoir que la personne à l'intérieur de la maison est présente mais ne souhaite pas vous ouvrir est une situation particulièrement gênante. Le Capitaine faisait le mort, comme grand-mère. Je savais bien qu'il était là. Les rideaux avaient bougé. Le militaire avait perdu de ses capacités de camouflage. Se faire repérer par un traducteur, y avait-il pire défaite ? La sédentarité est un fléau. Je repris ma place derrière l'arbre. Ma place, oui, car aucun autre villageois ne l'occupait jamais. Je ne souhaitais pas rester trop longtemps à cette place. Je l'occupais mécaniquement. Depuis l'enfance, j'avais contracté l'habitude de prendre du recul pour mieux percevoir. Sans être vu. À trente-cinq ans, ce dernier point pouvait déranger la doxa. J'attrapai mon calepin et écrivis quelques mots à l'adresse du Capitaine. Je déchirai maladroitement la feuille et allai la placer sous sa porte. Il y avait tant de jour entre le bas et le sol que je pus la glisser entièrement. La maison ne possédait pas de boîte aux lettres, j'étais excusé. Je repris ma planque. Deux minutes plus tard, la porte s'ouvrit et le Capitaine sortit de sa tanière. Il regardait de droite et de gauche. Il me cherchait. Je me montrai. Deux apparitions en deux minutes.

— Bonjour, Capitaine.
— Bonjour, Giacomo.
— Vous étiez là, finalement.

La bêtise de ma phrase coïncidait avec ma gêne. Oui, il était là, devant moi, sinon comment aurait-il pu me parler ? Et, oui, il avait réagi à mon billet parce que mes coups sur la porte n'avaient eu aucun effet. Les mots valent plus que les poings, je le savais depuis toujours.

— Je faisais la sieste.
— Désolé.
— Non, j'allais me lever, ne t'inquiète pas.
— Tant mieux.
— J'ai repensé à toutes ces années, aux heures passées ensemble.
— Moi aussi. Je ne les oublierai jamais.
— Cela me fait plaisir de t'entendre dire ça. Je ne savais pas que tu te souvenais, tu es un grand traducteur à présent, un personnage important. Tu dois rencontrer des gens fameux alors, que tu te rappelles un vieux monsieur comme moi…
— Vous savez, je travaille actuellement sur l'histoire d'un capitaine.
— Ah ?
— Oui, le capitaine Achab, dans *Moby Dick*.

— Alors, tu es poursuivi par les capitaines !
J'espère qu'il est bienveillant, au moins.

— Pas vraiment ! Il est plutôt excessif, un peu
fou, même.

— Comme moi !

— Les capitaines se ressemblent tous un peu,
disons.

— Voilà ! Il y a une race de capitaines. Des gens
robustes qui parlent fort, sûrs d'eux…

— Mais vous êtes généreux, altruiste, alors que
mon capitaine Achab ne l'est pas vraiment.

— Entre boire un verre, nous avons à discuter.

Sa phrase était comme un couteau planté au milieu
de notre discussion. Je ne me voyais pas le contredire
et le suivis dans sa maison. Je l'avais construite mille
fois depuis que je savais où il habitait. Un lieu presque
magique dans mon univers d'enfant. Un personnage
si important devait avoir un intérieur extraordinaire.
Jamais il ne se contenterait d'une maison comme celle
de mes parents. En réalité, la demeure du militaire
sentait le renfermé. Toute la vie du héros était enclose
entre ces quatre murs. Des tenues militaires dans des
vitrines poussiéreuses, des médailles partout et des
photos d'animaux prises en pleine nuit.

— Tu as vu celle-ci ?

— Oui.

— C'est une chouette qui s'apprête à bondir
sur un rat. J'ai attendu trois semaines pour la faire.
Trois semaines à me cacher dans la grange, à la fin
de la journée. Il ne fallait pas faire de bruit, comme
au combat. Rester silencieux pour ne pas déranger

l'animal. Et attendre que la proie sorte. Un rat gros comme mon poing.

— Je n'aurais jamais la patience d'attendre aussi longtemps.

— Parce que tu as des amis, de la famille. Moi, je n'ai personne. Je peux bien me terrer un mois dans un trou à guetter l'arrivée d'un sanglier, aucun être humain ne se demandera où j'ai bien pu passer. Les animaux sont plus attentifs à mon sort que les villageois.

— Pourquoi ?

— Parce que la gloire s'arrête un jour. Parce que j'ai eu de l'importance pendant quelque temps. Parce que mes mains font peur aux hommes. Parce qu'elles ont attiré les femmes du village. Parce qu'il y a mille raisons et que sur cette île les gens sont aussi chaleureux que des pierres.

J'ai passé le reste de la journée avec le Capitaine, sans beaucoup parler puisqu'il accaparait la parole. Cela faisait dix ans, selon lui, que personne ne s'était assis à ses côtés pour discuter. J'étais le rat dans le piège. Je n'osais pas me lever pour lui dire à quel point j'étais content d'avoir échangé avec lui, mais aussi à quel point j'aurais aimé sortir de sa maison pour retourner au soleil et à l'air pur. J'étouffais dans cette poussière. J'éternuai à de multiples reprises. Mes vieilles allergies refaisaient surface. Je sentais mes yeux gonfler, ma gorge s'épaissir et s'irriter. Finalement, le Capitaine se rendit compte de mon état misérable et me raccompagna à la porte.

— Tu n'aurais pas fait long feu sur le champ de bataille.

— C'est pourquoi je n'ai pas embrassé la carrière militaire.

— Embrasser ? À la guerre, on n'embrasse personne.

— J'en suis sûr.

— Tu reviendras me voir.

— Vous parler, aussi.

— Bien sûr, me parler. J'ouvrirai les fenêtres avant que tu entres, histoire d'aérer un peu cette vieille baraque.

— J'éternuerai moins !

— Tiens, reprends ça avant de partir.

Le Capitaine me tendit la feuille que j'avais glissée sous sa porte. Dans la rue, en rentrant chez moi, je la dépliai et relus la phrase qui avait fait sortir le militaire de son antre :

« Merci pour la mer. »

Quatre mots qui avaient décidé du sort de ma journée et, sans doute, de la suite de mon existence.

*

Toute la nuit, je repensai aux paroles du Capitaine. Impossible de trouver le sommeil, impossible de travailler. Le vieux militaire prenait toute la place avec ses histoires anciennes. Il m'avait expliqué ce que personne ne savait. Les célébrations achevées, il se retrouva désœuvré. Mais il n'était pas

homme à ne rien faire. Alors, il arpenta inlassablement les rues du village.

Et, à force de marcher, le Capitaine pensa que son
habit officiel était de trop. Trop sérieux, trop strict,
il ne voulait pas effrayer les villageois. Ainsi, jour
après jour, un élément du costume disparaissait,
remplacé par un autre, plus coloré. Mais personne
ne se rendait compte de rien car personne ne faisait
vraiment attention à lui. Ingratitude des peuples
libérés à l'égard du libérateur. « Ils vont bien finir
par le remarquer, se disait-il. J'étais le seul soldat du
village, je serai bientôt le seul habitant couvert de
couleurs. » Un homme comme les maisons.

Au bout d'une semaine, il ne restait plus rien de
son uniforme.

Rouge. Bleu. Jaune. Vert. De la tête aux pieds. Le
Capitaine voulait montrer à tout le monde qu'il avait
enfin tourné la page de ses années au front. Mais
une page ne suffisait pas, il n'avait pas saisi que ses
anciens camarades de classe avaient refermé le livre
dans lequel il était pris au piège. Comme le rat face
à la chouette.

Le maire du village, bien conscient du désarroi
de son administré le plus récompensé, décida de le
convoquer afin de lui proposer une issue.

« Cher Capitaine, lui dit-il, la situation n'est plus
tenable. Vous êtes sous-employé dans notre bourg.
Je me dois, en tant que premier magistrat, de vous
honorer. »

Le Capitaine pensa alors : « Encore une médaille !
Ma poitrine est trop étroite pour en accueillir une

autre. Et quelle médaille ? Je les ai toutes : médaille du mérite, de la gloire militaire, du courage, de la famille (pourtant je suis célibataire et mes parents sont morts depuis si longtemps que je me souviens à peine d'eux), nationale, de la ville, du village, de ma rue. Médaille de ma maison ! Remise par moi-même : "Nous sommes réunis aujourd'hui en cette demeure pour saluer les capacités culinaires de ma personne." Non, ce doit être autre chose. »

Le maire poursuivit : « Je vais vous proposer un poste digne de votre sublimissime carrière. » Tout en disant cela, son gros cou rouge semblait contenir dix cœurs battant la chamade. « Vous accompagnerez chaque jeudi des vacances scolaires les enfants du village à la plage. Le trajet se fera en bus municipal. Les enfants seront sous votre responsabilité totale et respectueuse. Vous avez vocation à former nos plus jeunes, à les façonner comme des hommes, vous qui êtes un véritable exemple à leurs yeux. » Le discours solennel fut dit d'une seule traite, sans reprise de respiration. Le maire craignait un peu le militaire.

Le Capitaine n'avait jamais rien entendu de si idiot. Même lorsque au front on lui demandait d'aller chercher de l'eau pour un soldat complètement ravagé par une explosion et dont on savait la mort imminente – avant qu'il ne soit revenu avec sa gourde –, il s'exécutait et revenait chargé d'eau. C'était idiot, il le savait. Mais entendre le maire lui proposer de jouer à la maîtresse d'école… Il lui aurait décerné la médaille de la bêtise ! Cependant, pouvait-il refuser ? Le matin, il était seul, le midi également, le soir aussi. Jamais personne ne frappait à sa porte, sauf par erreur. Jamais personne ne cognait à sa fenêtre pour l'inciter à rappliquer au plus vite. Chez lui, il n'y avait pas de mouvement, aucun déplacement d'air provoqué par un autre être humain que lui-même. Comme ce devait être bon de sentir l'air emporté par une jambe féminine pendant qu'il lisait le journal, paisiblement installé dans son fauteuil. Une preuve de sa propre existence. Et les enfants ? Il ne connaissait rien aux enfants, les enfants ne font pas la guerre, voilà tout ce qu'il savait d'eux. Pourtant, tout valait mieux que le vide. Tout valait mieux que le vide.

« Monsieur le maire, vous me faites là un grand honneur. J'accepte avec grand plaisir cette mission. » Le Capitaine, comme tous les habitants du village était un menteur de bonne facture.

C'est ainsi qu'enfant je passai de très nombreuses journées d'été à ses côtés. Depuis le village, il était impensable de rejoindre la plage à pied. La mer, pour les plus jeunes, était inaccessible. Toujours visible, toujours là, sous nos yeux, odorante, dans nos narines, mais toujours inaccessible. À quatorze heures, nous nous retrouvions sous l'abribus brûlant. Le capitaine coloré nous apprivoisait. La franche poignée de main qu'il nous accordait nous transformait pour un instant en adultes. J'avais peur de n'être plus un enfant. Mais je le redevenais instantanément quand il haussait la voix. La peur et l'attraction. La couleur et l'obscurité. Quand je le voyais approcher lentement vers nous, sa grande carcasse musculeuse à l'horizon, sa peau brune, ses dents blanches, je regardais à droite et à gauche pour voir les issues possibles. Fabrizio me disait alors : « Ne t'inquiète pas, de toute façon, s'il a décidé de te tuer, aucune tanière ne sera jamais assez sûre pour te préserver de lui. » Le plaisir d'être perdu, offert à plus fort que soi. Je souriais.

La première fois qu'il se présenta devant nous, mes amis et moi hésitions sur la façon de le nommer. Papa m'avait conseillé de l'appeler monsieur. « Giacomo, c'est un civil, à présent. Nous sommes en paix. Il n'y a plus de militaire au village. » Évidemment, maman était opposée à cette dénomination. Elle souhaitait que je lui donne du Capitaine. « Ton fils n'est pas dans l'armée, pourquoi appellerait-il Capitaine le surveillant de la baignade ?… » Papa en profitait pour lancer quelques flèches empoisonnées. Il rabaissait le soldat parce qu'il détestait tous ceux qui portaient ou qui avaient porté une arme. Seuls les pinceaux avaient grâce à ses yeux.

Finalement, c'est le militaire lui-même qui trancha en se présentant à nous. Comme s'il avait prévu notre gêne, il lança devant le groupe : « Appelez-moi Capitaine. » Impératif catégorique que personne n'osa contredire, surtout pas moi. « Appelez-moi Capitaine », phrase que je retrouvai, presque à l'identique, quelques années plus tard, dans le roman de Melville : « Appelez-moi Ismaël. » C'étaient les premiers mots du roman. Bien sûr, tout était dans le presque mais, quand j'avais lu l'incipit, le Capitaine, le mien, celui qui nous accompagnait à la mer, était revenu sur le devant de la scène. J'étais à Marseille, étudiant, assis dans une bibliothèque universitaire glaciale. En un instant, je me retrouvai sous un abribus brûlant, tremblant de peur à l'approche du militaire. Dans ma poche, la pièce donnée par mes parents pour prendre le bus. Dans mon sac, un goûter inapproprié, du fromage et du pain. Et un livre, peu importe lequel. Lire à la plage, le bruit du vent dans les oreilles, le sable qui venait se coller sur ma peau. Tout ça valait bien quelques frayeurs.

Dès que nous étions arrivés sur la plage, le Capitaine restait sur le promontoire à nous regarder. Ses yeux ne nous quittaient pas un seul instant. Je les sentais sur moi quand j'ôtais mes vêtements. Sur moi et partout ailleurs. « Capitaine, pensais-je, les ennemis sont partis, notre terre minable n'intéresse plus personne, détendez-vous, venez vous baigner avec nous. » Il ne vint jamais. Un véritable Drogo, à compter les gouttes, centré sur sa mission minable. À la vérité, et c'est ce qu'il m'apprit lors de notre conversation, il ne savait pas nager. « Un capitaine doit toujours donner l'illusion de savoir tout faire ! m'avait-il expliqué. En fait, j'avais une peur panique de l'eau. Je savais très bien que s'il était arrivé malheur à l'un d'entre vous, je n'aurais pas pu le sauver. Je n'avais rien osé dire au maire. Je devais être un exemple pour vous. Imagine, un exemple avec une bouée, des brassards comme les enfants. Non, je ne pouvais pas. Il fallait faire illusion. Le soldat valeureux surveillait ses troupes, à la baignade. Heureusement, vous étiez précautionneux. »

*

— Je suis content pour toi, tu as revu le héros de ton enfance. Mais, au sujet de la traduction, tu en es où ?

— J'avance, j'avance. Je te sens un peu cynique quand tu parles du Capitaine. Il compte beaucoup pour moi.

— Pourquoi ne le ramènes-tu pas à Marseille ? Tu m'as dit qu'il était célibataire… Ça me rappelle la chanson d'Édith Piaf, « Mon légionnaire », tu te souviens ?… « Il était mince, il était beau, il sentait bon le sable chaud… »

— Carlo, cesse tes remarques désobligeantes.

— Ta vie est pleine de capitaines, en ce moment !

— Tu as parfaitement raison.

— Concentre-toi sur Achab, il te rapportera davantage que ce type qui vous emmenait à la mer.

— Mais toi, dis-moi, est-ce que tu y allais souvent, à la mer ?

— Presque jamais. C'était trop loin et mes parents détestaient.

— Tu aurais eu besoin d'un Capitaine !

— J'ai peur de l'eau et le sable est un nid à microbes. Franchement, la mer ne m'a jamais manqué. Tu sais que j'ai un ami qui s'est noyé ?

— Non.

— À la mer. Il a été assommé par une vague

121

et ensuite, il a coulé, comme une pierre. On l'a retrouvé trois jours plus tard, avec une étoile de mer dans la bouche.

— C'est horrible !

— Oui. Enfin, tout ça ne me dit pas quand tu vas me rendre ta traduction. Mon plan de communication est prêt. Des présentoirs, des affiches, une campagne de presse… Il ne manque que le texte !

— Le plus important…

— Oui !

Au lycée, j'avais un enseignant qui prononçait le mot « texte » comme s'il était possédé. Il nous répétait à chaque heure de cours que le texte était tout, que le texte avait toujours raison… Le texte, le texte, une gourde remplie d'eau pour un homme perdu dans le désert. Le texte salvateur. Carlo en était là. Il attendait son texte et toute sa vie tourbillonnait autour de cette attente. Sa famille ne devait entendre parler que de ce texte. Son coiffeur (il lui restait quelques cheveux), son boucher (Carlo se définissait comme un carnassier), son médecin (il le voyait une fois par semaine, histoire de se rassurer), tous étaient envahis par le texte… que je n'écrivais pas.

— Giacomo, il faut que tu accélères le rythme.

Il y avait quasiment des larmes dans sa voix. L'homme désespéré n'était pas celui que l'on croyait.

— Je veux te rendre un travail sérieux, propre, irréprochable. Ainsi, tout le monde sera fier de ta maison.

Pour calmer Carlo, l'apaiser, il fallait le prendre par les sentiments, lui faire croire que le temps était synonyme de qualité. Et que cette qualité lui offrirait la gloire et la reconnaissance. En fait, j'avançais peu. Mon esprit était trop occupé par la vie sur l'île, par ma grand-mère, par le Capitaine, par ma famille, par tout ce que j'avais voulu fuir durant des années. Ici, le travail monastique de la traduction passait au second plan. Il y avait trop de bruit. Voilà pourquoi j'étais parti !

Carlo me semblait calmé par mon argument. Cependant, la folie s'empara de moi. On dit parfois des choses qui anéantissent tous nos efforts. Je devais clore la conversation, rien de plus. M'éloigner en arguant du fait que le texte m'attendait. Comme si un texte avait déjà attendu quelqu'un. Je pris une autre direction, catastrophique. Sans raison.

— Carlo, j'ai bientôt terminé.

Durant des années, les liaisons téléphoniques entre le continent et l'île avaient été épouvantables. On entendait un mot sur deux. Cela me permettait de couper court aux appels de ma mère. Elle qui désirait faire le point tous les jours sur mon existence. Un peu comme ces journalistes qui couvrent le Giro quotidiennement. « Aujourd'hui, Lemond s'est échappé, Hinault a crevé… » Je ne voulais rien lui dire. En outre, ma vie était beaucoup plus calme qu'une étape des Alpes. Plus plate, moins bosselée. Avec le temps, malheureusement pour moi, nos voix traversaient la Méditerranée sans encombre. Clairement.

— C'est vrai ? Je suis si heureux. Si tu étais là, je te serrerais dans mes bras.

— Malheureusement, je suis trop loin de toi.

— Je te rappelle vite. Au fait, il faudrait que tu lises le *Mensuel des traducteurs*, on parle de toi.

— Je ne savais pas. À bientôt, Carlo.

*

Dans notre village, il y a une librairie. C'est une phrase incroyable. Une librairie dans un pays si hostile. Hostile parce que les routes sont difficiles et les hommes peu enclins à la discussion. Je m'y rendis afin d'acheter le *Mensuel des traducteurs*. Si on parlait de moi, ce ne pouvait être qu'une saine lecture. Maurizio, le libraire, de retour d'un très long séjour en France, avait décidé d'en ouvrir une dans la rue centrale. Une place de choix pour une boutique dont j'ai attendu l'inauguration avec impatience. Je n'avais plus à supplier mon père de m'emmener à la ville pour acheter des romans. Le projet de Maurizio était merveilleux, apporter les livres à la campagne. Apporter la culture là où, d'ordinaire, elle manquait cruellement. Le ministère de la Culture, justement, pensait que nous, petits villageois égarés dans la montagne, rien ne nous intéressait que les brebis et les cochons. C'était une vision radicale et dangereuse. En réalité, ne jamais abreuver culturellement une population, c'est forcément l'abêtir. On voulait nous garder idiots parce que les idiots ne se plaignent jamais. Je dois dire qu'à force d'habitude une librairie ne manquait à personne, dans notre village. On faisait sans. Quand Maurizio revint de

France avec l'idée de créer sa boutique, il dut rencontrer le maire et les autres huiles qui décidaient de l'utilisation de l'ancienne fromagerie. Parce que oui, la librairie succéderait à une fromagerie. Le maire n'était pas un féru de littérature. Il avait lu un livre, dans toute sa vie, *Roméo et Juliette*. Nous le savions tous car il n'arrêtait pas de citer des passages de la pièce. En toutes circonstances, il trouvait un moyen de placer un extrait, une phrase, une situation, ce qui, à la longue, devenait absolument imbuvable. Un balcon, une coupe, Shakespeare était partout. Finalement, le maire avait donné son accord à Maurizio. À condition que la librairie se nomme Capulet. Et pourquoi pas les Montaigu ? Selon lui, le nom sonnait trop français et, comme Maurizio avait eu une peine de cœur avec une Française, il préférait ne pas trop lui rappeler le pays dans lequel il avait vécu durant deux années. Les travaux, pour passer d'une activité à l'autre, ne durèrent pas très longtemps. À mon grand étonnement. En conséquence, le jour de l'inauguration, l'odeur du fromage était encore présente, omniprésente. Si on fermait les yeux, on imaginait aisément les brebis à la traite, pas les livres. Maurizio avait attendu longtemps qu'un local se libère, mais, comme je l'ai déjà expliqué, dans notre village, on n'aime pas mourir trop jeune. Avant quatre-vingt-dix ans, c'est même considéré comme un péché ! Giovanni, le fromager, avait passé l'arme à gauche à quatre-vingt-treize printemps, officiellement. Les printemps sont très longs, chez nous. Il devait avoir plus d'un siècle, en réalité. Maurizio avait tracté partout pour informer la population de l'ouverture de sa librairie. Il était vraiment motivé. Avec Fabrizio, nous étions présents une heure avant l'inauguration, nous ne voulions pas manquer ça ! Aucune boutique n'ouvrait jamais, alors une librairie, cela me rendait fou. J'en parlais souvent à la maison. Maman prédisait un destin funeste au Français car, oui, puisqu'il avait voulu quitter notre île pour la France, c'est ainsi qu'on l'appelait. Une pointe de rancœur à la bouche. Comme si l'on n'avait pas le droit d'aller voir ailleurs, comme si on était prisonnier de ce village et de l'île. Comme si ceux qui tentaient de s'enfuir étaient maudits à jamais.

Quand j'entrai dans la librairie, je me rendis compte que Maurizio ne se débarrasserait jamais de l'odeur du pecorino. Il s'affairait à replacer des livres sur une bibliothèque. Il portait un gilet de laine sans manches et un pantalon bien trop petit. De dos, Maurizio semblait un vieillard voûté.

— Maurizio, je cherche une revue très particulière.

— Giacomo ! Quel plaisir de te voir ici ! Il y a longtemps que tu es au village ?

— Quinze jours, je crois. Ici, je perds la mesure du temps.

— C'est que l'air est pur, voilà tout. Quand tu parles de revue « particulière », tu veux dire, une revue un peu coquine ?

— Non ! Absolument pas !

— Mais tu aurais le droit, Giacomo, tu es grand à présent. Ta maman ne va pas te gronder. Et n'oublie pas que la plupart des grands auteurs sont des cochons. Pense à Sade, à Apollinaire… tous des coquins. Sans photos, en plus. Juste avec leurs mots.

— Tu as sans doute raison, mon ami, je cherche quelque chose d'un ennui absolu, le *Mensuel des tra-ducteurs*, tu as ça ?

— Mais enfin, je n'ai que ça ! Je le commande depuis que je sais que tu es un grand traducteur.

— Pas si grand que ça.

— Attends-moi là, je vais te la chercher.

Maurizio monta sur un petit escabeau et attrapa la revue. Il ne m'avait pas menti, il possédait toute la collection.

— Voilà pour toi, le dernier numéro, tout chaud.

— Merci, Maurizio.

— Tu veux autre chose ?

— Pour l'instant, non. Je reviendrai.

— Je ne compte plus les clients qui doivent revenir… S'ils revenaient vraiment, je devrais ouvrir une boutique cent fois plus grande !

Finalement, j'étais comme tous les autres, je ne revenais jamais. Dans le *Mensuel des traducteurs*, on parlait de moi, effectivement. J'étais cité parmi les traducteurs les plus prometteurs. Il y avait de quoi faire pleurer ma mère. Et moi aussi, d'ailleurs, car ce classement arbitraire ne viendrait pas à bout de ma traduction de *Moby Dick*.

*

Le jour de mon anniversaire, j'étais encore en Sardaigne. À l'origine, je ne devais rester que quelques jours, mais vu que rien ne se passait comme prévu, que grand-mère ne mourait pas, je m'étais résolu à stagner un peu sur ma terre natale. Trente-six ans. La veille, j'avais mis mon réveil sur cinq heures. Mes parents étaient matinaux. Je m'éclipsai sans faire de bruit. Je savais que maman allait me sauter au cou dès qu'elle me verrait. Donc, elle ne me verrait pas. Je laissai un exemplaire du *Mensuel des traducteurs* dans la pièce sacrée. Ouvert à la page où mon nom était cité. C'était cruel, je le savais. Je ne souhaitais pas faire de mal à ma mère (mon père n'accordait aucune importance aux commémorations), mais, si elle avait décidé d'organiser un repas en famille, j'en connaissais l'issue. Des cris et des disputes, beaucoup de bruit pour rien. J'avais décidé de passer la journée à la mer, au calme. Tout d'abord pour pêcher puis pour profiter un peu de la plage avant que les touristes ne débarquent. Dans le village, je rencontrai les chiens habituels. Cependant, j'étais en voiture, ils ne pouvaient rien contre moi. Je m'insérai dans la rue du Capitaine. Il m'attendait, habillé de toutes les couleurs.

« Appelle-moi Capitaine », me dit-il en souriant. Nous étions convenus d'aller ensemble à la mer. Le Capitaine n'y était pas allé depuis des années. Bien sûr, il ne savait pas que c'était mon anniversaire. On éviterait les commémorations. Sur la route, nous croisâmes une famille de sangliers qui ne parut pas dérangée par notre passage. Aucun d'entre eux ne s'enfuit. Le Capitaine me demanda de faire demi-tour. Il les photographia. Je n'ai jamais trouvé les sangliers particulièrement photogéniques, mais, pour mon passager, ils l'étaient.

— Regarde ça, ils voient tellement d'hommes qu'ils ne nous craignent même plus. Bientôt, ils prendront la place des chiens.

— Alors, on les abandonnera, comme les chiens.

— Non, détrompe-toi, on les gardera jusqu'au bout, pour les manger. Tu as déjà mangé du chien ? C'est indigeste. Voilà pourquoi on ne les dévore pas. Les chiens pensent qu'on les aime mais ils se trompent. On les mangerait s'ils étaient agréables à mastiquer.

— Alors que le sanglier…

— Est délicieux, oui ! Tu peux rouler, j'ai mes photos. Sans effort, sans me terrer durant deux jours et deux nuits. Ce jour est béni. Tu me portes chance, Giacomo.

Mon passé de sportif déconfit n'allait pas dans ce sens. Moi, le roi de la défaite, le pire défenseur de la pire équipe de football de l'histoire.

— Si je me souviens bien, tu jouais au foot, à l'époque.

— C'est exact.

— Tu n'as jamais pensé percer dans ce milieu plutôt que dans la traduction ?

— Jamais.

— Et pourquoi ?

— Le football n'était qu'un passe-temps, la traduction était ma passion.

— Je comprends. Ce que je veux te dire, c'est que le foot t'aurait apporté la gloire.

— Je ne la cherche pas.

— C'est pour cela que tu achetais le journal l'autre jour…

— C'était pour ma mère.

— Fabrizio m'a dit qu'elle avait acheté le stock.

— Ce n'était pas pour la gloire, Capitaine, c'était pour la reconnaissance de mon travail.

— Sans reconnaissance, tu ne peux rien faire ?

— Sans reconnaissance, je fais moins. Moins bien, moins vite. Et vous, vous avez connu ça, la gloire ?

— Oui, pendant quelques semaines. C'était extraordinaire.

Nous arrivâmes à la crique où nous devions pêcher. Elle n'était répertoriée dans aucun guide touristique, cela nous assurait la tranquillité. Combien restait-il d'endroits comme celui-ci dans toute l'île ? Pas plus d'une dizaine et, par bonheur, j'en connaissais un. Il y avait un homme, un pêcheur, qui n'arrêtait pas de remonter ses prises. Il se servait comme s'il était face à l'étal d'une poissonnerie. Sans effort. L'eau était claire. Calme. De temps à autre, une vaguelette venait la déranger. Sans insister. Quelques oiseaux se posaient pour se rafraîchir et repartaient aussitôt. L'odeur du maquis envahissait l'air. Voilà ce qu'il me manquait lorsque j'étais ailleurs. Une impression de solitude et de plaisir infini.

130

Il n'était plus nécessaire de parler. Il fallait simplement regarder. Tout était offert à qui savait le faire. On voyait les poissons. Ils semblaient, en apparence, faciles à attraper. En fait, ils se moquaient carrément de nous. Ils avaient compris à qui ils avaient affaire. J'étais aussi mauvais pêcheur que footballeur. Heureusement, le Capitaine se montra plus talentueux que moi. À midi, il alluma un feu et fit griller les deux dorades qu'il avait attrapées. Je n'avais rien pris sinon deux ou trois bernard-l'hermite sans défense. Le poisson était délicieux, bien meilleur que le sanglier. Plus léger. Je relâchai les bernard-l'hermite avant de partir en direction de la plage. Le fait du prince. Le pêcheur nous salua de la main, un peu moqueur.

Le mot Lido vient de la formation sableuse qui ferme la lagune de Venise. Le reste de l'Italie s'est emparé de ce terme pour nommer les grandes plages équipées qui pullulent au soleil. Le Capitaine, chaque jeudi, nous accompagnait au Lido. Aujourd'hui, les rôles s'inversaient. Sur le sable, on voyait les parasols que les habitués avaient laissés à midi. Personne ne les délogerait même si aucun document officiel ne leur attribuait ce lopin de sable. C'était une appropriation douce, entérinée par le temps. Nous nous installâmes là où nous étions certains de ne déranger personne. Il était quatorze heures et tout ce qui osait se présenter sur le sable courait le risque de griller instantanément. Comme les dorades du déjeuner. Les gens du pays étaient rentrés s'abriter et se restaurer. Il n'y avait que nous et quelques touristes en mal de mer. Des gens qui venaient d'arriver sur l'île et que trahissait leur peau diaphane. Ils se jetaient à l'eau, manifestement heureux, loin d'imaginer que, le soir venu, il leur faudrait soigner les brûlures qui parsèmeraient leur corps. Et le lendemain, ils reviendraient, couverts de la tête aux pieds. Un tee-shirt blanc, en général, pour évacuer la chaleur. Leurs vacances seraient gâchées par ces premières minutes où tout semblait merveilleux et accueillant, même le soleil.

— Si vous avez trop chaud, nous pouvons nous installer dans la pinède.

— Tu as peur pour moi ? J'ai combattu en Afrique. Le soleil, je connais.

— Je ne voudrais pas qu'il vous arrive malheur.

— Ne t'inquiète pas. En Éthiopie, il faisait cinquante degrés, alors, ce n'est pas ce petit soleil qui me fera du mal.

Nous suions à grosses gouttes. Le sable était brûlant. La ligne d'horizon se mouvait lentement.

— Dis-moi, Giacomo, tu es marié ?

— Je l'ai été.

— Ta femme est morte ?

— Non, je l'ai quittée. En fait, nous nous sommes quittés. C'était mieux ainsi. Jessica et moi avons vécu des moments difficiles et, comme souvent en pareil cas, notre couple a explosé en plein vol. Mais, rassurez-vous, elle vit encore, heureusement, d'ailleurs. Je la croise parfois. Elle est traductrice. Nous travaillons pour le même éditeur. Et vous, Capitaine ?

— Jamais marié, impossible ! L'amour a toujours été impossible pour moi. Si l'amour n'était pas impossible, on ne chercherait pas à l'attraper, ce serait trop facile. Je suis toujours tombé amoureux de femmes impossibles. L'épouse d'un général, par exemple, Carmella, une Vénitienne, rencontrée dans une soirée officielle. Une femme sublime que tout le monde regardait, que tout le monde désirait.

— Vous avez eu une aventure avec elle ?

— Puisque c'était impossible, oui ! Moi, le petit capitaine, dans le lit du général. Rassure-toi, pas en sa présence. Dans les bras de Carmella. Son nom me faisait penser aux *caramelle*, les bonbons délicieux que je dégustais, enfant. Nous nous voyions toujours en secret, il y avait de l'aventure entre nous. Cela me convenait plus qu'une relation traditionnelle, officielle. Les rendez-vous furtifs, la nuit, écouter chaque bruit, se méfier pour ne pas être surpris.

— Un peu comme avec la chouette qui voulait attraper le rat.

— C'est un peu ça, oui. Il fallait de la patience et des précautions mais…

— Mais ?

— Mais un jour, le général nous a découverts. Il s'était caché sur le balcon. J'étais le rat, lui, la chouette.

— Que s'est-il passé ?

— Ce qu'il se passe quand deux militaires se trouvent en pareille situation. Une discussion franche, virile et, pour moi, ce fut l'Afrique.

— Et pour Carmella ?

133

— Selon elle, je n'étais qu'une passade, le symptôme d'un délaissement de la part de son mari. Il lui a donné un remède et leur vie a continué comme avant. Mais je ne regrette rien, l'amour doit être impossible, crois-moi. Plus il est impossible, plus il est beau.

Je décidai de me baigner tant la chaleur était insupportable. Le Capitaine préféra se rendre dans la pinède, à l'ombre.

— Je ne sais toujours pas nager, me lança-t-il avec une pointe de déception.

— Oui, mais vous savez pêcher.

J'avais plongé des dizaines de fois dans cette eau. Toujours avec prudence parce que je n'étais pas un orfèvre en la matière. Je connaissais le lieu et toutes ses particularités. Chaque pierre au sol, chaque dénivelé, chaque courant. Il n'y avait aucune surprise, pourtant je n'aurais échangé ce lieu contre aucun autre. J'y revenais sans cesse, comme si j'avais traduit éternellement le même livre, avec le même plaisir. Parce qu'il y avait sans doute un peu de moi dans ce paysage, un peu de mes parents, un peu de ma famille et de tous habitants de l'île. Chacun de nous avait laissé une trace et s'y retrouvait sans peine. Quant aux gens de passage, ils ne restaient pas suffisamment pour nous apercevoir, nous n'étions que des ombres parlant une langue inconnue. Il aurait fallu les garder ici plus longtemps, les obliger à dépasser la semaine ou les quinze jours qu'ils avaient réussi à s'offrir, une fois dans l'année, pour qu'ils nous découvrent autrement, pour qu'ils nous voient enfin.

Un bus s'arrêta au-dessus de la plage, très près. Une trentaine de vacanciers en descendirent, accompagnés de leur animateur. Ce dernier présenta le lieu en une phrase et leur proposa de profiter d'une belle baignade. « Nous repartons dans une heure », cria-t-il, pour que tout le monde l'entende bien. Une heure pour découvrir une partie de mon univers. Le groupe se sépara, les plus motivés se jetèrent à l'eau tandis que les autres s'offriraient une boisson ou une glace dans la camionnette que j'avais toujours vue ici. Un véhicule sans âge, qui n'existait qu'aux beaux jours. Comment venait-il jusqu'ici ? On arrivait un matin et il était là. Comme par magie. Les vendeurs changeaient, pas le camion. Je séchais, assis sur ma serviette, quand un touriste vint vers moi. Les gens en maillot de bain forment une communauté. On parle plus aisément à une personne aussi déshabillée que vous.

— Excusez-moi, vous êtes d'ici ?

— Oui, si on veut.

— Vous connaissez des coins sympas, par ici ?

— Vous restez longtemps ?

— Nous prenons l'avion dans deux jours. Nous avons fait le tour de l'île, c'est magnifique.

— Merci. Si vous avez l'occasion, jetez un œil sur les Domus de Janas.

— Qu'est-ce que c'est ?

— Des tombeaux.

135

— Ah ? Je ne sais pas si mes amis voudront visiter des tombeaux. C'est près de la mer ?

— Non, dans les terres. Dans chaque village, quasiment. Dans le mien, par exemple, Arza...

— Nous n'allons jamais dans les terres.

— Vous devriez.

— Domus de Janas, c'est bien ce que vous m'avez dit ?

— C'est ça. Les maisons des fées.

— Les maisons des fées, les tombeaux des fées. Merci du conseil !

*

Les gouttes d'eau ne tardèrent pas à sécher et à laisser sur ma peau des traces blanches salées. Je me dirigeai vers la pinède afin de retrouver le Capitaine. J'imaginais qu'il m'avait scruté avec attention, me surveillant comme il le faisait quand j'étais enfant. Il y avait des gens partout, cachés du soleil. On en découvrait à chaque nouvel arbre. Des groupes presque sédentarisés, avec des tables, des chaises et l'équipement complet pour survivre en pleine nature. Les arbres devaient les détester. Ils se parlaient, sans doute, de ces importuns vulgaires et envahissants. Je ne voyais pas le Capitaine. Il avait peut-être rejoint l'un de ces groupes. En fait, j'en doutais. Je parcourus longuement la pinède, marchant sur les déchets volontairement oubliés et sur quelques serviettes mal disposées pour sécher. On me réprimanda. « Vous pouvez pas faire attention ! » me dit un homme aussi poilu que le rustre chez Chrétien de Troyes. Je baissai la tête. On pouvait reprendre quelqu'un sur l'endroit où il avait marché, mais on se permettait de souiller la pinède avec ses mégots. J'arrivai là où la pinède était plus claire, un groupe d'enfants jouait au football. Je m'arrêtai pour les regarder. Ils criaient, s'invectivaient pour une action litigieuse et couraient en tous sens.

— Vous voulez jouer, m'sieu ?

— Non, merci.

— Vous savez pas jouer ?

— Si, très bien, même.

— Montrez-nous !

— Je reviens de blessure, je ne peux pas.

— Quelle blessure ?

— Les croisés.

— Les croisés, c'est horrible !

Tous les enfants approchèrent et regardèrent mes genoux.

— Regardez, on voit la cicatrice.

Effectivement, j'avais une vieille cicatrice au genou droit, le souvenir d'une énième défaite. Sur le tir puissant d'un adversaire, je m'étais couché sur le côté, espérant l'arrêter. La balle était entrée dans la cage, en même temps qu'un morceau de verre qui se trouvait sur la ligne de but prenait le chemin de mon genou. Il était entré aisément, sans forcer la peau tendre et peu épaisse. Manuella l'avait enlevé d'un coup sec. Pour oublier la douleur, je me pinçais la cuisse gauche avec force. J'avais retenu mes larmes pour ne pas paraître douillet face à elle. Il m'en restait une marque sur le genou droit. Celle que les enfants prenaient pour les restes d'une opération des ligaments croisés.

— Vous ne pourrez plus jamais jouer au football, monsieur ?

Pour un enfant, la question paraissait essentielle et le football, vital. Il y avait de la compassion dans la voix du garçon. Si je lui avais dit que je ne pourrais jamais plus marcher, il n'aurait pas été aussi touché. De mon côté, je m'accommodais très bien de ne plus « jamais jouer » à ce sport.

— Si, bientôt, mais il me faut encore patienter.

— Vous reviendrez ?

— Bien sûr.

Certains modifient les scènes de crime, moi, je l'avais fait avec la vérité. On ne devrait jamais mentir aux enfants. Ne jamais leur faire croire qu'ils sont doués pour une activité alors que l'on perçoit une maladresse incurable. Ne jamais leur faire croire que leur intelligence est exceptionnelle quand on perçoit un raisonnement inepte. Ne jamais jouer de leur crédulité. On aurait dû nous dire que notre équipe de football ne valait rien et que le Capitaine ne savait pas nager. Il faudrait que je revienne un jour, pour tout dire.

La main du Capitaine se posa sur mon épaule avec fermeté. Je ne l'avais pas vu venir.

— Tu m'as cherché ?

— Oui, partout.

— Je dormais. La chaleur a eu raison de moi, finalement. Tu veux jouer au football avec les enfants ?

— Ça va aller, merci. Ils sont bien trop forts pour moi…

*

Le vent d'Afrique souffle parfois jusqu'ici. Dans la pinède, il nous débusqua et commença à charrier du sable brûlant qui gênait la visibilité. Les grains, minuscules, emplissaient nos yeux. Nous retournâmes à la voiture tête baissée. Sur la plage, les touristes fuyaient. On leur avait promis le soleil, pas le sable. Les serviettes volaient, les ballons se faisaient la belle, on courait pour ne rien perdre. Quand toutes ces personnes seraient chez elles, en plein hiver, calfeutrées, ne sortant que pour récupérer une bûche à mettre dans la cheminée, elles repenseraient à ce moment où elles avaient dû fuir l'été. Cet événement au départ hostile deviendrait, au fil du temps, un bon souvenir, on le regretterait même. Finalement, tout n'était qu'un problème de perception. Je déposai le Capitaine chez lui et rentrai à la maison. Maman était assise dans le salon, immobile.

— Tu as honte de nous.

— Pourquoi dis-tu cela ?

— Tu as honte de nous. Me faire ça le jour de ton anniversaire, toi, mon fils unique. Partir sans dire un mot, sans me laisser te prendre dans mes bras.

— Je ne pensais pas que tu tenais tant à mon anniversaire.

— J'avais tout préparé, un bon repas, une belle table… Nous devions le fêter à trois, avec ton père.

— Je suis désolé.

— Trop tard. Nous avions des cadeaux, également. Giacomo, être ignoré par des voisins, d'anciens collègues, etc., est une chose, mais l'être par son fils est la pire des humiliations.

— Maman, je ne voulais pas. Je souhaitais simplement être un peu seul, au calme. Je n'aime pas les commémorations, aucune. Ce soir, nous dînerons ensemble, je vais voir nonna et je reviens. Pardonne-moi.

— Giacomo, tu devrais passer plus de temps avec les vivants qu'avec les morts.

*

En arrivant à l'hôpital, je trouvai le lit de grand-mère vide. Je savais qu'elle n'était pas morte. Peut-être avait-on découvert son stratagème. Je me rendis au bureau des infirmières où l'on m'annonça que le docteur allait venir me parler. Rien de plus. Je ne connaissais pas le milieu médical. Il me faisait peur, comme à toutes les personnes qui ont conscience qu'il faudra un jour s'y frotter. J'attendais, debout, face aux infirmières qui parlaient, absolument détendues. Je tendis l'oreille pour savoir si elles évoquaient la supercherie dévoilée. Malheureusement, je n'arrivais à capter que des bribes de conversation. De temps

140

à autre, l'une d'elles se tournait vers moi et souriait. Grand-mère les avait bien eues. Je commençai alors à arpenter le couloir, à profiter de sa longueur pour ne pas faire que regarder les infirmières. Un « Me voilà » retentit finalement et me libéra de ce parcours absolument répétitif et abêtissant. C'était Alessandra. Intérieurement, nous étions si proches que je pouvais me permettre cette familiarité. Extérieurement, les choses étaient un peu différentes.

— Bonjour, je dois vous dire quelque chose.
— Je sais.
— Les infirmières vous ont dit ?
— Oui. Elles font un travail incroyable, j'ai beaucoup d'admiration pour le personnel soignant.
— Merci.
— Donc, comment les choses se sont-elles passées ?
— Très bien.
— C'est-à-dire ?
— Les examens n'ont rien montré d'anormal.
— Elle va sortir ?
— Vous plaisantez ?
— Non.
— Elle est inconsciente !
— J'avais oublié.
— Pas moi.

La supercherie de grand-mère courait encore. J'avais la main sur le portefeuille depuis le début de la conversation, prête à sortir mon article. Mais je ne pensai pas le moment opportun. Je venais de passer pour un imbécile auprès d'Alessandra.

— Il y a longtemps que vous travaillez ici ?

— Quelques semaines. Pourquoi ?

— Parce que je ne vous avais jamais vue avant notre rencontre de l'autre jour.

— Vous venez souvent à l'hôpital ?

— Jamais avant l'hospitalisation de ma grand-mère.

— Vous habitez la région ?

— Marseille.

— Alors il est tout à fait normal que vous ne m'ayez jamais vue. Je ne connais pas Marseille.

— C'est une très belle ville.

— Certainement.

— Vous êtes de Rome ?

— Oui, comment avez-vous deviné ?

— Ici, tout le monde vient de Rome ! On dit : « Tous les chemins mènent à Rome », on pourrait ajouter : « Tous les médecins viennent de Rome. »

— Bien trouvé !

Je n'étais pas fier de mon jeu de mots lamentable et faussement spirituel, mais il m'avait fait remonter dans l'estime du médecin.

— Je suis traducteur.

— Parfait.

La réponse d'Alessandra n'avait aucun sens. Elle était du niveau de mon assertion. Pourquoi avais-je dit cela ? Pourquoi parler de mon métier à cette inconnue ? Pour l'impressionner ? Pilote de chasse, oui. Agent secret, oui. Chercheur en physique quantique, oui. Mais traducteur... Qui pouvait être impressionné par un traducteur ? D'autant plus que je n'avais pas eu l'occasion de développer ma spécialité : les romans. Le médecin, dont je me sentais moins proche à présent, pouvait penser que je traduisais des notices de montage de meubles ou des modes d'emploi de tondeuses à gazon. Il n'était pas écrit sur mon tee-shirt : « Je traduis *Moby Dick*. »

Le silence qui suivit fut assez désagréable.

— Je traduis des romans. Essentiellement. C'est la partie noble de la traduction. Mais ne croyez pas que j'ai quoi que ce soit contre les collègues qui traduisent les notices de montage ou les modes d'em…

— Ce doit être un métier fort intéressant.

— Oui.

— Pour en revenir à votre grand-mère, nous allons la ramener d'ici peu. Vous pourrez la voir.

— Elle compte beaucoup pour moi.

— C'est normal, monsieur.

— Appelez-moi Giacomo.

— D'accord, Giacomo.

— Merci, docteur.

Là, forcément, je m'attendais à « Appelez-moi Alessandra ». Et tout le monde aurait attendu cette réplique. Forcément. Je la voyais chaque jour à l'hôpital. Je la verrais encore durant un certain temps et je la trouvais absolument séduisante pour une Romaine. Il était donc logiquement envisageable de gagner en familiarité. Les Romaines, dans mon esprit, avaient la réputation d'être distantes, hautaines, un peu froides. Pas très sympathiques, non plus. Agréables en apparence, comme les monuments de la ville. Mon ex-femme était romaine.

— Je vous en prie. Au revoir.

J'eus beau tourner cette phrase dans tous les sens, je ne perçus aucune forme de familiarité. Elle n'était composée que de mots lointains. Beaux, également, si la beauté reposait sur la politesse. Le Colisée vu d'un taxi qui roule à toute allure.

Grand-mère fut reconduite à sa place. Un brancardier bodybuildé poussait son lit aussi aisément qu'un Caddie vide. Elle remarqua rapidement que je n'étais pas au meilleur de ma forme. Et que ce n'était pas la faute de mon genou, blessé vingt-cinq ans auparavant. Je lui parlai du médecin. Elle me dit qu'elle avait compris que je modifiais mon comportement en sa présence. Je ne cherchai pas à savoir comment elle s'y prenait car elle avait toujours les yeux fermés quand Alessandra arrivait. Enfin, je ne voulais pas polémiquer. Les anciens ont souvent l'impression de savoir les choses, une prescience, en quelque sorte. Nonna savait tout parce que je lui avais tout dit. J'avais trente-six ans, mais, assis à côté d'elle, je redevenais un petit garçon qui rêvait d'embrasser une jeune fille.

*

Le dîner fut d'une tristesse aussi puissante que la pluie qui s'abattait sur les carreaux. Maman avait réchauffé les plats préparés pour le midi. Ils étaient forcément moins goûteux. Papa le fit remarquer et, étonnamment, ma mère ne s'emporta pas. En fait, tous les feux étaient braqués sur moi et sur mon absence. Mes parents n'avaient même pas déjeuné, selon leurs dires, quand ils s'étaient rendu compte de ma fuite. Ils m'avaient attendu longuement avant de décréter que j'étais un fils indigne. Je leur avais coupé l'appétit, donc, même si des restes de lasagnes reposaient dans le frigo. Je ne les croyais pas un instant.

— Je suis vraiment désolé.

— Cela ne fait rien.

Seul le bruit de la mastication contredisait la catalepsie contagieuse de la maison. C'était un anniversaire raté. Comme tous les autres. Jusqu'à mon départ vers le continent, ils s'étaient succédé, tristes et sans surprise. Le même repas, les mêmes cadeaux. Quand j'attendais un vêtement, on m'offrait une panoplie de magicien, quand j'attendais des cartes, on m'offrait un masque et un tuba. Mes parents se trompaient toujours. En fait, dans notre famille, nous n'étions pas doués pour les anniversaires. Je savais bien que mes cadeaux ne leur plaisaient pas non plus. Et qu'entre eux aussi les présents ne charriaient que la déception. C'était un fait, une constante inaltérable. Lorsque mes amis évoquaient des célébrations parfaites, des feux d'artifice, des voyages à Cagliari (on n'allait jamais plus loin), des restaurants réputés, j'enviais l'art maîtrisé de faire plaisir. Je ne le connaissais pas.

Le repas terminé, mon père se leva et alla chercher mon cadeau dans le garage. Par tradition, le garage recelait les cadeaux de Noël et d'anniversaire, mais jamais de voitures car elles salissaient trop. Après la salle à manger où l'on ne mangeait pas, il y avait le garage où l'on ne garait pas de véhicules. Mon père était celui par qui les cadeaux arrivaient et aussi le seul qui pouvait les attraper tant ils étaient perchés près du plafond. Il me tendit deux paquets dans un silence digne d'une cérémonie funéraire. Maman faisait mine de ne pas s'intéresser à l'ouverture. Cependant, comme souvent, et même s'ils ne souhaitaient pas se trahir, ceux qui offraient étaient plus impatients que celui qui recevait.

— Je ne mérite pas, franchement.

— Allez, ouvre-les, l'année prochaine tu resteras à la maison pour ton anniversaire.

— Papa, cette année, la situation est exceptionnelle. Je devrais être chez moi, à Marseille.

— C'est la faute de ta grand-mère, si je comprends bien.

— Je ne voulais pas dire ça. Simplement, je vis en France. Rien ne vous interdit de venir me voir.

Depuis que j'habitais Marseille, ils étaient venus une fois parce qu'il ne pouvait en être autrement. Le voyage ne se faisait que dans un sens. Les côtes de l'île étaient leurs limites. L'extrémité du monde.

— C'est prévu.

— Miracle ! Pour quand ?

— Bientôt. Allez, ne détourne pas la conversation, ouvre tes cadeaux. Ils vont te réchauffer le cœur, toi qui as passé le jour de ton anniversaire tout seul sur une plage. Quelle tristesse !

— Mais je n'étais pas seul.

— Comment ?

— J'étais avec le Capitaine.

Je vis la déception sur le visage de papa. Pour lui, cette révélation était un véritable affront. L'homme de la maison s'était vu ravir son enfant par un vieux militaire, un homme à la gloire perdue. Son petit Giacomo préférait passer la journée avec un vieux sauvage plutôt qu'avec lui. Je lisais sur le faciès de papa parce que je connaissais ce livre par cœur. Je l'avais vu si souvent se fermer à l'approche de la tempête.

— Il est si intéressant que cela ? Il est vraiment mieux que moi ?

— Mais je ne vous compare pas. Tu es mon père, il est autre chose. Il compte beaucoup pour moi.

À ce moment, j'aurais dû dire à papa que je l'aimais et que ce sentiment faisait toute la différence. Seulement, sur l'île, on imaginait mal un fils dire je t'aime à son père. C'était ainsi. C'était très bête. Il y avait des traditions séculaires qui coulaient dans mes veines. Dans celles de mon père, également. Papa quitta la pièce. Les portes claquèrent. Je savais tout ce qu'il avait fait pour moi. Le travail rugueux dans l'odeur de la peinture, en plein soleil. Les journées qui ne finissaient pas. Le souci de ne pas pouvoir m'offrir ce que les autres avaient. Le souci quand j'étais fiévreux et qu'il fallait se relayer à mon chevet, la nuit, pour poser un gant humide sur mon front. Et se rendre au travail, le lendemain, les yeux anéantis, sans rien dire à son employeur. Et les études qu'il avait fallu payer. En une phrase, j'avais balayé toute une vie.

— Ton père est vexé, Giacomo.

— Je ne voulais pas.

— À t'entendre, tu ne veux jamais. Pourtant, tu nous blesses. Tu es intelligent, fais attention, la prochaine fois. Prends soin de tes parents.

Maman partit rejoindre mon père. J'entendis la porte d'entrée se refermer. J'étais seul avec mes cadeaux. Il n'y avait plus de regards bienveillants posés sur moi. Juste les photos accrochées au mur. J'avais l'impression que tous les ancêtres de la famille me fixaient et me détestaient. Même le bébé sur l'un des clichés semblait me dire que j'étais allé trop loin et que j'avais réussi à blesser mes parents. Et qu'il ne s'agissait pas d'une petite blessure de footballeur mais d'un mal plus profond. Comme l'avant d'un bateau fend l'eau pour s'y loger largement. Le bébé sur la photo, c'était moi.

Je n'essayai pas de convaincre ces yeux gorgés de reproches. La défaite était entérinée. Mon erreur aussi.

Dans les paquets, je trouvai une édition illustrée de *Moby Dick* et un tableau de mon père représentant le capitaine Achab debout sur la baleine, en pleine tempête. Un homme plein de rage, fou et désespéré. Le tableau avait des influences de Turner, le ciel en feu et la lumière partout. Les peintres du village étaient des copistes doués. L'un travaillait à la manière de Picasso, l'autre de Chagall. Papa idolâtrait Turner car, selon lui, il faisait du ciel anglais le plus beau ciel du monde. Plus beau que le ciel sarde, c'était dire. Je restais persuadé qu'il aurait pu faire mieux que de la peinture en bâtiment et que quelques fresques sur les murs du village. Il lui avait manqué seulement l'audace car la vision ne lui faisait pas défaut. Tout ce qu'il avait accepté et tu durant ces années, il aurait pu en faire des tableaux incroyables. Lumineux, bruyants et mouvementés. Un Turner sarde. C'était drôle, un Turner sarde. Le Nord et le Sud, le froid et le chaud. Malheureusement pour lui, il resterait un petit peintre en bâtiment déçu par son fils. Parce que tout ce que je pensais, je ne lui dirais sans doute jamais. Cette fois-ci, mes parents m'avaient touché au cœur, mais ils ne le savaient pas.

*

Mes parents passèrent la nuit chez grand-mère. Ils espéraient davantage de douceur avec sa chatte qu'avec leur fils. Le dénominateur commun à notre famille était la fuite. Dès que quelque chose nous dérangeait, nous nous échappions, non pas pour régler le problème, mais pour ne plus l'avoir sous les yeux. Pourtant, il nous faudrait nous réconcilier. En attendant, je m'attelai à *Moby Dick* quand, dans la rue, des voix interrompirent mon travail. J'étais tellement peu investi et concentré que le vol d'une mouche un peu bruyante m'aurait convaincu de cesser. Les étudiants connaissent tous ce sentiment. On doit travailler, les examens approchent, mais il fait si beau dehors. La douceur du printemps, les couleurs oubliées, les rires qui renaissent. Le travail est une torture. *Tripalium*. Je n'avais plus l'âge d'être étudiant, même si cette période de ma vie s'accrochait à moi et à mes souvenirs. Il faudrait un jour que je passe à autre chose. J'ai laissé Achab à la recherche de la baleine et me suis dirigé vers la fenêtre. Un bus de touristes tentait d'emprunter la rue. Il était si large que le chauffeur devait conduire avec une grande précision. Le moteur grondait et les freins dégageaient une odeur de brûlé. Plusieurs villageois, des anciens presque centenaires, investis d'une mission de circonstance, jouaient aux chiens jaunes, sans le gilet adéquat et sans porte-avions. Chacun dispensait ses conseils au conducteur qui suait à grosses gouttes. Les vieillards se disputaient la solution adéquate. Chacun criait et maudissait son rival en guidage. Si on avait été sur un pont d'atterrissage, tous les avions auraient fini dans la mer. Le pauvre conducteur devenait fou. Il regardait à droite, à gauche, tout le monde lui faisait signe. Dans une situation stressante, l'idéal est de se poser et de réfléchir. C'est ce que l'école est censée apprendre. Le chauffeur avait dû, lors de sa formation, être confronté à des simulations d'incendie, d'accident, de pneu crevé. Cependant, personne n'avait prévu qu'il se retrouverait, un jour, coincé dans une rue étroite et entouré par une armée d'anciens tous plus hargneux les uns que les autres. Une situation critique, en somme, mais pas désespérée. Achab était bien venu à bout de la baleine. On finirait par sortir le pullman. À l'intérieur, on voyait les passagers coller leur visage contre les vitres. Des visages anxieux. J'assistai à ce spectacle chaotique sans en perdre une miette. J'étais encore trop jeune pour intervenir. Il me manquait cinquante années d'expérience.

Le bus était immatriculé en France. Finalement, le chauffeur décida de couper le moteur. Les touristes sortirent lentement et difficilement car, lorsqu'ils descendaient, ils se trouvaient face aux murs des maisons. Une façon de se frotter à la vraie vie des gens du pays, loin de l'hôtel où l'espace était immense et où personne n'était vieux. Je reconnus l'homme qui était venu me parler à la plage. Je sifflai pour attirer son attention. Il se retourna et s'approcha de la maison.

— Nous venons voir le Domo de Jana. C'est loin d'ici ?

— Au bout de la rue. Vous avez réussi à convaincre vos amis, finalement.

— L'hôtel a organisé une visite en un éclair. Mais le chauffeur n'aurait jamais dû emprunter cette petite rue.

— La dernière fois que la situation s'est présentée, il a fallu démonter entièrement le bus et le remonter au garage.

— C'est vrai ?

— Les gens du pays sont des menteurs.

— Vous êtes du pays, si je me souviens bien.

— Oui. Je peux vous accompagner jusqu'au Domo ? C'est un peu ma faute si vous êtes bloqués ici…

— Mais non ! Nous vous suivrons avec plaisir. Laissons le chauffeur se débrouiller.

— Il ne sera pas seul, regardez comme les habitants les plus « jeunes » souhaitent l'aider.

— C'est toujours comme ça ?

— Oui, l'hospitalité sarde est une tradition, un peu comme chez les Grecs. Tout le monde aide tout le monde. En théorie. En vérité, les anciens s'ennuient un peu. Certains sont à la retraite depuis presque cinquante ans. C'est long ! Alors ils regardent ce qui se passe sous leurs yeux. Un pot d'échappement qui siffle un peu, une chute, une dispute.

J'accompagnai le groupe près du Domo. Les touristes furent un peu déçus. Vraiment déçus, en fait. Ils s'attendaient peut-être à voir des monuments gigantesques en pleine rue. Des pyramides dans un village sarde perdu dans la montagne. Un site grandiose. De tout cela, rien. Juste un petit édifice sans prétention, dégradé et sali par quelques énergumènes de retour de soirées. Je ne voulais pas laisser le groupe sur sa faim, alors je pris la parole pour expliquer le rôle des Domus, leur symbolique forte et les moments magiques que j'y avais passés. Les discussions avec les amis, les crises de rire quand nous jouions aux hommes préhistoriques, les crises de larmes quand Fabrizio m'avait annoncé qu'il ne pourrait plus jouer au football à cause de sa maladie. Notre petite vie, dans un petit édifice construit par de petits hommes très très vieux, bien plus vieux que ceux qui donnaient de mauvais conseils au chauffeur du bus.

— Vous l'aimez profondément, cette île, on le sent dans vos propos.

— Je l'aime autant que je la déteste. Quand je suis loin d'elle, cette terre me manque, à l'intérieur.

Quand j'y suis, tout m'agace, tout va trop lentement et rien ne change. Mais je ne voudrais pas que vous ayez une mauvaise image de notre pays. Il faut pardonner ses errances.

Le car, finalement, réussit à s'extirper de la rue. Le chauffeur en sortit, aussi rouge que les tomates de mon oncle Gavino. On lui offrit un rafraîchissement au bar du coin. Une bouteille d'eau, « la plus pure du monde », qui coulait dans les montagnes du Centre. Sur l'étiquette, on pouvait lire des dizaines de lignes concernant ses vertus et les prix qu'elle avait remportés. Le nom des scientifiques qui l'avaient expertisée, également. Il y avait sans doute des gens intéressés par ces informations. Des gens qui n'avaient pas vraiment soif.

Pour le chauffeur déshydraté, elle était sans doute l'eau la plus pure du monde, la meilleure tant il avait souffert dans la chaleur de la machine. Une bouteille d'eau glacée, *frizzante*, qui lui causerait certainement quelques troubles digestifs à la fin de la journée. Le froid et les bulles à leur apogée. Le plus grand risque pour les touristes. Les visiteurs s'attablèrent et le réconfortèrent. Ils craignaient de ne pouvoir retourner à l'hôtel. Il fallait le ménager. Tout le monde commanda de l'eau et rit de bon cœur. On l'avait échappé belle. Les bouteilles vides étaient remplacées quasi instantanément par le serveur. La valse des bulles et du froid. Les touristes ne savaient pas ce qui les attendait. Pour ma part, je commandai un expresso. Deux millilitres de café perdu au fond d'une tasse. Chaud et sans bulles.

Finalement, on décida de jeter un œil sur les *murales*, avant de partir. On se photographiait devant les fresques. Je montrai l'une d'entre elles, une peinture qui me tenait particulièrement à cœur et sur laquelle on pouvait voir trois vieillards assis sur leur chaise, en pleine rue, un fusil à la main. C'était un bon résumé de la vie ici.

Chez nous, et c'est ce que retiendraient les touristes, on peignait sur les murs, on ne visitait pas les monuments parce qu'ils étaient trop petits, les centenaires donnaient des conseils aux conducteurs mais, heureusement, l'eau était délicieuse.

*

Le Capitaine venait me chercher chaque jour, depuis notre escapade à la mer. Il frappait à la porte et, souvent, ma mère lui ouvrait en souriant. Jamais mon père, qui lui en voulait encore, après toutes ces années, d'avoir combattu et, surtout, d'être revenu vivant, la figure héroïque du village. Il lui reprochait aussi d'avoir ravi le cœur des femmes contre quelques breloques accrochées à son poitrail. Dans son esprit, il valait mieux peindre que faire la guerre. Ainsi, quand il entendait frapper à la porte, il murmurait : « Giacomo, c'est pour toi, c'est le héros. » Je ne répondais pas à cette provocation. Je la trouvais drôle et spirituelle. Mes parents avaient fini par oublier le préjudice subi lors de mon anniversaire, ils m'avaient pardonné. Les parents pardonnent toujours leurs enfants parce qu'il y a un peu d'eux à l'intérieur, comme deux planètes qui n'en faisaient qu'une avant une gigantesque explosion. De mon côté, je n'oubliais pas et je m'estimais heureux de les avoir récupérés, même si je savais qu'ils ne resteraient pas très longtemps exilés chez ma grand-mère. Papa détestait la chatte de grand-mère, il la trouvait trop invasive, dans tous les sens du terme. Trop grosse, trop présente. Les parents fugueurs finissent par rentrer, pour leur confort.

Avec le Capitaine, nous partions chaque matin à la pêche. En fait, je détestais cette activité, mais elle me permettait de passer du temps avec le soldat. Nous parlions peu parce que nous nous étions presque tout dit. Quand deux amis de longue date se retrouvent, un flot de paroles, qu'ils pensent intarissable, surgit. Puis, peu à peu, il ne reste que quelques bribes de conversation. Très souvent, on arrête de se voir pour ne pas s'avouer qu'on n'a plus rien à se dire. Dans la crique où nous avions nos habitudes, nous croisions toujours le pêcheur vedette qui n'arrêtait pas de remplir sa besace. Un matin, il s'approcha de nous pour discuter. Nous avions tant à dire.

— Alors comme ça, vous étiez capitaine dans l'armée.

— Parfaitement. Ma jeunesse a été une succession de conflits. L'Europe, l'Afrique, la guerre m'a fait progresser en géographie.

— J'ai fait mon service militaire et j'en garde un très bon souvenir.

Je n'avais rien à faire dans cette conversation entre anciens soldats. Ils échangeaient sur le nom des fusils, le diamètre des munitions, la puissance des engins… Un vrai Salon de l'armement. Je ne fréquentais que ceux du livre.

— Vous avez déjà tué un homme ?

— Malheureux, si vous saviez, j'en ai tué des centaines ! J'étais un requin. Pas ce vieillard que vous voyez maintenant. Je ne lâchais jamais prise. Il faut des dents aiguisées pour être un bon soldat.

Le pêcheur fut impressionné par les paroles du Capitaine, d'autant plus quand celui-ci nous raconta en détail plusieurs de ses exploits. Il nous montra même quelques photos de lui en habits militaires. Des clichés en mauvais état, aux contours abîmés, sur lesquels il posait fièrement, l'arme à la main, le visage sérieux et décidé.

— Et les combats ne vous manquent pas ?

— Si ! Je rêve chaque nuit que je suis sur une scène de guerre, un conflit au bout du monde, en plein désert. La guerre est une drogue dure.

Le pêcheur, après chaque pause du Capitaine, répétait inlassablement « un requin, un requin… » pour montrer toute son admiration. Les deux hommes, emballés par leurs récits, ne faisaient plus attention à moi. J'étais aussi intéressant qu'un bernard-l'hermite. Un peu avant l'officialisation de notre divorce, j'avais lu les textos sur le téléphone de ma femme. Dans l'un d'eux, adressé à sa meilleure amie, Catherine, une auteure jeunesse, elle écrivait que je lui faisais penser à un bernard-l'hermite tant je changeais de carapace. « Un jour heureux, l'autre malheureux, le suivant il s'enfuit, il revient pour se

156

cacher… » Je n'avais pas considéré la comparaison comme un compliment. Cependant, je n'en voulais nullement au crustacé. Face à ces deux hommes remplis de testostérone, j'avais convoqué les bernard-l'hermite, en souvenir tout d'abord, puis physiquement, puisque je me mis à en ramasser dans le sable humide. Je ne voulais pas les tuer, juste parler un peu. Je racontai à mes trois prisonniers la remarque que l'on m'avait faite. Trois, le chiffre parfait. Trois crustacés, trois hommes.

— Et votre fils, il est militaire ?

Comme les crustacés ne répondaient pas et que je chuchotais, j'entendis aisément la question du pêcheur. Les images de mon père, peignant, et du Capitaine, l'arme à la main, se télescopèrent dans ma tête. Je ne voulais pas les confondre, chacun devait rester à sa place.

— Ce n'est pas mon fils mais c'est tout comme. Quand il était enfant, je me suis souvent occupé de lui. Mais il va te répondre directement. Giacomo, *vieni.*

Je cessai de converser avec les bernard-l'hermite et me dirigeai vers les militaires. Ils se souvenaient de mon existence. Sur la chaîne de l'évolution, je dépassais les crustacés. L'homme répéta sa question car il ne savait pas que je l'avais entendue. Il ôta simplement l'idée du fils.

— Vous êtes militaire, vous aussi ?

— Absolument pas. Je suis traducteur.

— Traducteur, magnifique, vous traduisez quoi ?

— Des romans.

— Des romans qu'on peut trouver en librairie ?

— Oui, bien sûr.

Il tira alors un calepin de sa poche. À l'intérieur se logeait un stylo. Les pages étaient presque toutes noircies par des séries de chiffres.

— C'est là-dessus que je note toutes mes prises. Notez-moi le titre d'un roman que vous avez traduit, j'irai l'acheter.

J'écrivis *La Conscience de Zeno, Italo Svevo,* de ma plus belle écriture, sous une longue liste de poissons : mérou, dorade, bar, loup, sardine… un véritable aquarium.

— Et ça parle de quoi votre livre ?

— D'un homme qui veut arrêter de fumer.

— Intéressant ! C'est tout ?

— Très intéressant, oui. Il y a d'autres choses, vous verrez.

J'avais passé plusieurs mois avec Zeno, pourtant j'étais incapable d'en parler. Je dormais avec lui, je mangeais avec lui, je parlais avec lui même quand je dialoguais avec quelqu'un d'autre… Traduire, c'était vivre une obsession. L'obsession des personnages et celle de l'auteur. Ne pas le trahir, le suivre dans sa démarche sans la dénaturer. La traduction me semblait plus complexe que l'écriture. Svevo n'était plus là pour me contredire. La scène de la demande en mariage me revint, mais je n'osai pas l'évoquer. Quatre femmes, quatre désirs, trois refus et un mariage. L'art de rebondir à Trieste. Il y a toujours un risque à parler des livres que l'on a adorés.

Le pêcheur commença à rassembler ses affaires et nous salua, chacun son tour, en débutant par moi.

— Monsieur le traducteur, à bientôt.

— Monsieur le pêcheur, à bientôt.

— Je m'appelle Alessio.

— Vous me direz ce que vous avez pensé du roman ?

— Certainement.

Il s'approcha ensuite du Capitaine et, avec un grand respect, serra sa main avec force. L'étreinte dura. Les deux hommes faisaient un mouvement du haut vers le bas avec leur avant-bras. Ils se fixaient avec intensité. Ce devait être un signe militaire que je ne maîtrisais pas. En ce qui me concernait, une poignée de main ne devait pas excéder deux secondes. Au-delà, il y avait quelque chose qui me dérangeait, j'essayais, quand cela se produisait, de retirer ma main. Mais je n'étais pas militaire. Je ne l'avais jamais été.

— Honoré d'avoir échangé avec vous, Alessio.

— Au plaisir, mon Capitaine.

Le pêcheur reprit le contrôle de sa main et, dans un souffle, lâcha : « Un requin. » Il avait parlé avec un « requin » et en tirait une grande fierté. Un requin sans pitié pour ses adversaires, un requin dur au mal, à la peau impénétrable. Un requin qui avait voyagé pour combattre. Un requin médaillé de la tête aux pieds. Un requin qui ne savait pas nager.

Le Capitaine était redevenu l'homme que j'avais connu enfant. Il semblait rajeuni, comme si cette discussion lui avait permis de retourner dans le passé.

Nos échanges ne le transformaient pas ainsi. Avec moi, il regrettait son histoire. Avec le pêcheur, il la revivait. Je ressentais une certaine déception à ne pas avoir le même effet, le même impact sur lui. Comme les granulés d'*effervescente* du Dr Ignazio, mon principe actif n'en était pas un. Je n'agissais pas.

Sur la route du retour, le Capitaine ne parla pas et se tint bien droit sur son siège. Il ne portait plus la lourdeur de son existence et tous les malheurs qui allaient avec. De temps à autre, il murmurait le mot « requin », débordant de satisfaction à l'écoute de ces deux syllabes. La déception était passée, je me sentais à l'aise en qualité de chauffeur d'un militaire chevronné. Et tant pis s'il y avait mieux que moi pour discuter. La route était belle, dégagée, nous longions la côte qui semblait ne jamais finir. Sur le côté, de temps en temps, nous croisions un vendeur de fruits et légumes. Les pastèques étaient surdimensionnées. Quand nous en mangions, à la maison, mon père les ouvrait avec un couteau aussi grand qu'un sabre. Je tremblais toujours de le voir sectionner avec facilité ce que la nature avait mis des semaines à construire. Tout le monde retenait son souffle avant de mordre dans la chair rouge sang et d'oublier la peur. Ce couteau aurait pu nous trancher en deux morceaux, sans difficulté.

— Vous voulez acheter quelque chose, Capitaine ?

— Non, merci. De toute façon, je n'ai pas pris d'argent.

— Je peux vous en prêter.

— Tu me l'as déjà proposé il y a bien longtemps… Quand tu n'étais qu'un enfant.

— Je m'en souviens.

— Et j'avais refusé.

— Oui ! À mon grand regret.

— Je refuse encore. Un requin…

Rouler au bord du précipice, la voiture en apesanteur au-dessus de la mer. J'allumai la radio. La musique ne pouvait qu'ajouter encore à la perfection du moment. Une station diffusait une chanson de Phil Collins. J'éteignis immédiatement. La musique est une arme à double tranchant, aussi dangereuse que le couteau de mon père.

Puisque nous restions silencieux, je repensai à Catherine, l'amie de mon ex-femme. Elle qui cherchait sans cesse des idées d'album pour les enfants, j'avais un titre à lui proposer. Un titre et l'histoire qui en découlait : *Le requin qui ne savait pas nager*.

*

J'ai tout raconté à grand-mère. Comme un petit garçon. Cette fois-ci, elle ne me répondit pas car il y avait beaucoup de mouvement dans la pièce. Certains patients quittaient l'hôpital, d'autres arrivaient, c'était un chassé-croisé digne d'un hôtel de bord de mer. Sauf que la destination, pour l'un d'entre eux, ce jour-là, était la morgue. Le personnel n'avait pas le temps de s'apitoyer. On s'activait, on parlait doucement, chacun maîtrisant son poste à la perfection dans cette chorégraphie blanchâtre. Alessandra passait et repassait pour mon plus grand plaisir. Depuis quelques jours, elle avait été affectée aux soins des patients les plus âgés. Elle avait donc la responsabilité de grand-mère et je n'y étais pour rien. J'en profitais pour lui parler quotidiennement. Je lui posais mille questions sur l'état de nonna, mille questions sans intérêt auxquelles elle répondait volontiers parce qu'elle me trouvait agréable (cette pensée me réjouissait) ou parce qu'elle n'osait pas envoyer valser un visiteur un peu lourd (cette pensée me réjouissait beaucoup moins). J'étais globalement agréable, on me l'avait souvent répété à l'école, la première hypothèse était sans doute la bonne. Certaines de mes questions faisaient suite à des recherches personnelles sur l'état de grand-mère. Je notais des noms de pathologies sur mon calepin et les répétais, non sans mal, au médecin. Cela me donnait une certaine épaisseur. Mais dès qu'Alessandra entrait dans des explications complexes, je lâchais prise aussi rapidement qu'un homme suspendu à une falaise avec les mains pleines d'huile d'olive. Je ne comprenais rien. Parfois, quand je n'avais pas eu le temps de préparer ma visite, je questionnais Alessandra sur les cheveux de grand-mère, ses ongles, tout ce qui me passait par l'esprit. Dans ce cas, s'adaptant parfaitement à son auditoire, elle me répondait « ça n'a rien à voir » et poursuivait ses visites.

Ce petit manège se poursuivit jusqu'à cette phrase définitive d'Alessandra, à la suite d'une question sur la pilosité faciale de nonna.

— Giacomo, vous êtes un homme intelligent. Je ne pense pas un instant que la pilosité de votre grand-mère vous intéresse le moins du monde.

— Mais vous êtes consciente qu'elle se développe très rapidement dep…

— Giacomo, une aide-soignante s'en chargera.

— Très bien, mais je me disais que…

— Giacomo.

Je savais que la question de la pilosité n'était pas une idée fantastique. Je l'avais choisie parce que j'arrivais au bout de ma capacité à produire des interrogations médicales. Je ne souhaitais pas aggraver mon cas en essayant de rebondir sur un argument bancal, mais j'aimais quand Alessandra prononçait mon prénom.

— Donc je…

— Giacomo.

— Nous pourrions discuter de tout cela et d'autres choses, bien sûr, si vous acceptiez de me voir en dehors des murs de cet hôpital.

J'étais aussi courageux que le capitaine Achab sur le dos de la baleine, harpon à la main. De la pilosité de grand-mère, j'avais bondi jusqu'à l'évocation d'un éventuel rendez-vous. Sans harpon pour me défendre. Alessandra pouvait me balayer d'un mot. Achab n'était pas seulement courageux, il était fou.

— Vous me proposez un rendez-vous ?

— Oui.

Le dos d'une baleine est forcément glissant, je ne devais pas tomber. Je ne devais pas tomber. Je ne devais pas tomber…

— Giacomo, vous êtes là ?

— Oui, euh… pardon, oui, je suis là. Je me perds parfois…

— C'est d'accord.

— J'ai prévu de passer la journée de dimanche sur l'île de Caprera. Vous venez avec moi ?

— Avec plaisir ! Je ne connais pas.

Alessandra amorça un sourire au nom de Caprera. Nous en reparlerons. À présent, et même si l'envie me taraudait, je ne devais pas courir à travers les couloirs pour clamer au monde ma satisfaction. *Urbi et orbi*. Il fallait dégager une mesure, une maturité sans autosatisfaction, garder un air naturel. C'était impossible. J'avais trente-six ans et des larmes dans les yeux. Je quittai l'hôpital immédiatement après notre discussion car je manquais d'air. Je n'avais pas glissé. Debout sur la baleine, je la guidai jusqu'au port.

*

L'été s'épanouissait et les touristes envahissaient l'île. Je n'avais rien contre ces visiteurs qui faisaient vivre notre morceau de terre. D'ailleurs, ils le respectaient parfois davantage que les autochtones. En me rendant chez le Capitaine, je longeais un espace laissé libre entre deux constructions et qui servait de poubelle à ciel ouvert à tous ceux qui souhaitaient se débarrasser d'un frigo ou d'un vieux matelas fatigué. Il existait bien des déchetteries, mais la fatigue due au soleil, sans doute, empêchait certains habitants de s'y rendre pour déverser leurs détritus. À droite, on avait vue sur la baie émeraude. À gauche, sur les poubelles. Tout était là, réuni, le beau et le laid. Tout était normal puisque tout avait toujours été ainsi.

Je frappai au carreau du salon du Capitaine, mais il ne répondit pas. La porte ne m'apporta pas plus de succès. Cela ne lui ressemblait pas car, chaque fois, il bondissait hors de la maison au premier coup porté à la fenêtre. Parfois même, juste avant ! Je savais qu'il m'attendait et qu'il me regardait.

— Giacomo, ne casse pas le carreau, je suis là.

— Aussi vif qu'un requin...

Cette fois-ci, le requin était peut-être malade. Je retournai à la porte, elle était fermée. Il fallait entrer coûte que coûte. Je savais qu'avec une carte bancaire on pouvait facilement venir à bout d'une serrure. J'essayai durant cinq minutes, sans succès. Ma carte ne devait pas convenir pour une telle opération. Je ne forçai pas car je ne voulais pas la détériorer. Finalement, je cassai un carreau, poussai la fenêtre et m'introduisis chez le Capitaine. Il n'y avait pas un mouvement, mais je remarquai le désordre ambiant. On entendait des voix, nombreuses, des rires et des applaudissements. Je me rendis dans la chambre parce que c'était, selon ses dires, l'endroit où il passait le plus de temps. Dans son fauteuil, près de la fenêtre qui donnait sur la rue. Il n'y était pas, mais j'eus l'impression étrange de voir son reflet sur la vitre. Il passait tellement de temps dans cette pièce que son reflet s'y trouvait encore quand il l'avait quittée. J'inspectai rapidement les autres pièces de la maison, mais le Capitaine ne s'y trouvait pas. La télévision était allumée, les rires provenaient de l'émission diffusée, un jeu dans lequel les participants dansaient à moitié nus. Sans raison. J'éteignis le poste. Je pris alors la direction de l'hôpital. Selon moi, le Capitaine avait eu un malaise et les pompiers s'étaient chargés de l'y conduire. Le désordre, la télévision allumée, le son quasiment au maximum, il ne pouvait y avoir d'autre explication.

J'arrivai à l'hôpital comme si j'accompagnais ma femme sur le point d'accoucher : affolé. J'avais vécu cette situation quelques années auparavant. Je ne souhaitais pas vraiment m'en souvenir, mais on ne choisit malheureusement pas toujours ses souvenirs. Il y avait des choses qui revenaient, comme ça, sans prévenir.

À l'accueil, on me proposa de me rendre aux services des urgences parce qu'il n'y avait aucune trace du Capitaine. S'il venait d'arriver, son enregistrement n'avait pas encore eu lieu.

— Vous a-t-on envoyé un patient ce matin ou cette nuit du nom… ?

— Il n'y a eu aucune arrivée depuis hier après-midi.

— Vous êtes certain ?

— Enfin, je passe mes journées ici, vous croyez vraiment que si un Capitaine je ne sais quoi s'était présenté ici, je ne m'en souviendrais pas… Je n'oublie aucun patient.

— Vous notez tout ?

— Je ne note rien. Le papier, c'est pour les gens sans mémoire.

— Je voulais dire, sur l'ordinateur.

— Il est éteint, regardez.

Je me penchai et, effectivement, l'ordinateur qui faisait face à l'agent d'accueil n'était pas allumé.

— C'est un vrai, au moins ?

— Plus vrai que vrai ! De toute façon, rien ne dure, alors je me préserve des pannes possibles en ne l'utilisant pas. Mon cerveau fonctionne correctement.

— Donc, pas de Capitaine ?

— Pas de Capitaine, mais allez voir en médecine générale, on ne sait jamais. Il est peut-être passé entre les gouttes. Quelquefois, certains patients sont là sans que l'on soit au courant. Un peu comme des objets trouvés. On les découvre quand la famille vient les chercher.

— C'est horrible.

— Mais la vie est horrible, monsieur ! Vous en doutiez ?

— Je ne sais pas… Je vais voir en médecine générale.

Ce service était celui de grand-mère. Je le connaissais par cœur. Je ne mis pas longtemps à comprendre que le Capitaine n'y était pas. J'en profitai pour aller embrasser nonna. On lui avait enlevé le surplus de pilosité sur le menton et les joues. C'était bien plus agréable pour y déposer les lèvres.

— Merci, mon petit, merci d'être venu. Et merci de m'embrasser. On n'embrasse pas les mourants, en général. Ils font peur.

Je ne lui fis aucune remarque sur la douceur retrouvée de sa peau. Le corps est une machine complexe, absolument incroyable, capable de résister aux chocs physiques, psychologiques… puis, un jour, un élément microscopique décide de ne plus fonctionner, de disparaître ou de se démultiplier. Alors, la belle machine devient un fardeau. On en voudrait une autre, mais c'est impossible. On vit avec, malgré tout, sans oublier son ancienne perfection. On aurait dû en profiter davantage. Regarder le soleil tant qu'on le pouvait encore, courir sur le sable malgré le vent, manger ces énormes gâteaux qui nous faisaient tant envie, plonger dans l'eau froide au début du printemps. Mais le temps était passé. On avait été raisonnable, trop raisonnable. Et il était trop tard. La barbe de grand-mère en était la preuve. Il fallait être déraisonnable pour ne rien regretter. Vivre sur une île, la quitter, y revenir. Jouer au football même si on était le plus mauvais défenseur de l'histoire, se cacher pour épier la belle épicière ou écrire une énième version de *Moby Dick*.

Je tombai finalement sur Alessandra qui me raccompagna jusqu'à la porte du service.

— Il n'y a pas de Capitaine ici, me dit-elle avec un sourire malicieux.

— Toujours partante pour dimanche ?

— Toujours !

La porte, aussi lourde que la pierre placée devant le tombeau du Christ, se referma avant que je puisse prononcer un autre mot. C'était mieux ainsi. Je n'aurais pas l'occasion de me perdre dans des phrases improbables.

*

Tout le monde profite du travail des traducteurs, pourtant nous sommes rarement reconnus. Joyce bénéficierait-il de cette aura si les traducteurs ne s'étaient pas brisé l'ensemble des dents contre ses phrases obscures ? Et Kafka, et Borges ? Les écrivains n'existent pas sans les traducteurs. Il faudrait une stèle pour chaque traducteur. Enfin, j'exagère sans doute un peu. Il faudrait des stèles de tailles différentes selon les travaux du traducteur. Les plus importantes concerneraient les traducteurs littéraires. Ensuite, plus petites, celles réservées aux traducteurs de films. En diminuant encore la taille de la stèle viendraient les traducteurs qui officient à la télévision. J'en oublie certainement. En tout cas, les plus petites stèles, encore plus petites que les Domus de Janas, seraient réservées aux traducteurs de notices de montage. Leur travail est ingrat, admettons-le, mais ils ne font aucun effort.

Quand j'étais marié, je passais des heures à tenter de monter des meubles en suivant la notice. J'étais trop raisonnable, je m'accrochais aux explications écrites et aux dessins alors que rien ne fonctionnait. La faute au traducteur. J'ai toujours suivi les consignes, sans jamais m'en démarquer. À l'école, sur le terrain de foot, quand je m'essayais à la peinture sur les murs… Il aurait fallu s'écarter de la ligne directrice. Quand il a été temps de monter le lit avec ses barreaux et la table à langer, j'ai perdu pied. Les vis ne rentraient pas, les écrous ne bloquaient pas. Un lit sans sommier était-il possible ? Un corps, même très léger, n'y aurait pas tenu. Je dus finalement faire appel à un ami, bien plus doué que moi, qui monta les meubles après avoir jeté les notices. Je n'aurais jamais osé. Le lit, achevé, était magnifique et, quand ma femme rentra à la maison, elle fut vraiment fière de moi. Je ne l'avais jamais vue aussi fière, d'ailleurs. La chambre était belle, calme et prête à accueillir un nouvel arrivant.

Je me garai sur le bord d'un chemin caillouteux pour rejoindre la crique où j'avais décidé de passer un peu de temps. Comme le Capitaine n'était pas avec moi, je pouvais aller à mon rythme et profiter du maquis. Les lézards disparaissaient au bruit de mes pas. Ils étaient peut-être les descendants de ceux que je m'amusais à disséquer lorsque j'étais enfant. Je ne leur ferais aucun mal cette fois-ci. La mer était en bas et je me frayai un passage à travers la végétation pour l'approcher. Au loin, on voyait les bateaux de luxe qui venaient mouiller dans des eaux plus calmes. Jamais ils n'accostaient. La terre ne les intéressait pas. Il n'y avait que l'eau. Des voix montaient de la crique. Des mouvements, également. On avait découvert ma tanière. Moi qui comptais me détendre et feuilleter l'exemplaire illustré de *Moby Dick* offert par mes parents. Je n'avais même pas pris ma canne à pêche. Manuella vendait des paninis impeccables, je me réjouissais de les déguster quand la faim se ferait ressentir. Un livre et un sandwich, je n'espérais rien d'autre. Le pauvre Capitaine avait disparu. Je me rapprochai de l'endroit où j'aimais m'installer. Deux hommes, de dos, étaient assis presque l'un contre l'autre. Je reconnus la chemise colorée du Capitaine et l'accoutrement d'aventurier du pêcheur. Un déguisement de baroudeur pour attraper des dorades suicidaires.

J'avais couru à l'hôpital et partout dans le village à la recherche d'un homme qui prenait du bon temps avec un ami, au bord de la mer. Il m'avait abandonné pour un homme plus intéressant. Ils se retournèrent et me virent. Cela ne les dérangea pas le moins du monde car ils reprirent leur position initiale. Je faisais partie du décor comme un arbre ou comme un lézard. J'avançai.

— Bonjour, Capitaine.

— Bonjour, Giacomo.

Ils poursuivirent leur conversation. Ils n'auraient pas agi autrement si j'avais été un serveur qui leur apportait une consommation.

— La femme d'un colonel, je vous dis. Une beauté ! Une femme impossible !

— Extraordinaire !

Je connaissais cette histoire et détestais entendre les mêmes rengaines. À un détail près : le général était devenu colonel. Une chute dans la hiérarchie militaire. Mais la femme était toujours impossible.

Un collègue traducteur avait la fâcheuse habitude de raconter les histoires à l'identique, plusieurs fois par semaine. À la manière des poulpes, il oubliait tout. Puisque je n'étais pas malveillant, je l'écoutais. Il aurait fallu lui dire que la répétition entraînait la folie, que les ouvriers sur les chaînes de montage reproduisaient leurs mouvements professionnels même durant le sommeil et que cela était forcément inquiétant. Le Capitaine modifiait son récit, le mensonge était une division de la vérité. Il aurait fallu le lui signifier, toutefois je ne voulais pas le mettre dans l'embarras. En outre, je manquais de courage, chose plus difficile à avouer. Vivant mais invisible, comme les bernard-l'hermite.

— Capitaine, je suis venu vous chercher ce matin.

— Mais, Giacomo, mon ami avait prévu de venir me prendre. J'ai complètement oublié de te prévenir. Tu ne m'en veux pas, au moins ?

— Absolument pas. Je me suis juste fait un peu de souci.

— Tu es une mère pour moi, petit.

Le Capitaine avait parfaitement raison. J'agissais avec lui comme ma mère le faisait avec son fils. Sauf que j'étais bien trop jeune pour endosser ce rôle. Le pêcheur enchaîna :

— L'autre jour, vous me disiez qu'il était presque un fils pour vous. Aujourd'hui, c'est votre mère ! Les choses évoluent vite sur cette île.

Les deux hommes rirent grassement. Je le fis avec plus de retenue. Je les laissai profiter de cette belle journée et repartis en direction du village. Le Capitaine avait un ami, enfin. Quant à moi, je comprenais que rien n'était jamais gagné, même avec un vieux monsieur désespéré. Les anciens avaient des ressources bien enfouies mais bien réelles. Grand-mère et le Capitaine regorgeaient d'énergie. Une énergie qui leur donnait la possibilité de tenir bon dans la difficulté, dans la vieillesse, dans l'abandon.

C'était peut-être ça qui permettait aux habitants de l'île de ne pas mourir. Je me réjouissais de posséder cette énergie au fond de moi parce que, même si je partais dès que j'en ressentais le besoin, j'appartenais profondément à cette terre. C'était un boulet au pied et une bouteille d'oxygène. Cette dernière m'avait été bien utile. Elle l'était encore.

Sur le chemin, je ramassai quelques herbes et quelques branches. Elles prendraient place dans ma chambre. L'extérieur vers l'intérieur. J'avais toujours voulu rapporter l'odeur du maquis avec moi, en vain. La nature n'avait ce parfum que parce qu'elle était entière. Par bribes, la magie disparaissait. Je savais que les branches et les herbes sécheraient sans exhaler d'effluves agréables.

*

— Tu sais qu'il va bientôt y avoir des traducteurs automatiques ultra-performants ?

— J'en ai entendu parler. Ils traduiront des textes basiques, des romans à l'eau de rose, mais ils ne pourront jamais traduire Joyce ou…

— Melville ! Ça, je n'en suis pas si sûr. L'intelligence artificielle fait des progrès énormes.

— Tu me dis ça pour me pousser à travailler plus vite, Carlo. Je ne suis pas complètement idiot.

— Je vais te dire quelque chose. S'il existait un logiciel capable de traduire ce satané texte, je l'achèterais immédiatement.

— Tu plaisantes ?

173

— Absolument pas ! Que fais-tu encore en Sardaigne ? Tu n'avances pas. Tu devais m'envoyer des passages régulièrement. Ils ont dû se perdre dans la Méditerranée.

— Je t'enverrai le texte quand il sera quasiment achevé.

— Je ne te crois plus.

— Tu devrais.

— Rentre chez toi, tu es trop gâté par tes parents, tu ne peux travailler sérieusement. D'ailleurs, personne ne travaille sur cette île. L'air n'est pas propice à la concentration, au dépassement. Quand tu as passé deux heures à table et trois à faire la sieste, il est impensable de produire quoi que ce soit. Qui plus est, tu ressasses trop quand tu es là-bas.

— Il y a des choses que je peux oublier. Peu importe l'endroit où je me trouve. Carlo, je dois te dire une chose avant de raccrocher pour me remettre au travail. On m'a proposé un contrat très important.

— Ah oui ?

— Oui, les éditions Neptune me proposent de traduire une partie de l'œuvre de Simenon.

— C'est une belle œuvre.

— Et une belle offre.

— Tu as accepté ?

— Je n'ai rien répondu. J'attends un peu.

— Tu me quitterais ?

— Tu me remplacerais par un logiciel ?

Je ne mentais pas à Carlo, on m'avait bel et bien offert de travailler sur Simenon. En revanche, là

174

où j'avais un peu exagéré, c'était sur la notion de « belle proposition ». En fait, nous n'avions pas encore parlé d'argent. Ce n'était pas un détail, mais je ne savais pas ce qu'on allait me proposer. Je ne voulais pas de mal à Carlo, mais, comme j'étais en pleine mer avec la baleine depuis un certain temps, cette histoire commençait à me donner la nausée. Je me sentais mal quand je voyais le texte sur mon bureau, je tentais de l'éviter, de faire comme s'il n'était pas là, si imposant, ces centaines de pages à me regarder, à me rappeler que je devais m'intéresser à elles, leur consacrer le plus clair de mon existence. Qui n'a jamais traduit un roman si gigantesque ne peut pas comprendre mon agitation. La nuit, je le cachais dans mon armoire tant il m'obsédait. Et Carlo, dès que son nom apparaissait sur l'écran de mon téléphone, me rappelait la baleine. Même si lui, petit insulaire exilé, ne pesait pas plus de soixante kilos, il devenait *Moby Dick*. Nos conversations téléphoniques ne faisaient qu'empirer la situation.

— Prends ton temps.

— Pour réfléchir ?

— Pour traduire.

— Viens passer quelques jours ici, ça te fera du bien.

— Je n'ai pas le temps.

— Tes parents seraient heureux.

— Ne me parle pas de mes parents. J'ai ma mère au téléphone deux fois par jour.

— Ici, tu lui parlerais moins. Dans quinze jours, j'aurai terminé.

— Tu es un frère pour moi.

*

Dans la chambre de mon petit garçon, j'avais placé les meubles, refait le sol et les peintures. Je m'étais mué en ouvrier du bâtiment. Sans talent mais décidé à fournir un travail sérieux. Le petit devait être content du travail de son père. Jessica, mon ex-femme, aussi. Elle l'était et cela me ravissait car je n'avais jamais vraiment réussi à achever quelque chose de manuel. On m'avait aidé, bien sûr, mais personne ne le savait. Officiellement, j'étais le grand ordonnateur de la nouvelle chambre. J'avais placé sur une petite étagère les livres traduits de ma main. Le petit mettrait du temps à se rendre compte que j'avais un rapport particulier avec eux, mais cela me réjouissait à l'avance. Quel père ne voudrait pas jouir d'une aura folle auprès de sa progéniture ? Il me semblait que mon métier me permettrait de gagner ce crédit. Le petit pourrait dire à l'école que son père traduisait des livres mondialement reconnus. J'en avais les larmes aux yeux. Mon ex-femme ne fut pas franchement satisfaite de trouver mes livres sur l'éta-gère de la chambre. Il n'y avait pas les siens. Mais, surtout, elle pensait que ces ouvrages n'avaient pas leur place dans un univers d'enfant. Il faut dire que jusque-là j'avais traduit *L'Amant de lady Chatterley* et *L'Amant* de Marguerite Duras. On me raillait car je me spécialisais dans les amants… Malheureuse coïncidence. Deux textes sulfureux qui trônaient dans la chambre en partie bleu canard. En partie, car il avait fallu mettre deux couleurs. Bleu canard, donc, et lin. Avec Jessica, nous avions rencontré une décoratrice d'intérieur pour qu'elle nous conseille sur les coloris à adopter pour la chambre. Moi qui venais d'un village où les maisons étaient colorées sans aucune harmonie, j'avais hérité de ce don d'associer des couleurs qui ne devaient jamais se croiser dans une pièce. Ni ailleurs. La disharmonie était mon socle. La décoratrice le détruisit à coups de masse. Elle maîtrisait toutes les couleurs, même celles aux noms les plus étranges. Le bleu paon, par exemple, ou le sarcelle fabuleux. Jessica et la décoratrice avaient fini par me convaincre et nous étions repartis les bras chargés de pots de peinture. Un peu plus pauvres, également car, si le sarcelle était fabuleux, les prix de la décoratrice l'étaient aussi.

Les murs attendaient notre petit garçon. Les meubles attendaient notre petit garçon. Tout l'appartement, jusqu'au moindre joint de carrelage. Il n'y avait rien de très original là-dedans, sauf les couleurs.

*

Grand-mère m'avait demandé de lui apporter ses gâteaux préférés. Je les lui achetai chez Manuella qui commençait à se demander comment on pouvait ingurgiter autant de *dolci* sans tomber malade. Elle les dégustait avec lenteur, ce qui rendait l'opération périlleuse. Un soignant ou, pire, un membre de la famille pouvait entrer à tout moment.

— Tu aurais dû en apporter une boîte supplémentaire.

— N'exagère pas, nonna. Tu es supposée être nourrie par ce petit tuyau, pas par ce concentré de sucre.

— À mon âge, je peux bien me faire plaisir. Je ne veux plus rien compter. Quand on est vieux, on passe sa vie à compter. Les jours, les mois qu'il nous reste. Les heures à occuper avant de recevoir un peu de visite. Donne-moi un autre gâteau !

— Tu vas finir par tomber malade.

— Je suis au bon endroit pour tomber malade. Et je suis couchée, comment veux-tu que je tombe ?

— Grand-mère, ton esprit est toujours aussi vif.

— Grâce aux gâteaux !

— Sans doute.

— Tu as des nouvelles de Jessica ?

— Pas depuis un moment.

— Vous vous parlez encore ?

— Nous ne sommes pas fâchés. Il nous faut encore du temps.

— La vie est chose dure, sans pitié. Si j'avais pu porter ton fardeau…

— Tu es gentille.

— Je l'aurais pris sur mon dos pour te soulager.

— Tu es si petite, tu aurais disparu.

— Giacomo, ton esprit est vif, lui aussi.

— Grâce à toi.

Grand-mère restait le seul membre de la famille à me poser des questions au sujet de Jessica. Pour les

178

autres, elle n'existait plus. Elle m'avait accompagné lors de différents séjours sur l'île. Elle ne le faisait plus. Maman évitait d'aborder le sujet, c'était mieux ainsi. D'ailleurs, quand je croisais Jessica chez notre éditeur, à Rome, nous faisions comme si notre vie commune n'avait jamais été une réalité. Des années effacées méthodiquement avec une gomme invisible. Il ne devait rester aucune trace. Mais c'était impossible, il resterait toujours quelque chose.

— J'en étais sûr !

Gavino se mit à crier dans l'hôpital.

— J'en étais sûr ! Vous vous moquez de nous depuis des semaines ! Maman, enfin, qu'est-ce qui t'a pris ? J'ai cru que tu allais mourir. Tu joues la comédie ! Et tu as le pire des complices…

Mon oncle avait découvert le pot aux roses. Il nous épiait, caché derrière le rideau que j'avais tiré. Il ne faut jamais présumer de la naïveté des autres. Notre secret dévoilé, il était inimaginable de proposer un accord, un pacte de non-agression à Gavino. Celui-ci tenait sa revanche.

— Si mon téléphone n'était pas en réparation, j'aurais déjà prévenu les autres.

— Ils le seront de toute façon si tu continues à crier ainsi.

— Le respect, Giacomo, tu me dois le respect, je suis ton oncle !

— Le respect n'est pas une question de rang familial, tu n'es pas un exemple en la matière.

— Nous reparlerons de ça plus tard. Je vais réunir un conseil de famille extraordinaire.

Un conseil de famille extraordinaire, le terme était lâché. Gavino venait d'ouvrir la cage pour cette assemblée qui ne voyait le jour que lors d'événements exceptionnels. Gavino se délectait de l'expression comme il l'aurait fait d'une viande succulente.

La dernière fois que la famille s'était ainsi réunie, c'était à l'occasion de la mort d'un arrière-grand-oncle qui avait signé un bail de cent trois ans sur cette terre. Nous nous retrouvions chez grand-mère et tout le monde s'asseyait autour de son immense table en bois, table qui, si elle avait pu parler, aurait raconté une grande partie de l'histoire de notre famille. Parce que les objets enferment nos vies, les dissimulent, les protègent, à la manière des poupées gigognes qui cachent en leur intérieur des répliques toujours un peu différentes. Il suffit parfois de les toucher, de les bouger, de les sentir pour que les souvenirs s'échappent un peu, avant de reprendre leur place.

Sur cette table, maman avait posé ses mains pour manger, pour faire ses devoirs, pour dessiner (mal), pour écrire ses premières amours, pour annoncer ma future naissance, pour annoncer la mort, aussi. Chaque composante de notre lignée s'était à un moment ou à un autre attablée autour de cette masse de bois.

Mon grand-oncle était mort l'été précédent. Il avait fallu discuter de la répartition de ses biens. Autour de la table. Le défunt possédait une maison obscure et des terres. Curieusement, personne ne s'intéressait à ses meubles, à sa vaisselle ou à son linge. Tout le monde voulait ses terres. Des champs proches de la mer où les vaches paissaient lentement. Les animaux se fichent de la vue sur un golfe émeraude. Pas les hommes. Certains membres de la famille avaient fait le déplacement du sud de l'île jusqu'à notre village. Chacun se sentait proche du mort, même si on ne l'avait pas croisé depuis un demi-siècle. La mort ravive les liens familiaux, surtout quand le profit pointe le bout de son nez. Chacun se rappelait une anecdote, une histoire, un moment privilégié avec mon grand-oncle, il fallait prouver aux autres que l'on méritait sa place. Autour de la table. En quelques heures, une vie était démantelée, démembrée. Le corps serait anéanti bien plus tard. On parlait haut pour accaparer les biens. Pas le linge. Pas la vaisselle. Je les récupérerais sans difficulté. Mes parents ne savaient pas se montrer combatifs, ils abandonnèrent aisément les lopins de terre. On leur promit un peu d'argent en retour, de quoi acheter quelques tubes de peinture et quelques gâteaux délicieux. Je rapportai en France des draps pleins de Sardaigne, coupés à la perfection et riches de plusieurs vies, de plusieurs morts, ainsi que des petits verres un rien ridicules sur lesquels on voyait des animaux mal représentés. Mon grand-oncle, chaque jour, y buvait un doigt de liqueur de citron qu'il confectionnait avec les fruits de son jardin. Avoir un citronnier dans son jardin, n'était-ce pas le bonheur absolu ? La couleur, la forme, l'épaisseur, la chair, à portée de main. Après de longues heures de discussion, le partage (injuste, forcément) effectué, chacun était retourné dans sa maison, plus ou moins heureux de son héritage. Il n'était pas question de faire appel à un notaire. Aucun étranger ne devait intervenir dans une affaire familiale où seuls l'amour et la bienveillance présidaient.

Gavino promettait donc de réunir le conseil de famille pour décider du sort de grand-mère qui, décidément, n'en finissait pas de vivre.

*

Dans le bus qui nous emmenait à la plage, nous avions une place attitrée. Le Capitaine se mettait à l'avant, à la droite du chauffeur. Il pouvait ainsi discuter librement. Quant à moi, je me trouvais à côté de Fabrizio, derrière le Capitaine. Tous les jeudis, nous l'écoutions discrètement discourir avec le conducteur. Je regardais sa mâchoire musculeuse s'ouvrir et se fermer pour laisser sortir les mots. Des mots à qui il redonnait leur liberté. J'en profitais également pour scruter le grain de sa peau trouée. Ces imperfections que j'imaginais creusées par le vent du désert et par le souffle des balles qui frôlaient les combattants. L'épiderme du Capitaine était déjà une aventure. Sur la route, le chauffeur s'arrêtait toujours pour acheter du fromage à l'un de ses amis, un commerçant dont la boutique consistait en une camionnette minuscule déposée sur un moteur de mobylette. Il stoppait le bus sur un chemin de terre qui surplombait la mer. Nous avions interdiction de descendre car le site représentait un danger pour les enfants que nous étions. La question que je me posais de manière hebdomadaire était la suivante : pourquoi un commerçant qui souhaite vendre du fromage se place-t-il au bord d'un précipice ? Comme je ne trouvais pas d'explication rationnelle, je décidai un jour de demander au Capitaine. Celui-ci me répondit alors : « Le pecorino se mérite. » C'était donc ça, il fallait prendre des risques pour avoir le droit de goûter à ce fromage. Ceux qui n'étaient pas nés ici ne pouvaient pas comprendre cette mise à l'épreuve. Il y avait quelque chose de hautement symbolique et absolument inaccessible pour les barbares. Sur cette île, on était obsédé par le fromage, c'était une sorte de Nantucket[1] du Sud, centrée non sur les baleines mais sur les brebis.

Le Capitaine, pour formaliser l'interdiction de descendre du bus, se plaçait devant la porte ouverte. Celui qui désirait sortir devrait lui passer sur le corps. Cela se produisit une fois, un jour où Fabrizio ressentit la nécessité d'assouvir un besoin naturel.

— Pourquoi veux-tu descendre ?

— Laissez-moi passer, Capitaine, je vous en prie.

— Pourquoi veux-tu descendre ?

— Je vous le dirai après.

— C'est maintenant ou tu ne mettras pas un pied dehors.

À ce moment, le Capitaine agissait comme un militaire en mission. Il défendait sa position et ne manifestait aucune indulgence envers Fabrizio. Peut-être

---

1. Île du Massachusetts, base de baleiniers jusqu'au XIXᵉ siècle.

le voyait-il sous les traits d'un guerrier suréquipé et non plus sous ceux d'un adolescent en short et chaussures de plage.

— C'est urgent.

— Qu'est-ce qui est urgent ? Tu veux du fromage ?

— Non !

— Tu n'as donc aucune raison valable.

— Je déteste le fromage de brebis.

— Alors, pourquoi veux-tu descendre de ce bus ?

— Parce que j'ai envie de faire pipi.

Le Capitaine n'avait pas pensé à cette possibilité. Il ne connaissait rien aux enfants. Finalement, il accompagna mon ami à l'extérieur et l'escorta jusqu'au bord du précipice où il put se libérer du surplus de limonade qu'il avait ingurgitée juste avant le départ. Lorsque nous fûmes au complet dans le car, le militaire prit la parole.

— Écoutez-moi bien. Il n'y aura plus aucune dérogation. Prenez vos précautions car, la prochaine fois, vous n'aurez qu'une possibilité : uriner dans votre pantalon. La règle, c'est la règle. Je dois vous escorter jusqu'à la mer, pas aux toilettes. C'est compris ?

Nous étions effrayés et, en même temps, fascinés par la puissance du personnage. Un homme si respectueux de la règle, si décidé à mener à bien sa mission. Comme Achab dans *Moby Dick*, rien ne pouvait le détourner de son objectif.

*

Bien sûr, Gavino prévint Alessandra du mensonge de grand-mère. Il ne pouvait manquer l'occasion de se sentir important. Mes tentatives pour le dissuader ne menèrent nulle part. Un homme sans téléphone portable était inconsolable et forcément borné. Mon oncle rédigea une attestation officielle dans laquelle il affirmait que cette hospitalisation était le fait d'une tromperie. Chaque membre de la famille en reçut une copie. Copies qu'il avait effectuées au bureau de poste du village moyennant une attente de trois heures, c'était le jour des *pensione*, démontrant ainsi sa détermination sans limites. Bien sûr, Gavino me citait en tant que complice de la fausse malade. Cela affaiblissait mon crédit auprès d'Alessandra.

À l'hôpital, grand-mère parlait d'une voix claire et désinhibée depuis qu'on l'avait démasquée. Elle ne cachait plus à personne les raisons de son mutisme. Elle se disait plutôt en forme et l'équipe médicale ne se sentait pas trahie par cette vieille dame facétieuse. Une infirmière me dit même que cette péripétie mettait un peu d'animation dans le service. « Souvent, ceux qui semblent morts le sont vraiment, alors, quand une personne en relative bonne santé joue à la morte pour se venger de sa famille, on trouve cela plutôt amusant. Et votre grand-mère ne nous dérangeait pas. On préfère un malade en bonne santé et silencieux qu'un patient en mauvais état et agressif. » De mon côté, je me sentais regardé par chaque être, par chaque objet présent dans l'hôpital. En fait, très peu de personnes savaient ce qui s'était passé, mais ma propension à la paranoïa prenait le pas sur la raison. Je croisais un malade à l'accueil, il savait. Je croisais une infirmière d'un autre service, elle savait. Je passais à côté d'un chariot rempli de médicaments, il savait. Même les interrupteurs savaient. Je n'étais pas fier, mais pour rien au monde je n'aurais dénoncé grand-mère. Elle avait bien droit à sa revanche. Et j'espérais ne pas déroger à cette règle parce que la vie m'avait fait pas mal de croche-pieds ces dernières années.

— Giacomo, je peux vous parler ?

— Bien sûr.

— Suivez-moi.

Alessandra me conduisit jusqu'à son bureau d'un pas assuré. Le voyage se fit sans paroles. Il n'y avait que le bruit de nos chaussures sur le sol en plastique. Pour la première fois de mon existence, j'aurais accepté bien volontiers une chanson de Phil Collins. Tout vaut mieux que le vide.

— Cette histoire est incroyable.

— Vous m'en voulez ?

— Pourquoi ?

— Pour ne pas vous avoir dit que ma grand-mère jouait la comédie.

— Je ne sais pas.

— Je ne voulais pas lui faire de mal. Je souhaitais la protéger, voilà tout. Bien sûr, j'ai un peu participé à ça…

— Je comprends.

— Vous voyez, elle m'a tant soutenu quand j'avais besoin d'elle. J'aurais été un monstre si j'avais dénoncé son mensonge.

186

— Vous étiez prisonnier de cette mascarade.

— Parfaitement. Je ne savais pas comment en sortir.

— Allez, passons à autre chose.

— Vous êtes toujours d'accord pour Caprera ?

— Caprera, c'est autre chose. Mais, Giacomo, sachez que je déteste les menteurs.

— Vous me détestez, alors ?

— Nous en reparlerons. J'ai du travail.

Il fut décidé que nonna devait rentrer chez elle dans les plus brefs délais. On ne gardait pas les faux malades. Dans les couloirs, alors que je me sentais toujours épié, je fus arrêté par un homme en pyjama que je ne reconnus pas immédiatement. C'était le Dr Ignazio.

— Vous êtes malade ?

— Ça arrive même aux médecins !

— Je suis désolé.

— Ce n'est rien. Hier, j'ai commencé à enfler, c'est impressionnant, regarde !

Ignazio me tutoyait car il me connaissait depuis toujours. J'avais trente-six ans et il me regardait comme lorsque j'étais enfant et qu'il venait à la maison pour me soigner. Sûr de lui. Charmeur. Mais en pyjama. Le docteur souleva le haut de son pyjama et laissa voir un ventre proéminent. Il donnait l'impression d'avoir été gonflé à l'hélium.

— Et mes mollets, regarde ça !

Ses mollets, eux aussi, avaient subi une expansion similaire. Le médecin semblait fier. D'ailleurs, il arborait la même superbe quand il montrait les jantes exceptionnelles de ses voitures à tous les passants. Je n'arrivais pas à cacher mon étonnement.

— Ce n'est rien, je te dis, un surdosage de bicarbonate de sodium. Dans deux jours, j'aurai retrouvé ma ligne parfaite.

— Me voilà rassuré.

— Et ta grand-mère, j'ai appris cette histoire incroyable ! Tout le monde, au village, ne parle que de ça.

— Ne m'en parlez pas.

— Petit cachottier, va. Salue ta maman de ma part.

Ces histoires me donnaient mal à la tête. Une migraine capable d'assommer une baleine. À peine arrivé à la maison, je fonçai vers l'armoire à pharmacie de mes parents, à la recherche d'une boîte de paracétamol. Le mot le plus important pour moi à ce moment précis. Le Dieu Paracétamol. Plus rien n'existait que lui. Malheureusement, la porte de l'armoire ne voulait pas s'ouvrir. Le système d'ouverture semblait rouillé. Je fis glisser un peu d'huile d'olive dans la serrure pour la dégripper mais cela ne changea rien, sauf l'odeur. Il se dégageait à présent un parfum agréable de ce vieux meuble à la serrure orangée et coincée. Il fallait autre chose que des olives pour obtenir ce que je cherchais. Je forçai alors en poussant sur l'autre porte de ma main gauche et en plaçant mes pieds à la manière d'un boxeur prêt à décocher un uppercut. L'armoire ne pouvait résister. Elle ne résista pas. La porte vola et je reculai. Les médicaments tombèrent en cataracte. De toutes les couleurs, des gélules, des comprimés, des ampoules, des compresses, des pansements et un bocal d'*effervescente* qui se brisa au contact du sol. J'avais assisté, impuissant, à cette déferlante. Un spectateur qui devrait tout ramasser pour éviter les reproches infinis de ma mère. Je commençai ma besogne en récoltant les morceaux de verre. Heureusement, ils étaient assez gros. Le bocal voulait rester uni, sans doute. Il pensait avoir une chance d'être assemblé de nouveau en évitant l'éclatement en une centaine de petits morceaux. Mais il avait tort. Il fallait tout jeter. Je disposai les restes dans un sac-poubelle. Le dernier d'entre eux portait la notice des granulés d'*effervescente*. Un papier coloré avec un ciel bleu dégagé et un citron charnu prêt à offrir son jus au verre qui se trouvait juste en dessous. Une promesse de bien-être et de fraîcheur. Sous la photo, on pouvait lire la composition des granulés.

Saccharose, bicarbonate de sodium, acide malique, sirop de glucose, arôme citron (0,14 %), jus de citron (0,1 %), colorant : E132.

Je ne m'étais jamais intéressé à ces ingrédients que j'avais ingurgités, bien malgré moi, durant des années. Outre le sucre et l'idée de citron (0,14 %, on pouvait considérer cette dose comme une vague idée du fruit), je remarquai la présence du bicarbonate de sodium.

Le Dr Ignazio avait gonflé à la suite d'un surdosage de bicarbonate de sodium. Il n'était donc jamais passé à une autre médication que ces granulés citronnés. La formation continue chez les médecins n'est pas une obligation, malheureusement. Son corps, des années durant, les avait consommés sans réagir. Il se vengeait, à présent, en gonflant. Les supercheries finissent toujours par être dévoilées. J'achevai de tout ramasser et partis déposer le sac en plastique dans le container qui se trouvait à quelques pas de la maison. Quand je l'ouvris, deux chats étiques en sortirent, furieux d'avoir été dérangés. Ils pourraient vite reprendre leur activité. Les animaux, comme les hommes, connaissaient l'injustice. Mila, la chatte de grand-mère, dormait paisiblement sur son coussin pendant que ses deux congénères passaient le plus clair de leur temps à faire les poubelles.

Quant à moi, je ne ressentais plus aucun signe de la migraine qui m'avait accablé. Le contact des *effervescente*, sans doute.

*

Les réunions de famille sont détestables. On y voit tous les vices de l'humanité. L'arrogance, l'orgueil, la médisance y ont une place assurée. Nous étions attablés chez grand-mère qui, par chance, se trouvait encore à l'hôpital. Elle ne verrait pas cet amoncellement de vies minuscules. Personne ne faisait attention à moi, on m'en voulait. Je m'en fichais. Je campais souvent le rôle du méchant dans cette comédie un peu misérable. Celui qui est parti. Celui qui revient parfois. Celui qui nous juge. Celui qui se pense plus capable que les autres. Celui qui ne devrait plus revenir. Gavino menait les échanges, en bon maître de cérémonie (statut conféré par sa découverte du stratagème), il était chargé de régler le problème au plus vite : que faire de grand-mère ? Les médecins nous déconseillaient fortement de la laisser seule dans sa maison. En fait, ils avaient bien compris qu'elle simulait, mais ils ne savaient pas si cela ne cachait pas un mal plus profond, la folie. Grand-mère, folle ? Voilà de quoi parlaient les membres de la famille. Je leur aurais volontiers retourné la question. N'étaient-ils pas fous, eux qui ne se réunissaient que pour partager les biens des autres ? Je les laissai discourir parce que je savais que mes parents hériteraient de la présence de grand-mère. Personne ne voudrait d'elle. Nous étions si proches. Nos maisons se touchaient presque. Tout est dans le presque. La faire déménager dans une autre rue ou, pire encore, dans une autre ville ne serait pas raisonnable, vu son âge. La réponse était déjà actée avant que d'être assis, mais tout le monde feignait le contraire. On se grattait la tête, on soupirait, on faisait mine de réfléchir et comme d'habitude les souvenirs avec nonna refaisaient surface. C'était toujours la même chose. Il fallait prouver son amour, son attachement, en évoquant une scène particulièrement marquante, une anecdote drôle ou plus grave, avant de déclarer qu'on ne pouvait décemment prendre cet amour de grand-mère à son domicile. Après deux heures de fausses délibérations, nous procédâmes à un vote. Je remarquai que ma main levée ne semblait pas comptabilisée par Gavino. Il fut décidé que nonna viendrait vivre chez nous. Bien sûr, chacun s'engagea à venir la voir régulièrement. Les promesses, ici comme ailleurs, ne valaient pas grand-chose. Je n'arrêtais pas de promettre son manuscrit à Carlo, Gavino promettait sans cesse de ne plus crier à tort et à travers. Quant à mon père, il devait peindre autre chose que des façades avant de ne plus avoir la force de tenir un pinceau. Tout le monde promettait sans vraiment y croire. La journée se termina par un repas copieux qui ne me consola pas d'avoir perdu du temps à lever la main pour rien. À minuit, épuisé et désespéré du genre humain, je partis me coucher. Gavino ne manqua pas de se moquer de ma petite santé, lui qui se vantait de pouvoir tenir trois jours complets sans dormir. Mais quel était l'intérêt d'un tel record pour un homme qui ne faisait absolument rien de son existence sinon chercher son téléphone portable, son rasoir, ou se balader à vélo dans les rues du village ? Je le laissai délirer et souhaitai une bonne nuit à l'assemblée qui, j'en étais certain, ne dormirait pas. Il était de tradition de ne pas abandonner la partie tant que le vin coulait et que les mets abondaient. Je n'aimais pas ce moment gênant où l'on restait ensemble parce qu'il y avait encore des choses à boire ou à manger. On n'avait plus rien à dire.

Maman savait que j'allais travailler un peu avant de dormir, elle vint me rejoindre dans ma chambre. Mes parents m'ignoraient un peu moins que les autres membres de la famille. En effet, ils admiraient ma loyauté envers grand-mère. Elle n'effaçait pas le mensonge, elle l'atténuait.

192

— Les autres t'en veulent, tu sais.

— Je sais, c'est normal.

— Je t'en veux un peu, aussi.

— Oui.

— Mais pas tant qu'eux. Ne t'inquiète pas. Tu es mon petit. Tous les enfants mentent.

— Un petit de trente-six ans. Maman, je ne regrette pas d'avoir aidé grand-mère.

— Il ne faut rien regretter. Tu as choisi cette solution pour ta grand-mère. C'est un geste d'amour.

— Et de haine ! De haine envers tous les autres !

— Arrête un peu. Tout le monde t'aime, ici.

— Ils sont bien obligés après tout ce qui s'est passé…

— Ne dis pas ça. Demain, il faudra aller chercher grand-mère à l'hôpital. J'aimerais que tu t'en charges.

Puisque j'avais été son complice, ma punition serait d'aller chercher la fausse malade à l'hôpital. Il n'y avait rien de dramatique là-dedans, récupérer une personne en bonne santé au sortir d'une hospitalisation est une chose positive. Par le passé, j'avais déjà vécu ça. Pour la sortie de Jessica. Ce n'était plus le même lieu, ni la même personne, mais partir seul pour rentrer à deux me laissait un goût amer dans la bouche. Le goût des mauvais moments.

— J'irai la chercher, ne t'inquiète pas.

— Je savais que tu accepterais. Merci. Dis-moi, Giacomo, comment vas-tu ?

— Comment ça ? Je suis ici depuis des semaines, tu as pu t'en rendre compte.

— Il y a des tristesses qui ne se voient pas.

— Je ne suis pas triste.

— Je ne te crois pas. Tu peux me parler.

— Tout va bien.

— Et ton travail, tu avances ?

— Oui, j'ai bientôt terminé. Ensuite, il sera temps de me reposer, de faire autre chose, de souffler un peu.

— Tu pourras te reposer chez nous. On ne te dérangera pas.

Peu importait la teneur de mes propos, maman considérait que la maison familiale était idéale pour se reposer, pour travailler, pour dormir, pour rire, pour crier, pour faire du sport (dans la cour), pour voyager (on voyait la mer depuis la fenêtre), pour bricoler... pour vivre, finalement. Et c'était bien ainsi. Mes parents ne possédaient pas grand-chose, ils n'étaient pas des modèles d'éducation, mais ils étaient là.

Le lendemain matin, je partis voir Fabrizio pour lui demander de m'accompagner à l'hôpital. Il accepta et son père vint le remplacer durant son absence. Depuis notre dernière rencontre, la maladie avait encore progressé. Mon ami semblait encore plus vieux tant sa peau tirait vers le bas. Sa voix, elle, était toujours la même, elle ne changeait pas depuis sa mue d'adolescent. La voix et le corps formaient un contraste saisissant qui ne manquait pas d'attirer l'attention. L'infirmière qui nous prit en charge dans le service de médecine générale ne put masquer son étonnement quand Fabrizio lui adressa la parole. La voix de mon ami appartenait au passé, son corps, au futur.

— Votre grand-mère est prête, elle vous attend dans sa chambre. Cependant, il faudra signer son bon de sortie auprès du médecin.

Nous allâmes donc retrouver Alessandra qui nous fit patienter trente minutes dans un couloir avant de nous recevoir. Je repensais à cette phrase de Roland Barthes : « L'identité fatale de l'amoureux n'*est* rien d'autre que : je suis *celui qui attend*. »

Nous attendions. Fabrizio attendait un médecin. J'attendais Alessandra. Pour une signature, bien sûr, mais aussi pour ce que je souhaitais. Alessandra connaissait-elle Roland Barthes ? Avait-elle déjà lu son *Fragments d'un discours amoureux* ? Je le lui demanderais car il faudrait savoir à l'avenir si elle avait volontairement fait durer l'attente.

Alors que je théorisais sur Barthes, Alessandra sortit de son bureau accompagnée du Dr Ignazio.

— Cher confrère, je compte sur vous pour ne plus consommer de bicarbonate de sodium pendant une dizaine de jours. Votre corps doit oublier cette substance.

— Comptez sur moi. Je ne veux pas ressembler à un dirigeable. Ils finissent toujours mal. Vous connaissez l'histoire du *Lindbergh* ?

— Oui, bien sûr, j'ai vu les images. Vous avez raison, ne finissez pas comme le *Lindbergh*.

Ignazio nous vit alors, sagement adossés contre le mur.

— Giacomo, tu viens chercher ta grand-mère ?

195

— Oui. Elle sort ce matin.

— Voilà une bonne nouvelle supplémentaire. Moi aussi, je sors ce matin. Mes mollets me font un peu souffrir mais je dégonfle, je dégonfle…

Sur ces paroles, il partit en sifflotant. Quelque chose me disait qu'à peine arrivé chez lui il se jetterait sur ses *effervescente*.

Durant la rencontre avec Alessandra, cette dernière ne cessa de regarder Fabrizio. Je n'avais pas révélé à mon ami mon attirance pour le médecin tout comme je n'avais pas dit à Alessandra quoi que ce soit au sujet de Fabrizio. Alessandra était belle. Fabrizio était étrange. Chacun y trouvait son compte. Quand toutes les formalités furent accomplies, nous nous dirigeâmes vers la porte. Fabrizio sortit le premier.

— C'est votre grand-père ?

— Non, c'est un ami d'enfance.

— Mon Dieu…

Nonna nous attendait, assise, dans un fauteuil beaucoup trop grand pour son petit corps. Elle m'embrassa longuement et remercia Fabrizio de sa présence. « Deux jeunes qui se déplacent pour une si vieille dame, ce n'est pas si courant », nous dit-elle. Dans les couloirs, plus personne ne faisait attention à moi, ni les patients, ni les soignants, ni même les interrupteurs. Fabrizio n'avait guère plus de succès. Les gens n'avaient d'yeux que pour la grand-mère affabulatrice qui avait réussi à tromper sa famille et l'ensemble du personnel hospitalier. Grand-mère vivait son quart d'heure de gloire. À

quatre-vingt-six ans. On chuchotait sur notre passage, on souriait. Un patient alla jusqu'à applaudir
la vedette de circonstance. « Bravo ! Vous les avez
bien eus. Eux qui croient détenir la vérité ! »

Nous étions venus à deux et nous repartions à
trois.

*

On installa grand-mère dans la petite chambre
à côté de la mienne. J'étais heureux de la savoir si
près dans cette pièce que mon père avait rénovée
quelques années auparavant. Du bleu aux murs
ou, plutôt, des bleus aux murs car il avait souhaité
associer différentes teintes de cette couleur. C'était
sa période bleue, en somme. Maman n'avait pas
protesté. À présent, grand-mère profitait des couleurs et semblait satisfaite de son installation. « Je
ne me voyais pas rentrer seule chez moi après toutes
ces journées à l'hôpital. Là-bas, il y avait toujours
quelqu'un qui passait me voir. Je me suis habituée. »

La vie avec grand-mère était douce. Elle parlait
lentement et choisissait chacun de ses mots pour
exprimer sa pensée. Cela nous changeait des envo-
lées lyriques de maman qui, pour être honnête, se
faisaient de plus en plus rares. Grand-mère faisait
de toutes petites choses d'une grande importance :
placer les couverts, plier les serviettes, ranger les
produits ménagers… Elle aimait se rendre utile et
nous appréciions son investissement dans la vie de la

maison. Comme il était touchant de la voir s'atteler avec le plus grand sérieux à toutes ces activités.

Mila et le coussin sur lequel elle vivait nous avaient également rejoints dans la maison, pour son plus grand bonheur. Papa l'ignorait magistralement, même si la chatte, comme tous les animaux qui se sentent rejetés, venait se frotter contre sa jambe dès qu'elle l'apercevait. Il fallait construire cette relation lentement pour obtenir un résultat probant. Mila le savait bien. Grand-mère, qui avait compris les difficultés de mon père, lui demandait de nourrir sa chatte, chaque matin. Papa ne pouvait rien refuser à la vieille dame si polie et si bienveillante dorénavant. Il ouvrait une petite boîte de thon qu'il mélangeait avec un peu de riz. L'odeur matinale était désagréable mais papa passait outre. Il servait son repas à Mila. Cette dernière, pour le remercier (je ne pouvais imaginer d'autre raison), tentait d'aller le retrouver alors qu'il lisait son journal dans le fauteuil. Elle bondissait lourdement sur ses genoux, la grâce l'ayant quittée depuis qu'elle avait dépassé les quinze kilos. Cela participait d'une bonne volonté, mais mon père ne supportait pas le contact avec l'animal. Il préférait quitter la pièce, sans rien dire. Alors, nonna prenait le coussin de la chatte et l'installait dans le fauteuil. Mila empruntait le même chemin et s'endormait paisiblement.

Quant à maman, elle se montrait aux petits soins pour sa mère. Sans doute avait-elle compris que la décision de la vieille dame de jouer à la morte était le résultat d'un comportement familial inapproprié.

198

Maman ne m'envoyait plus chez Manuella acheter des gâteaux, elle s'était remise à les faire, avec plus ou moins de réussite, d'ailleurs. Et, quand ils ne trouvaient pas preneur à table du fait de leur consistance un peu trop dense (on risquait l'étouffement à chaque bouchée), Mila se chargeait de les faire disparaître. Il lui faudrait bientôt un deuxième coussin pour s'étirer en toute quiétude.

Les heures les plus chaudes de la journée, grand-mère les passait devant la télévision à regarder sa série préférée, *Beautiful*[1], soap opera américain qui faisait les beaux jours des chaînes privées depuis des décennies. Comme elle n'avait pas pu le regarder durant ses semaines d'hospitalisation, elle usait du replay avec voracité. La vie de cette famille américaine était décidément une suite d'imbroglios inépuisable. Notre petite communauté, en comparaison, semblait insipide. Grand-mère, depuis toutes ces années, avait vu évoluer les personnages, les enfants devenant adultes, les adultes devenant vieillards, les vieillards disparaissant les uns après les autres sous des prétextes qui avaient du mal à cacher le fait que les acteurs étaient morts. C'était le spectacle de la vie.

Au bout de quelques jours, nonna fit une overdose de *Beautiful*. Elle comprit que si les chaînes ne diffusaient qu'un épisode par jour, cela permettait aux téléspectateurs de survivre à cette série. Il y avait trop d'histoires, trop de problèmes, trop de maquillage, trop d'opérations de chirurgie esthétique pour

1. *Amour, gloire et beauté.*

résister un après-midi entier devant ce programme. Alors, elle vint me trouver dans ma chambre.

— Tu travailles ?

— Oui, je dois rendre cette traduction dans très peu de temps. Pourquoi ?

— Pour rien, excuse-moi de t'avoir dérangé.

— Mais tu ne me déranges pas. Qu'y a-t-il ?

— Je m'ennuie un peu.

— Tu ne regardes plus la télévision ?

— Toutes ces histoires me fatiguent. Tu savais que Ridge n'était plus avec Brooke ? Et que Brooke sortait avec le fiancé de sa fille ?

— J'ai regardé quelques épisodes il y a bien longtemps, mais je n'ai jamais accroché.

— Heureusement ! C'est une drogue ! Mais là, je ne supporte plus Brooke, la croqueuse d'hommes. Vivement qu'elle disparaisse ! Elle a beaucoup vieilli ces derniers temps. Je ne la trouve plus aussi belle qu'avant. J'ai besoin de faire une pause…

— Très bien.

— Mais, dis-moi, tu as beaucoup de livres dans ta bibliothèque. Lequel me conseillerais-tu ?

Je n'avais jamais vu grand-mère lire, sa question me déconcerta.

— Je te les conseille tous !

— Tu vas me décourager avec une idée pareille.

— Le mieux serait que tu choisisses toi-même.

Grand-mère s'approcha de la bibliothèque et commença à regarder les livres avec attention. Elle en prenait un, l'ouvrait, le refermait, lisait la quatrième de couverture…

— Ah, le choix est difficile.

Finalement, elle se décida pour un livre et me l'apporta comme si j'étais la bibliothécaire de la commune chargée des prêts.

— C'est un livre exceptionnel, un classique traduit partout dans le monde.

— *Beautiful* aussi.

— Tu as raison mais, dans ce livre, tu ne risques pas de croiser Brooke Forrester.

— Tu veux dire Brooke Logan ? Je t'ai dit qu'elle s'était séparée de Ridge Forrester.

— Parfaitement, Brooke Logan ! Dans ce livre, tu verras, il est aussi question de famille et de repas interminables…

— Dis-moi, Giacomo, tu pourrais me faire la lecture ? Mes yeux sont si fatigués…

— Avec plaisir, grand-mère. Vraiment, avec plaisir.

Nonna s'installa dans mon fauteuil et je commençai à lui lire les premières pages du livre qu'elle avait choisi : *Mrs Dalloway*.

Mila ne tarda pas à pousser la porte pour nous rejoindre. Elle s'installa sur sa maîtresse, dissimulant presque entièrement ses jambes sous son estomac envahissant. Cinq minutes plus tard, grand-mère dormait profondément. Pas Mila qui me regardait avec intensité. Elle appréciait, sans doute, l'écriture de Virginia Woolf.

*

Pourquoi faut-il toujours partir ? Quand j'avais la chance d'aller en vacances, je souhaitais rester et ne plus jamais quitter le lieu que j'estimais merveilleux et bien plus approprié à mon mode de vie. Tout valait mieux que mon village. Plus tard, je gardai le même état d'esprit. Bellagio, par exemple, sur les rives du lac de Côme, où nous étions partis avec Jessica durant le mois de mai me sembla un endroit parfait ! À l'époque, je traduisais *La Chartreuse de Parme*, roman dont l'action se passe pour partie dans cette région. Il y avait un air propice au rêve, au travail et à l'amour. Jessica et moi ne pensions pas encore au divorce parce que la vie était douce avec nous. Le ciel était dégagé avant la tempête. Nous avions loué une chambre dans un hôtel avec vue sur le lac. Je travaillais sur la terrasse pendant que Jessica se reposait à mes côtés. Elle ne travaillait plus depuis un mois et Marseille était trop bruyante, trop rapide, trop énervée pour l'apaiser. À Bellagio, il y avait des couleurs, aussi. Des maisons roses, rouges, jaunes, orange, mais les façades étaient vierges de dessins ou de messages politiques. Une pause dans les revendications qu'offrait mon village natal. À Bellagio, on ne se révoltait pas, l'eau bougeait à peine. Il ne fallait pas réveiller les riches vacanciers. Mes parents ne comprenaient pas notre refus de venir séjourner au village. Jessica aurait été si bien dans la montagne sarde. Tout était prêt. Sauf nous !

J'aurais voulu vivre le restant de mon existence sur les rives du lac, Jessica sur la chaise longue et le soleil parfait sur la terrasse. Je regardais les bateaux accoster à quelques mètres de l'hôtel. Un après-midi, nous décidâmes de visiter les jardins de la villa Melzi. Le bateau nous déposa à proximité de ce site recommandé par l'ensemble des guides touristiques que nous avions emportés. Une dizaine, au total. La région était quadrillée, nous n'avions rien laissé au hasard et nos sorties étaient décidées un mois avant notre arrivée. Cependant, entre la préparation et l'action, il y a un gouffre. L'oisiveté avait dévoré nos ambitions et les guides ne sortaient plus des valises. La villa Melzi restait dans l'esprit de Jessica car elle offrait une végétation exceptionnelle et une architecture impressionnante. Mon ex-femme avait suivi des études de botanique avant de devenir traductrice. Cette excursion, même si elle ne m'attirait pas trop, allait lui plaire. Pour accéder au site, il fallait emprunter une route assez abrupte. Le soleil frappait, mais Jessica se sentait assez forte pour marcher. Nous arrivâmes enfin à la villa après une ascension digne du Tour de France. Sans spectateurs et sans applaudissements. Sans ravitaillement, non plus. Nous avions oublié de prendre de l'eau. J'étais épuisé, mais je ne voulais pas le montrer à Jessica. Un homme du Sud n'allait quand même pas souffrir de la chaleur du lac de Côme. Le jardin regorgeait de tout ce qui pouvait pousser sur cette terre au climat méditerranéen. Nous demeurâmes de longues minutes à contempler le lac. Je me souviens des sensations, de la peau de ma femme. Les citronniers et les orangers portaient encore leurs fruits à côté des statues blanches.

Partout, il était écrit : « Interdiction formelle de toucher les agrumes. » L'herbe était coupée à la perfection. Des ouvriers chargés de l'entretien se jetaient de l'eau glacée pour se rafraîchir. Ils firent mine de nous asperger. Je leur dis qu'ils pouvaient me jeter de l'eau sans problème. Le bonheur me transformait en rebelle, moi qui détestais avoir des habits mouillés. Jessica me ramena à la raison : « Giacomo, arrête, tu vas être malade. » Elle avait raison, je ne supportais pas les différences de température. Je voulais simplement avoir l'air un peu moderne, dans le coup. Et la chaleur m'étouffait. Mais on appartient à une catégorie dès le départ. Le mauvais garçon, le garçon fragile, le gentil garçon, le rebelle… J'appartenais à la deuxième catégorie. Définitivement. Les ouvriers raillèrent ma volte-face mais respectèrent ma décision. Il faut dire que leur chef venait de les rejoindre. Ils n'osèrent pas m'accabler.

Il fallait partir. Je me souvins des mots du héros de Stendhal : « Je reviendrai souvent sur ce lac sublime ; rien d'aussi beau ne peut se voir au monde, du moins pour mon cœur… » Il n'était jamais revenu. Nous marchions quand Jessica commença à se sentir mal. Stendhal n'avait jamais été malade au bord du lac de Côme. Elle s'assit à l'ombre d'un arbre, sur une pierre irrégulière.

— Repose-toi un peu.

— Ça va aller.

Un des ouvriers, qui prenait le même chemin, s'arrêta près de nous et lui proposa de l'eau… à boire. Il se montra d'une bienveillance sans faille avec

Jessica. Il nous accompagna jusqu'à l'embarcadère. Cette fois-ci, il était hors de question d'attendre la prochaine navette, il fallait rentrer rapidement. J'appelai donc un bateau-taxi qui me coûta l'équivalent de plusieurs dizaines de pages à traduire. Et traduire Stendhal n'était pas chose facile.

À l'hôtel, un médecin vint ausculter Jessica. Un homme du Nord, droit, sérieux, sans extravagance et sans *effervescente* qui lui prescrivit du repos et des décontractants. Nous étions rassurés et j'espérais rester encore un peu près de ce lac. Le lendemain, nous repartions pour Marseille. Jessica ne souhaitait pas poursuivre le séjour. Le bonheur avait quitté la région.

*

Quand Fabrizio frappa à la porte, il me restait une vingtaine de pages à traduire. Il était neuf heures du matin. Comme toujours, l'épreuve, insurmontable de prime abord, allait bientôt s'achever. En effet, lorsque je commençais un travail, il me semblait irréalisable. Sauf une fois. La seule où je ne pus le mener jusqu'à son terme. *Le Voyageur sur la terre*, de Julien Green. Un texte qui me paraissait aisé et sur lequel je laissai mourir mon ambition. Julien Green et ses secrets… J'en gardais un arrière-goût dans la bouche.

Mon ami ne venait pas me parler de Julien Green, il souhaitait simplement prendre un café avec moi. J'aurais pu lui dire que je devais finir mon travail, mais repousser un ami était un acte que je ne pouvais concevoir. En outre, qu'y avait-il de plus agréable sur cette terre que de prendre un café dans un petit village méditerranéen ? Autour de nous, des anciens parlaient de leur dernier repas, non pas comme dans le tableau de Léonard, ils évoquaient ce qu'ils avaient eu la veille au dîner. Chacun y allait de son conseil à l'autre, d'une idée de recette, d'un souvenir de recette merveilleuse. Les Italiens, à table, ne parlent que de nourriture. Peu importe la table. À la plage, aussi. La nourriture est partout. Elle nous étreint et l'on a l'impression de manger en permanence. Ou de vivre dans un réfrigérateur. Fabrizio et moi écoutions avec attention.

— Comment va ta grand-mère ?

— Très bien.

— Elle se fait à sa nouvelle maison ?

— Elle n'a pas le choix. Non, plus sérieusement, elle ne pouvait reprendre sa vie d'avant. Nous l'avons accueillie avec plaisir. Nous n'avions pas le choix nous non plus…

— Tu ne peux t'empêcher de plaisanter, tu ne changeras jamais.

— C'est un vice.

— Non, j'ai toujours admiré ta capacité à rire de tout. Même du pire. Je sais que tu me faisais rire pour me changer les idées quand nous étions adolescents. Tu ne voulais pas me laisser pleurer sur mon sort. Pourtant, il y avait de quoi pleurer. Je te remercie, mon ami. J'espère que lorsque nous serons vieux, nous aurons l'occasion de venir boire un café ici. Nous regarderons les plus jeunes avec suffisance, on saura tout et eux, rien. On parlera fort !

— Bien sûr qu'on reviendra !

— Tu m'as dit un jour que les hommes n'arrêtaient pas de répéter « je reviendrai » et qu'ils ne revenaient jamais.

— Je dis des âneries.

— *Asinu !* Il y a tant d'ânes sur notre île. Et des brebis, des moutons, des sangliers, une vraie ménagerie bas de gamme. Pas de lions, pas de tigres, des ânes… Tu me promets de revenir ?

— Oui.

— Nous serons pensionnés, retirés des affaires. Tu auras traduit la moitié des livres publiés sur cette planète et moi, j'aurai vendu des milliers de journaux. Plus personne ne s'intéressera à nous, quand nous serons vieux… Bon, j'ai pris une légère avance sur toi…

— Je te rattraperai, ne t'en fais pas.

Après avoir terminé notre café, nous décidâmes de marcher un peu dans le village et de rejoindre le Domo de Jana. Les hommes aiment se souvenir parce que, ce faisant, ils peuvent apercevoir le chemin parcouru. De la maison au Domo. Du Domo au livre que je traduisais. Des années à reformuler, à essayer de comprendre les idées d'un autre, à dire presque la même chose. Des années avec Jessica jusqu'au vide. Le chiffre trois était impossible. Heureusement, il y avait Alessandra.

Je raccompagnai Fabrizio à son *edicola*, où son père l'attendait depuis un long moment. Jamais je n'avais vu ce dernier se disputer avec son fils, il lui évitait un supplice supplémentaire. Ainsi, même si l'attente avait duré trois fois plus que prévu, il lui dit simplement : « Il ne fallait pas vous presser, j'ai tout mon temps. »

*

Je devais rejoindre Alessandra au centre du village. Nous nous étions donné rendez-vous devant l'église, où se tenait le marché hebdomadaire. Il y avait foule. Il fallait jouer des coudes pour avancer. On se bousculait pour des artichauts ou pour un cochon de lait élevé pour être dévoré. Je me plaçai sur le perron de l'église. J'étais le premier arrivé et je repensai à Roland Barthes. Celui qui attend, c'est celui qui aime. Parmi les passants, je reconnus le Capitaine, accompagné du pêcheur. Il tirait un chariot multicolore et s'arrêtait à chaque étal. Il semblait heureux, les commerçants lui souriaient (en fait, ils souriaient à tout le monde) et lui vendaient à peu près tout ce qu'ils exposaient. Le chariot enflait comme les mollets du Dr Ignazio et le Capitaine le guidait avec de plus en plus de difficulté. Il écrasait un pied, bousculait une cliente... On levait les yeux, on gonflait le torse pour montrer son agacement. Tous les dimanches, la place du marché devenait une scène de théâtre à ciel ouvert. C'était un joyeux bazar où le Capitaine avait un rôle important. J'étais aux premières loges. J'attendais encore.

Tout à coup, une fourgonnette recula et faillit écraser des clients du marché, dont le Capitaine. Par réflexe, il se protégea avec son chariot, heureusement plein. Les cris et les coups sur le véhicule alertèrent le conducteur du danger de sa manœuvre, qu'il stoppa net. Le Capitaine s'approcha du conducteur et lui montra le poing. L'autre était tétanisé. Le visage du Capitaine, rouge de colère et de haine, ne l'incitait pas à descendre de sa fourgonnette. Le vieux militaire affichait une expression que j'avais souvent imaginée, mais que je n'avais jamais vue : celle d'un homme enragé.

Roland Barthes avait été percuté par une camionnette alors qu'il se rendait au Collège de France. Il mourut peu de temps après. Il faudrait, un jour, s'intéresser aux conséquences des accidents de la route dans le domaine de la culture. Giacometti renversé par une voiture. L'homme qui boite. Jean-Michel Basquiat aussi. Albert Camus assis à la place du mort. Il y avait quelque chose d'absurde là-dedans. L'intelligence presque balayée par la tôle. Qu'y a-t-il de plus inutile et de plus bête que la tôle ? On connaissait toujours l'identité de la victime, rarement celle du coupable. Dans le cas de Basquiat, par exemple, ou de Giacometti, l'accident avait même été à l'origine de l'œuvre. Basquiat, enfant, hospitalisé, reçut un livre d'anatomie. Il y puiserait son inspiration. Et n'en finirait pas de décortiquer les hommes. Giacometti boiterait jusqu'à la mort. Ses sculptures marchaient pour lui. Le Capitaine ne finirait pas comme eux, grâce à son chariot.

Sur la place du marché d'Arzachena, on avait évité l'accident de peu, mais, par la même occasion, on avait peut-être manqué l'occasion de donner naissance à un écrivain, un peintre ou un sculpteur. Au loin, je vis Alessandra. Elle regardait dans ma direction, sans me reconnaître. Le soleil la gênait. Je l'observais approcher vers l'inconnu qui venait la voir chaque jour. Poursuivant sa route, elle se doutait de ma présence car elle regardait de droite et de gauche. Celui qu'elle cherchait devait être là, parmi la foule. Elle plissait les yeux et plaçait sa main droite en opposition à cette lumière trop forte. Rien n'y faisait, elle percevait mal, ses yeux devaient s'humidifier de douleur. Je ne pouvais décemment pas siffler pour attirer son attention, ni faire l'imbécile en sautant ou en criant. Nous n'étions pas assez proches. Sentimentalement. En revanche, physiquement, les choses s'arrangeaient car Alessandra se rapprochait. Finalement, elle me reconnut et leva la main pour me faire signe. J'aurais pu le faire, mais je n'y avais pas pensé. Simplement lever la main. « Je suis là. » En fait, j'étais poursuivi par l'idée d'être ridicule. Ma première rencontre avec Alessandra avait été chaotique puisque j'étais tombé à ses pieds. Mes jambes s'étaient effondrées comme les spaghettis dans l'immense casserole de ma mère. Une casserole grise dans laquelle on aurait pu mettre deux petits garçons comme moi, debout. Au départ, les pâtes semblaient robustes mais, au contact de l'eau bouillante, elles fléchissaient. Un jour, alors que ma mère avait invité son frère

Gavino pour le dîner, ce dernier avait fait mine de me plonger dans cette casserole, pour plaisanter. J'avais cinq ans et, à la suite de cette idée d'immersion dans un milieu hostile, je n'avais plus mangé de spaghettis pendant de longs mois. Ailleurs, sur cette planète, souffrir d'une phobie pour les spaghettis était facilement surmontable, mais en Italie… Dès que nous étions invités dans la famille, je redoutais le moment du repas. Je priais intérieurement quand les pâtes arrivaient. « Pourvu que ce ne soient pas des spaghettis ! Des gnocchis, s'il vous plaît, faites que ce soit des gnocchis ! » Mes prières étaient souvent vaines car, je ne sais pas pourquoi, les spaghettis revenaient régulièrement sur la table. Personne, là-haut, n'entendait mes suppliques et mon désir de gnocchis. Quand Gavino voyait la hantise envahir mon visage, il se frottait le ventre en un mouvement circulaire. Il se régalait de ma peur et des pâtes, bientôt dans son estomac. La figure de l'ogre face au petit garçon.

Alessandra ne savait rien de cette histoire quand elle se présenta devant moi. Elle me considérait comme un être assez intéressant pour lui accorder une journée en sa compagnie. J'espérais juste qu'elle ne commande pas de spaghettis au restaurant. En tout cas, cette fois-ci, mes jambes me portaient sans difficulté et je comptais bien rester en position debout le reste de la journée.

*

Est-ce que la toponymie influe sur nos vies ? C'est une question logique quand on décide de passer un moment sur une île qui se nomme Caprera. L'île aux chèvres. Ce n'était pas l'île aux mouettes, animal bienveillant et synonyme de vacances. Ce n'était pas l'île aux flamants roses, animal poétique de par son nom coloré. Ce n'était pas l'île aux ours, qui n'existait sans doute pas mais qui m'aurait placé dans la posture d'un chasseur courageux. Ce n'était pas l'île aux chevaux sauvages, appellation qui faisait voler mes cheveux au vent quasi instantanément et qui, en pensée, me faisait monter à cru un animal exalté. Non, c'était l'île aux chèvres. La connotation était moins valorisante. Notre cerveau, en entendant le mot « chèvre », produit des images, c'est mécanique : un petit animal blanc avec une barbichette. Un fromage. Des sons : le bêlement. Des odeurs désagréables. Alors, quand j'ai parlé de Caprera à Alessandra, j'ai su que cette déferlante d'éléments négatifs (l'odeur) ou ridicules (la barbichette) ne devait pas interférer dans notre relation. Je lui ai parlé de Garibaldi. L'homme de Caprera. Quand notre cerveau entend « Garibaldi », il produit une image. Celle d'un homme barbu, très sérieux, avec dans une main un sabre et dans l'autre un drapeau italien. L'image que l'école nous a mise dans le crâne, tout au fond, pour qu'elle y reste. À ma gauche, la chèvre. À ma droite, Garibaldi. Alessandra commençait à esquisser un sourire au nom de Caprera. Les médecins eux aussi rient bêtement. Garibaldi sortit alors de ma bouche, et le sourire n'arriva jamais. On ne rit pas de Garibaldi, c'est le symbole de l'unité nationale.

Pour se rendre à Caprera, nous prîmes un bateau qui assurait la liaison jusqu'à l'île de la Maddalena. Un bateau abîmé et sans charme, fatigué de multiplier les voyages sans jamais se reposer. Nous restâmes sur le pont durant toute la traversée.

— Vous devriez couvrir votre gorge, Giacomo.

— C'est l'été.

— C'est l'été qu'on attrape mal. Les angines se moquent bien de la saison.

Alessandra raisonnait comme ma mère et cela ne me rassurait pas. À la maison, je voyais les ravages du temps sur un esprit trop protecteur. Au départ, on dit les choses calmement. Au fil des années (je ne savais pas si le terme « années » aurait un jour du sens dans ma relation avec Alessandra), le calme devenait reproche et le reproche, agressivité. Si Alessandra et moi refaisions ce même voyage après dix ans de vie commune, le dialogue serait d'une tout autre tonalité :

— Couvre-toi, je te dis.

— C'est l'été.

— Ne viens pas te plaindre si tu attrapes une angine.

Et vingt ans après ?

— Décidément, tu ne comprends rien à rien.

— Pourquoi dis-tu ça ?

— Tu te prends pour un jeune homme, débraillé comme ça. Je vais bien rire quand tu seras cloué au lit par une angine blanche.

Trente ans après cette première discussion autour du risque de prendre froid, il n'y aurait plus eu discussion. La disparition.

— ...

— ...

On ne devrait pas se projeter. À la descente du bateau, nous louâmes deux vélos pour rejoindre l'île, accessible uniquement grâce à un pont dessiné par des étudiants en première année des Ponts et Chaussées. Première année car l'édifice ne dégageait pas une force certaine. On avait l'impression d'emprunter un pont qui pouvait décider à tout moment de s'effondrer dans la Méditerranée. Il n'y avait aucun plaisir à le traverser. Juste une appréhension, accrue par le fait que nous étions à vélo et qu'il nous fallait beaucoup plus de temps que les véhicules rutilants qui nous doublaient, manquant par là même de nous faire chuter. Je fermais les yeux à chaque dépassement, priant le ciel, auquel je ne croyais plus, de me préserver jusqu'à notre destination. Alessandra n'en finissait pas de se rapprocher de l'extrémité droite du pont. Quant à moi, je la suivais tant bien que mal. Je n'avais jamais été un as du vélo, ni des autres activités où l'équilibre joue un rôle important. Enfant, je multipliais les chutes, si bien que papa s'était senti obligé, pour préserver mon intégrité physique, de crever les pneus à plusieurs reprises, m'empêchant ainsi d'arpenter les rues du village. Au bout d'une dizaine de crevaisons consécutives, le doute avait envahi mon esprit. Il devait y avoir une raison à ces problèmes de chambre à air. Tout naturellement, je pensais que Gavino était le coupable. Lui qui aimait tant me compliquer la vie. Un matin, comme maman dormait encore, j'avais entendu de petits bruits provenant du garage. Doucement, j'en poussai la porte et je vis papa enfoncer méthodiquement une vis dans ma roue avant. Il usait d'un tournevis cruciforme, tout en sifflotant. Sa besogne terminée, il dévissa et remit la vis dans sa boîte à outils rouge. Bleu et rouge. Je me souvenais parfaitement des couleurs de la crevaison. Je ne dis rien à mon père, j'étais bien trop vexé pour cela. Il remettait en question mes capacités cyclistiques, mot qui n'existait pas mais qui convenait à merveille à la situation. Papa avait le droit de crever mes pneus, je pouvais parfaitement inventer un mot. « Cyclistique », un mot rouge et bleu, pour le sang et les marques sur mes genoux.

Avec Alessandra, j'avais opté pour le vélo car ce moyen de locomotion dégageait, selon moi, une forme de romantisme. Je n'avais pas pratiqué depuis des années mais je me sentais assez fort pour guider mon amie. Chez le loueur, je fis mine de connaître chaque modèle, chaque caractéristique et je les tâtai pour m'assurer de leur fiabilité. Ce geste, bien évidemment, trahissait mon amateurisme en la matière car le loueur, me voyant répéter ce geste sur ses vélos, finit par me dire en souriant : « Vous allez finir par dégonfler la selle. »

Je devais donc prendre la tête des opérations et c'est ce que je fis durant une minute. J'étais si mal à l'aise qu'Alessandra me dépassa et se proposa de mener la danse. Elle redoutait sans doute les écarts de trajectoire qu'elle avait pu observer aisément durant ma minute à l'avant. Il fallait se montrer raisonnable et j'acceptai mon déclassement. En outre, si je chutais, elle ne le verrait pas. Le vélo est un sport romantique quand on a le sens de l'équilibre.

*

Heureusement pour moi, la promenade à vélo n'était pas le but principal de la journée. En effet, nous devions rejoindre un endroit assez difficile d'accès mais vraiment incroyable. Une crique aux eaux cristallines, Cala Coticcio. Alessandra devait voir ça grâce à moi. Mon père m'avait toujours dit que cet endroit était parmi les plus beaux du monde. De son monde parce qu'il n'avait pas beaucoup voyagé. Du mien aussi car, malgré mes nombreux voyages, j'avais rarement vu pareil lieu. Papa m'avait donné ce conseil, un jour : « Si tu veux séduire une fille, emmène-la à Cala Coticcio, elle t'aimera pour la vie. »

Il avait essayé avec maman et la première partie de sa phrase s'était vérifiée. Maman avait été séduite. Concernant l'amour « éternel », j'étais moins convaincu. Dans ma phase de rébellion adolescente, je n'avais jamais convié une petite amie à Coticcio. Parce que je ne voulais pas suivre les conseils paternels. Parce que, s'ils étaient vrais, je devrais vivre toute ma vie avec la même fille. Il y avait un risque.

Un jour, beaucoup plus tard, papa avait parlé de la crique à Jessica, j'avais donc été obligé de l'y conduire. Elle avait apprécié le lieu et nous nous étions longuement embrassés. Ce fut un moment important de notre relation et je l'avais demandée en mariage juste après. La séduction collait à Coticcio comme le *candiru*, poisson parasite, s'accroche à sa proie pour lui sucer le sang. Quant à la persistance de l'amour, c'était un autre sujet. Si maman était restée auprès de papa, Jessica et moi avions divorcé. Le *candiru* dévorait ses proies, il ne passait pas le reste de ses jours harnaché à ses branchies. S'il avait misé sur *Moby Dick*…

Distancé par Alessandra, je lui criai les indications pour parvenir jusqu'au chemin qui nous conduirait jusqu'à la crique. Finalement, les rôles étaient inversés, c'est elle qui m'emmenait. Dans un élan de masculinité, je me décidai à pédaler aussi vite que je le pouvais afin de reprendre la place qu'un homme devait occuper en pareille situation : la première. Mes mollets brûlaient et m'indiquaient qu'ils allaient bientôt cesser de fonctionner, mais Alessandra était encore trop loin. Je ne pouvais pas m'arrêter. Je me mis en danseuse, expression ridicule s'il en est pour qualifier la position debout sur un vélo. J'accélérai, et comme par magie le dos d'Alessandra me sembla de plus en plus net, de plus en plus proche. Le reste aussi. Le vélo ne s'oublie pas, dit le proverbe, j'en étais la preuve vivante. Je pouvais aisément rattraper Alessandra. En réalité, elle m'attendait sur le bord de la route.

— Vous avez du mal, Giacomo ?

— Non, tout va bien, mais je crois que la chaîne manque de graisse. Les vitesses passent difficilement.

— Je comprends. Alors, nous arrivons bientôt ?

— Oui, c'est à cinq cents mètres sur la droite. Il y a un petit parking où nous laisserons les vélos. Ensuite, il faudra marcher un peu à travers le maquis et nous arriverons à Coticcio.

— Parfait ! Je suis vraiment pressée de découvrir cet endroit.

Sur le parking, nous enchaînâmes les vélos entre eux. C'était un premier rapprochement entre le médecin et moi. Un rapprochement symbolique mais un rapprochement quand même. J'étais heureux que l'idée vienne d'Alessandra. En tant que littéraire, j'avais la mauvaise habitude de voir des symboles partout. Tous les gestes, toutes les paroles signifiant quelque chose qui n'était pas forcément perceptible de prime abord. Il fallait les analyser pour révéler leur sens profond. Les vélos n'étaient pas que des vélos, ils nous symbolisaient. La chaîne les liant renvoyait à une union forte, une relation sérieuse. Je pensais à tout cela quand Alessandra déclara en montrant nos deux vélos :

— Comme ça, personne ne nous les prendra.

En fait, cette opération servait à ennuyer quiconque souhaiterait dérober nos vélos. Et Alessandra d'ajouter : « Essayez donc de porter deux V.T.T. simultanément. » Mon interprétation des signes se révélait fautive. J'étais traducteur, pas sémiologue.

— J'espère que vous n'avez pas le vertige car la descente est un peu abrupte.

— Ne vous inquiétez pas. À Rome, je faisais souvent des randonnées.

— Parce qu'on peut faire des randonnées à Rome ?

— Mais on peut randonner partout ! Les collines romaines offrent de magnifiques escapades.

— Ce ne sera rien comparé à ce que vous allez découvrir ici. N'hésitez pas à me dire si je vais trop vite ou si le sentier est trop difficile.

Alessandra pensait que je plaisantais tant le ton sur lequel j'avais prononcé ces paroles était en décalage avec ce qu'elle connaissait de moi. Je maîtrisais à peine un vélo et je parlais comme un homme qui aurait gravi plusieurs fois le K2. Le décalage est néfaste aux relations humaines. J'aurais dû opter pour un ton plus neutre, plus conforme à mon être profond, soit un ton assez plat, mais puisque l'on m'avait toujours dit qu'un homme devait se rendre disponible pour les dames, j'avais choisi un vêtement bien trop large pour moi.

— Giacomo, on va descendre tranquillement. Et, oui, si j'ai besoin de votre aide, je vous dirai.

Elle manquait de sincérité et je m'en rendais compte aisément. Son « je vous dirai » signifiait autre chose que cette alliance de mots. Une phrase plus longue, plus complexe qui devait ressembler à cela : « Mon pauvre, vu comme tu es habile sur un vélo, tu vas bien te casser une cheville sur le sentier. »

La descente vers la plage était vertigineuse et Alessandra fut étonnée de croiser des familles, enfants sur les bras, glacière aussi volumineuse qu'un réfrigérateur à la main, qui l'entreprenaient. Je n'étais pas surpris car j'avais déjà aperçu ce type de convoi à plusieurs reprises. La glacière était le bâton de marche du père. Toujours. L'homme chargé comme un mulet devait transporter un maximum d'éléments, vivants (ses enfants) ou non (les objets pour la plage). De mon côté, j'avais préparé quelques sandwichs, mais je m'étais interdit de prendre une glacière, même si maman avait lourdement insisté. « Ton eau sera brûlante sans glacière, m'avait-elle dit. Ton père, lui, prévoyait tout quand il m'emmenait en excursion. » Je n'étais pas mon père et je m'imaginais mal, glacière à la main, face à Alessandra. Le vélo était le romantisme. La glacière, sa fin.

« Tu veux que je prépare quelque chose pour ton amie et pour toi ? Des spaghettis froids, par exemple. C'est délicieux en pique-nique. Avec un trait d'huile d'olive et une pointe d'ail. En plus, c'est bon pour la santé. L'ail nettoie le sang, je l'ai entendu l'autre jour dans une émission. » Assurément, maman n'avait plus aucune notion concernant la séduction. Je repensai à sa grande casserole et aux conséquences terrifiantes de l'ail dans ma bouche. Quant à mon sang, il lui faudrait bien plus qu'une gousse d'ail pour le purifier.

— Ces gens sont fous ! Faire prendre des risques pareils à sa famille.

— C'est leur terre, ils pensent qu'elle ne leur fera jamais de mal. Ils ont ça dans le sang. Ils ont tort. Il faudrait leur faire manger de l'ail…

— Comment ?

— Rien, je plaisantais.

— Tous les habitants de l'île le croient ?

— Non, pas moi.

— Mais vous n'habitez plus l'île, n'est-ce pas ?

— Vous avez raison.

*

Je ne me foulai pas la cheville en guidant Alessandra jusqu'à la plage. Forcément, elle la trouva incroyable. Je prenais peu de risques en venant ici. Ce que je n'avais pas prévu, c'était qu'elle allait me poser des dizaines et des dizaines de questions tout au long de la journée. À croire qu'elle ne maîtrisait que la phrase interrogative. Quand j'osais une question, elle m'en envoyait une autre. Je goûtais à la frustration d'une sortie avec un médecin. J'étais le patient face à l'interrogatoire du docteur. Sans possibilité d'annuler le rendez-vous. Sans remboursement possible. Si le Capitaine avait le défaut de parler de lui à outrance, Alessandra excellait dans l'art de faire parler les autres. Je détestais parler de moi. Les hommes sardes parlent peu, c'est une tradition. Même si l'on naît volubile, les années sur l'île ont tôt fait de vous le faire comprendre. Parler, c'est manquer de maîtrise. D'ailleurs, j'ignorais si la moitié des hommes du village étaient muets par handicap ou par retenue. Chaque soir, été comme hiver, durant la promenade, des groupes d'hommes silencieux arpentaient les rues sans dire un seul mot. C'était assez étrange car se retrouver pour ne pas parler me semblait assez incohérent. Enfin, ici, on communiquait différemment. Un peu à la manière des arbres.

Comme nous étions en train de déjeuner, nous aperçûmes un ballet de Canadair dans le ciel. Les avions orange et rouges venaient chacun son tour remplir son réservoir d'eau dans la mer. Nous regardions avec plaisir et admiration le travail des pilotes. Et pendant ce temps, Alessandra ne me posait pas de questions personnelles. Elle s'interrogeait au sujet des Canadair.

« Vous croyez qu'il y a un ou deux pilotes ? Combien pensez-vous qu'un pilote effectue de rotations en une journée ? À votre avis, ces avions viennent-ils tous de Sardaigne ?... »

Je ne maîtrisais pas tous les sujets, mes réponses étaient donc sibyllines :

Un pilote.

Aucune idée.

Certains viennent de Corse.

Les autres randonneurs qui avaient rejoint la plage décidèrent de plier bagage. Ils n'étaient pas rassurés par la présence des Canadair. Les glacières prirent le chemin du retour. Nous nous retrouvâmes bientôt seuls à contempler les avions. Le bon moment pour tenter un rapprochement... symbolique.

— Alessandra, disons-nous tu, ce sera plus agréable.

— Tu penses que l'incendie se trouve loin d'ici ?

— Aucune idée.

— Il ne faudrait pas que l'on se retrouve bloqués ici. Vous connaissez un chemin plus rapide pour repartir ?

Quand on décide de tutoyer quelqu'un, le vous revient parfois, comme une résurgence du passé distant, et laisse apparaître sur les visages la connivence toute nouvelle. On reprend donc la phrase en appuyant sur le pronom personnel avec un marteau-piqueur.

— Pardon, Giacomo, tu connais un chemin plus rapide pour repartir ?

— Il n'y a pas d'autre chemin. Mais l'incendie doit être loin, ne te fais pas de souci.

En vérité, je n'avais aucune connaissance dans le domaine des incendies. Plusieurs fois, au cours de ma vie, j'en avais été témoin mais sans vraiment m'y intéresser. Régulièrement, ils détruisaient des pans entiers de l'île. Le maquis brûlait, laissant après lui place à un paysage lunaire. Très noir et très laid. L'odeur d'un barbecue mal éteint remplaçant celle des arbustes. On montrait les images spectaculaires à la télévision et on déplorait parfois la mort d'un berger qui n'avait pas voulu abandonner son troupeau aux flammes.

Le père de Manuella était mort comme ça. Elle nous l'avait raconté lors d'un déplacement. Il vivait une bonne partie de l'année dans une maison en pierre au beau milieu de la nature. Le rêve pour qui préférait la compagnie des brebis à celle des hommes. Son père aimait la solitude, nous avait-elle dit, il rentrait rarement à la maison. Je ne comprenais pas cet éloignement. Comment préférer des brebis à Manuella ? Personnellement, si j'avais pu approcher la belle épicière, les brebis n'auraient pas fait le poids. Elle était beaucoup plus belle.

Quand on est à la mer, on regarde la mer. Donc, nous regardions la mer, sans voir que la fumée venait du chemin de randonnée. Je m'en rendis compte en me levant pour débarrasser ma serviette de bain du sable qui volait. Il n'y avait pas que du sable. Je remarquai de minuscules particules de cendre. En regardant la montagne d'où nous étions venus, il ne faisait aucun doute que nous ne pourrions pas repartir par ce chemin. Finalement, les gens avec des glacières étaient beaucoup plus sensés que moi.

Je ne prévins pas Alessandra immédiatement car il fallait que j'analyse la situation. Fuir par la mer me semblait impossible car mes talents de nageur étaient assez limités. Se laisser porter sur le dos ne me posait aucun problème, mais avancer aussi vite qu'un adolescent amoureux était inenvisageable. Nous nous étions baignés à notre arrivée et j'avais noté qu'Alessandra se débrouillait réellement bien. Non, je n'étais pas en pleine cristallisation amoureuse ! Elle avançait vite et de manière harmonieuse. Sans paraître forcer. Voilà ce qu'il m'avait toujours manqué pour être un bon nageur, la légèreté. J'étais lourd. Pas physiquement car ma corpulence était tout à fait acceptable pour un homme de mon âge. Non, j'étais lourd autrement, d'une lourdeur quasi magique tant celle-ci était invisible au commun des mortels. Je flottais sans jamais avancer. À Marseille, j'avais suivi quelques cours de natation, en vain. Le maître-nageur avait vite compris qu'il ne ferait rien de moi. J'étais une sorte de balise flottante.

Je ne m'étais pas éternisé dans l'eau pour ne pas qu'Alessandra prenne conscience de mes difficultés. Après le vélo, la natation. Ne manquaient que les spaghettis à l'ail. Si vraiment la situation devenait critique, il faudrait qu'Alessandra m'aide à nager... Je me sentais honteux à la simple évocation de cette situation. Si seulement *Moby Dick* pouvait passer par là. Je lui aurais demandé un coup de main. Face à la Méditerranée, la montagne noircissait de minute en minute.

— On va avoir un petit problème.

— Lequel ?

— L'incendie a gagné le chemin.

Alessandra se tourna rapidement et leva la tête.

— Nous sommes perdus !

— Mais non. Les secours vont venir nous chercher. Regarde, les pilotes des Canadair nous voient.

En fait, ils ne prêtaient attention qu'à la manœuvre qu'ils devaient effectuer pour puiser de l'eau sans s'écraser contre le mur de la mer. Il faut être poussé dans nos retranchements pour faire des choses que l'on ne ferait pas en situation habituelle. L'instinct de survie.

— Je vais appeler ma mère.

— Elle va venir nous chercher ?

— Non, mais elle saura quoi faire.

Les Italiens ont tous un problème avec leur mère. Longtemps, j'avais lutté contre ces préjugés un peu bêtes. À Marseille, auprès de mes amis, je luttais quotidiennement contre ces idées qui poursuivaient les hommes de mon pays. J'avais tort. J'aurais dû leur dire que oui, ils avaient absolument raison, que les Italiens, malgré leur assurance affichée, n'étaient que des petits garçons perdus sans leur maman.

— Maman ? C'est moi.

— Mon chéri. Tu as bien mangé ?

— Oui, mais je ne t'appelle pas pour ça. Nous sommes à Coticcio.

— Je sais.

— Nous sommes bloqués sur la plage. Il y a un incendie dans la montagne.

— Mon Dieu ! J'arrive !

— Tu ne peux pas. Le sentier est inaccessible.

— Tu as prévenu les secours ?

— Non. Seulement toi.

Je sentis une certaine satisfaction dans la voix de ma mère. Elle avait peur, évidemment. Cependant, le fait d'être appelée avant les secours lui conférait un statut particulier. La première place.

— Appelle-les tout de suite. Et ton amie, comment va-t-elle ?

— Très bien.

— Les belles histoires naissent toujours sur les cendres.

— Merci de cet instant poétique, maman.

— Raccroche, Giacomo.

Suivant le conseil de maman, j'appelai aussitôt les pompiers.

— Nous sommes à Coticcio, les flammes nous empêchent de partir.

— Je sais.

— Vous saviez que nous étions bloqués ?

— Non, je savais que la plage était encerclée par les flammes.

— Il faut nous aider.

— Combien êtes-vous ?

— Deux.

— Seulement ?

— Un serait déjà trop.

— Deux adultes ?

— Oui.

— Pouvez-vous me communiquer vos identités ?

J'avais l'impression d'être en train de réserver des billets de train face à un guichetier désagréable.

— Vous allez venir nous chercher ?

— Bien sûr, quand le dossier sera rempli.

Je lui communiquai les informations qu'il me demandait. Si les flammes avaient été plus virulentes, nous aurions fini notre vie sur ce morceau de paradis. Bleu, ocre et noir à présent.

— J'envoie un bateau pour vous récupérer. Ne paniquez pas.

— Monsieur, une dernière chose.

— Dites-moi.

— Comment fait-on pour les vélos ?

— Quels vélos ?

— Les vélos que j'ai loués pour venir jusqu'au parking.

— Que voulez-vous que je vous dise, on ne va pas envoyer une équipe pour récupérer des vélos.

— J'ai laissé une caution importante.

— Arrangez-vous avec le loueur.

— C'est vraiment dommage.

— Monsieur, vous préférez qu'on vous sauve ou que l'on sauve les vélos ?

— Étant donné que j'ai fait un chèque de cinq cents euros, je me pose la question.

— Vous plaisantez ?

— Je ne sais pas.

Alessandra fut rassurée quand je lui dis que les secours allaient arriver rapidement. Elle devait penser que ce genre d'incident ne se serait jamais produit à Rome. Elle me dit qu'elle y réfléchirait à deux fois avant de randonner à nouveau en Sardaigne. Je pris la réflexion comme une gifle et mon visage se ferma. Je cachais très mal mes émotions.

— Je ne t'en veux pas, rassure-toi, Giacomo. Ne fais pas la tête.

— Je ne fais pas la tête.

— Et les vélos ? Tu as laissé une caution, quand même.

— Tant pis pour la caution. L'essentiel est que nous soyons sains et saufs.

Parfois, dans une relation (surtout naissante), il ne faut pas tout dire.

*

Nous ne pérîmes pas à Coticcio. Finir là où tout devait commencer mais où rien n'avait réellement débuté. Sur le bateau qui nous ramenait au port, Alessandra bavarda longuement avec les pompiers. Elle en connaissait certains. Elle ne posait aucune question. J'étais dans mon coin et je profitais de la vue magnifique. Je n'avais jamais vu cette partie de l'île depuis la mer. Je les laissai discuter. Alessandra était toujours aussi belle, mais je ne savais plus ce que je voulais. L'embarrasser ou ne pas l'embarrasser avec mes atermoiements ? Jessica ne m'aurait jamais laissé pour parler à des pompiers. Elle serait restée à mes côtés, dans ce coin reculé du pont, et nous aurions regardé la terre en proie aux flammes. Les problèmes, au départ, nous les vivions ensemble, à leur naissance, durant leur évolution et après. Jusqu'au moment où les flammes furent trop agressives. Jusqu'au soir où je l'emmenai à l'hôpital. Là aussi, il y avait des pompiers, mais elle, elle s'en fichait.

Je raccompagnai Alessandra jusqu'à son véhicule avant de téléphoner au loueur de vélos pour lui expliquer la situation. Il m'assura qu'il ne garderait pas la caution et qu'il irait les récupérer dès que les pompiers auraient rouvert la route. Tout s'arrangeait ou presque. La journée que j'avais tant attendue n'avait pas fonctionné comme prévu. Maman m'attendait sur le perron ; j'avais eu le temps de la rassurer par téléphone, mais elle voulait s'assurer que mon corps était dans le même état que lors de mon départ. Elle tenait une boîte en plastique qui ne l'empêcha pas de me serrer très fort dans ses bras.

La boîte était chaude, dans mon dos. Je tentai de m'écarter, en vain. Elle me rattrapa. « Je serais devenue folle s'il t'était arrivé malheur. » Je n'osai pas lui dire que la folie représentait une notion subjective et que, selon moi, certaines de ses réactions (comme m'attendre devant la maison avec une boîte en plastique brûlante ou menacer de quitter le domicile conjugal à la moindre remarque) pouvaient s'y apparenter. « Tu aurais pu venir avec ton amie, nous aurions dîné ensemble. Vous devez avoir très faim après tout ça. » Maman ouvrit la boîte. Elle contenait des gnocchis. Une des autres fiertés de l'île.

— Elle devait rentrer, elle travaille ce soir.

— Elle est employée dans un restaurant ?

— Il n'y a pas que dans les restaurants qu'on travaille le soir… et la nuit.

— La nuit aussi ? Je connais peu d'emplois nocturnes. Rassure-moi, Giacomo, c'est un métier honnête ?

— On ne peut plus honnête.

— Mais dis-moi, enfin ! Tu n'en as pas assez de me faire languir avec cette jeune femme ?

— C'est le médecin qui s'occupait de grand-mère.

— Ignazio ?

— Maman, il n'y a pas qu'Ignazio pour pratiquer la médecine. Et c'est une femme ! Le médecin de l'hôpital, la jeune fille brune…

— Quelle merveille ! Mon fils avec un médecin.

— Nous sommes juste amis, rien de plus.

Maman était si fière qu'elle ne pensait plus aux gnocchis qui commençaient à refroidir. Elle regardait de droite et de gauche pour voir si mon père n'était pas à proximité. Elle mourait d'envie de lui révéler l'identité de mon amie. Mais papa avait pris un autre chemin.

— Rappelle-la !

— Pourquoi ?

— Pour l'inviter à dîner.

— Je t'ai dit qu'elle travaillait.

— Tu as honte de nous ?

— Pas du tout, elle est de garde ce soir.

— Passe-la-moi !

— Mais elle n'est pas près de moi, comment veux-tu…

— Nous ne sommes pas assez instruits, j'ai compris.

— Maman !

— Je vais reprendre mes études à l'université de Cagliari, tu n'auras plus honte, ainsi.

— Quelles études ?

— Après la *maturita*, j'avais entamé des études d'histoire.

— Je ne savais pas.

— Tu la rappelles ?

— Maman !

— Ton père suivra des cours d'histoire de l'art, lui. Histoire de l'art, ça fait bien !

— Maman !

— Quoi, maman ?

— Tu es folle !

*

Il ne fut pas aisé d'entrer à deux dans le Domo de ma rue. Fabrizio et moi n'étions pourtant pas des colosses. Nous avions décidé de passer une partie de la nuit dans ce petit espace, comme au temps de notre adolescence. Mes parents ne savaient rien puisque j'étais sorti très discrètement de la maison. Le radar maternel qui, auparavant, détectait le moindre déplacement d'air commençait à fatiguer. Il y avait des tessons de bouteille et une odeur franchement désagréable que l'on ne pouvait imputer à la civilisation nuragique. Fabrizio avait tout prévu, une petite couverture et deux bougies parfumées qu'il fallut allumer en prenant bien garde de ne pas nous brûler dans pareille exiguïté. Nos genoux se touchaient. Je m'étais occupé de la boisson. Des bières sardes, Ichnusa, fierté insulaire, dont le nom rappelait l'empreinte de notre île au milieu de la Méditerranée.

Ce que nous faisions là, se tenir si près dans la maison des fées, nos ancêtres l'avaient fait des siècles avant nous. Ils cherchaient à se rassurer car, dehors, tout n'était qu'obscurité. On ne savait rien à rien. La nuit et le jour restaient inexpliqués. Et la bière n'existait pas pour oublier son ignorance.

— Les fées doivent être heureuses de voir un vieillard comme moi entrer dans leur maison. Heureusement, tu es là !

— Les fées n'aiment que les enfants, pas les adultes.

— Dommage, car je leur aurais bien demandé de me transformer en prince charmant ! Pour une journée ou une nuit, même. Fabrizio avec une peau toute neuve ! Et toi, qu'est-ce que tu leur demanderais ?

— Tu ne t'en doutes pas ?

— Si, bien sûr. On demanderait des choses qui changeraient notre vie. Malheureusement pour nous, les fées ont déguerpi depuis un long moment. Je garderai ma peau et toi, tes malheurs.

— Et si on pouvait leur demander une chose acceptable, pas trop compliquée…

— Comme rencontrer l'amour ?

— Voilà !

— Alors, Giacomo, je demanderais aux fées revenues sur l'île de m'autoriser à aimer.

— Parce que tu te l'interdis ?

— Je ne veux imposer mon malheur à personne. Mais j'en ai assez de cette solitude. La seule femme à qui je parle, excepté les quelques clientes qui viennent acheter le journal, c'est ma mère ! Je l'aime beaucoup, tu le sais, cependant, j'en fais une overdose. Mamma par-ci, mamma par-là, elle est omniprésente. Super Mamma ! Imagine un peu ma mère en costume de superhéroïne, à me courir après toute la journée. « Attention à ta peau, Fabrizio, sois prudent, pas trop de soleil. »

Nous nous trouvions dans un lieu sale, malodorant, et nous riions de bon cœur de ces bêtises prépubères.

— Mais elle a raison, le soleil abîme la peau.

— Je n'ai pas besoin de son aide, ma peau s'abîme toute seule !

D'ordinaire, je bois très peu parce que je veux toujours garder le contrôle de mes gestes et de ma pensée. Ce soir-là, les bières n'en finissaient pas de s'ouvrir, comme si les fées tenaient un bar où elles étaient distribuées à volonté. Sur la couverture, les canettes reproduisaient le dessin de l'île. L'île à nos pieds et l'odeur de bière avaient supplanté celle, très légère, des bougies que Fabrizio avait apportées. Nos rires furent interrompus par l'arrivée d'un chien errant qui passa la tête dans le Domo. C'était sa niche, sans doute. Il resta quelques secondes à nous fixer puis repartit sans même montrer les crocs. Il avait compris que les deux hommes ivres ne bougeraient pas de la nuit. Il lui faudrait trouver une autre tanière.

— Pauvre chien, on aurait pu l'inviter à prendre une bière.

— Les chiens boivent de l'alcool ?

— Maintenant oui, je crois… C'est la modernité ! Ils sont à notre image !

— Alors, nous avons réussi à dépraver les chiens…

— Les chats, aussi. Celle de ma grand-mère est devenue obèse, grosse comme cet homme qui ne pouvait plus sortir de chez lui.

— Dans la nature, on n'aurait jamais vu un truc pareil.

— Les hommes ont tout gâché… Même les murs du village !

— Tu veux parler des peintures ?

— Oui, il y en a partout et elles sont de plus en plus laides, toutes fripées…

— Comme ma peau.

Fabrizio arrivait à rire de sa maladie, il la connaissait tellement bien, depuis toutes ces années qu'ils vivaient ensemble.

— Tu veux une cigarette, Giacomo ?

— Je n'ai jamais fumé…

— Vraiment ? Tu es un bon garçon, le premier de la classe avec la raie sur le côté et le cheveu toujours humide. Le petit parfait !

— Donne-m'en une !

Bien sûr, je m'étouffai à la première bouffée. Commence-t-on à fumer à trente-six ans ? C'était le moment ou jamais d'essayer. Fabrizio mimait les gestes en les exagérant afin que je imite. Ses lèvres tombantes avançaient dangereusement vers le vide.

— Les médecins m'interdisent de fumer, ces imbéciles. C'est facile d'interdire, de dicter la règle à suivre. « Il ne faut pas, vous ne devez pas, je vous déconseille… » Je m'en fiche ! Qu'ils vivent une journée à ma place et ils comprendront.

Nous passâmes une bonne partie de la nuit à rire idiotement. Les fées ne vinrent pas nous déranger. Elles ne nous demandèrent pas non plus d'exaucer l'un de nos vœux. Nous étions chez elles, sans elles. Fabrizio me raccompagna à la maison, pourtant toute proche, car je partais dans la mauvaise direction en sortant du Domo. « Tu vas au port ? » m'avait-il demandé dans un rire. Il veillait sur moi. J'allais bientôt partir.

*

Dans mon rêve, Moby Dick s'approche de la plage où je suis prisonnier. Alessandra n'est déjà plus là. J'ai de l'eau jusqu'aux chevilles quand l'animal sort les yeux et les dents. Sans agressivité.

— Tu as des nouvelles d'Achab, Giacomo ?

— Je l'ai aperçu hier soir en rentrant.

— Comment allait-il ?

— Il était très remonté contre toi. Il te veut du mal, je crois.

— Que veux-tu qu'il me fasse ? Un capitaine contre un cachalot… pfff…

— Méfie-toi quand même.

— Et toi, comment vas-tu ?

— J'ai connu quelques moments difficiles ces derniers jours.

— Ah oui ?

— Des problèmes familiaux, professionnels, affectifs.

— Moi aussi, j'ai eu des soucis, mais les choses s'arrangent toujours, crois-moi. Giacomo, cette Alessandra, tu crois qu'elle est faite pour toi ?

— Je ne sais pas.

— J'en doute. Elle est très gentille, très séduisante. Je suis un cachalot, mais je ne suis pas insensible aux charmes d'une belle femme. Tu vis à Marseille, elle en Sardaigne.

— Oui, mais je pourrais m'arranger.

— Avec Carlo ? Tu as vu comme il te harcèle, c'est ton Achab. Ne te complique pas l'existence, tu connais le malheur.

— Je n'imaginais pas que les cachalots jouaient aux oracles.

— Les cachalots ont bien des pouvoirs. Les hommes ne voient que ce qu'ils veulent voir des animaux. Dans mon cas, une grosse masse agressive. Mais tu as vu mes yeux ? Regarde comme ils sont fins, ils expriment toute ma sensibilité.

— Tu as raison. On ne voit rien. On ne voit que ce qui nous arrange.

— Et ton Capitaine, tu le côtoies encore ?

— Parfois.

— Tu es déçu de ces retrouvailles ?

— Je pensais que nous aurions plus de choses à nous dire.

— Il parle trop.

— Sans doute.

— Et toi, pas assez ! Tu as terminé ta traduction ?

— Oui, enfin !

— Et maintenant ?

— Je vais rentrer chez moi, à Marseille.

— C'est chez toi ? Je croyais que chez toi, c'était sur cette île.

— Pas complètement. Plus complètement. Et toi, quoi de prévu ?

— Je pars aussi. Je suis venu te saluer. Je remonte vers le nord également. J'ai beaucoup aimé mon séjour le long de ces côtes sauvages.

— L'île est magique.

— Je dois te laisser. Le chemin est long. Les secours vont venir te chercher, je les entends.

*

237

Ma traduction était terminée. Achab tenait bon sur la baleine. Carlo serait satisfait mais je ne lui disais rien. C'était une sorte de revanche du traducteur sur l'éditeur. Je savais qu'il attendait de mes nouvelles. Il ne devait pas lâcher son téléphone de la journée. Son plan pub était prêt, il ne manquait que le texte et c'est moi qui le possédais. Dire presque la même chose était une fonction complexe et assez mal perçue. D'ici à quelques semaines, la nouvelle de la parution du texte ferait le tour du monde. On parlerait de Herman Melville et cela me rassurait sur la volonté de l'être humain de ne pas sombrer dans la sottise. Carlo répondrait aux interviews pour la presse, sourire aux lèvres. Il poserait dans son bureau, plus précisément sur le canapé à deux places qu'il avait payé à prix d'or à un tapissier napolitain. Sur le canapé et sous le portrait de lui-même qu'il avait fait réaliser par un peintre obscur. Carlo alangui sur son lit, en pyjama. Je n'avais jamais saisi la volonté de l'artiste, ni celle du commanditaire d'ailleurs tant cette œuvre détruisait l'image de l'un et de l'autre. Pour les journalistes, il sortirait ses pantalons orange et ses chemises vert émeraude, signe qu'il lui restait encore un peu de Sardaigne dans le sang. Qui d'autre que les Sardes portaient pareilles couleurs ? Carlo sortirait aussi ses dents toutes blanches et sa pilosité abondante. À bien y réfléchir, il pouvait postuler pour un rôle dans *Beautiful...* un nouvel amant pour Brooke. Grand-mère serait ravie. Personne ne parlerait de

moi ! On se ficherait bien de savoir qui avait traduit ce manuscrit si intéressant. Un petit traducteur
perdu sur une île hostile. C'était toujours la même
rengaine. Qui connaissait Daryl Stuermer, le compo-
siteur des tubes de Phil Collins ? Pas le chanteur sur
le bateau ni les auditeurs qui se trémoussaient sur
les hits de l'ancien leader de Genesis.

Garder le texte pour moi me faisait profiter d'une
dose de calme avant la tempête médiatique. Avant
une nouvelle aventure. Simenon ou un autre, ou une
autre ? Il faudrait alors se plonger dans l'œuvre d'un
auteur. Un univers à appréhender, une façon de voir
le monde car la littérature n'était rien d'autre qu'une
vision de l'existence. Stendhal parlait du roman
comme d'un miroir que l'on promènerait le long
d'un chemin. Il avait raison. Cependant, j'aurais
ajouté quelques adjectifs au substantif « chemin » :
accidenté, escarpé ou encore incendié…

Avec Alessandra, nous avions décidé, poliment,
de ne plus nous revoir. Poliment car nous étions des
personnes raisonnables. Il y avait trop de houle dans
ma tête. Je n'étais sûr de rien et Alessandra préférait
les pompiers au traducteur. Elle ne me l'avait pas dit
clairement, mais c'est ce que je ressentais. On sent
immédiatement quand l'autre est attiré par le type
assis à côté. Celui qui parle haut et qui, de prime
abord, déborde de certitudes. Celui dont le chemin
est fleuri, doux et agréable. Stendhal, finalement,
avec une lance et des muscles partout. Le soir de
l'incendie, elle n'était pas de garde. J'avais menti à

ma mère pour ne pas lui dire que ses espoirs de voir son enfant heureux à nouveau s'étaient envolés avec la fumée. Dans le ciel sarde, bleu et gris.

Il me restait à rentrer à Marseille. Grand-mère ne mourait toujours pas, elle se portait même plutôt très bien. Je lui promis de revenir la voir rapidement. On promet des retours, c'est terrifiant. Je n'arrivais pas à m'en empêcher.

— Reviens vite, mon petit. Il ne me reste plus beaucoup de temps.

— Tu ne vas quand même pas partir au beau milieu d'une saison de *Beautiful* ! Tu dois savoir ce qu'il arrivera l'année prochaine.

— Si j'attends la fin de cette série, je mourrai dans trente ans et je crois que les gens en auront bientôt assez d'attendre que je parte. La mort doit arriver, pour nous, bien sûr, mais surtout pour les autres.

— Ne leur fais pas cette joie ! Attends mon retour !

— Tu as toujours été courageux, Giacomo, même quand la vie a été rude avec toi.

— Avec nous, grand-mère, avec nous.

— Embrasse Jessica quand tu la reverras. Je l'aimais beaucoup. Je la trouvais vraiment sympathique et attachante. Je l'aurais volontiers échangée contre Gavino ! J'aurais même ajouté un peu d'argent pour l'éloigner… Mais, que veux-tu, on n'a pas le droit de troquer ses enfants.

Grand-mère avait encore sa pointe d'acidité. Je la verrais encore longtemps dans son fauteuil ou sur le banc en pierre que papa avait construit contre la maison. Un banc pour observer notre rue. Un banc qui serait là pour des dizaines d'années et sur lequel, j'espérais, pourquoi pas, m'asseoir longuement pendant mes vieux jours. Il était inconfortable et bosselé, mais il offrait un point de vue inégalé sur notre monde. Un banc pour observer le monde.

Je me rendis à l'*edicola* afin de prévenir Fabrizio de mon départ imminent. Il m'avait épaulé et soutenu, comme à son habitude. Quelques touristes achetaient des journaux français. Fabrizio en recevait en période estivale. Rien de très sérieux, des magazines à scandale que personne n'achetait ni ne lisait, mais qui se vendaient par dizaines de milliers d'exemplaires. Des lectures un rien honteuses mais qui faisaient du bien, à l'étranger. Un peu de France à travers des revues sans grand intérêt. Une starlette de téléréalité à moitié nue sur une plage régnait sur l'ensemble des hebdomadaires. Quel scandale ! Quel scoop ! La véritable information eût été de la voir habillée. Fabrizio, en habitué des parutions lamentables (il y en avait pour chaque pays), n'y faisait plus attention. Il était la mémoire des acteurs, actrices et vedettes éphémères.

Les touristes achetèrent l'ensemble des parutions en français. Une affaire en or pour mon ami. Une attaque portée contre l'intelligence ! Je participais à ce triste spectacle quand je voyageais avec Jessica. Il nous arrivait d'acheter ce type de publications. Sans rougir. Nous les lisions à la plage ou à l'hôtel avant de les oublier délibérément sur notre transat. Il n'était pas question de les rapporter dans nos bagages, ces preuves de notre bêtise passagère. La lecture se perd, disaient les intellectuels. À tort. La lecture explosait, j'en avais la preuve sous les yeux. On lisait de plus en plus, surtout durant les vacances. Peu importait la qualité. Je comprenais ceux qui pensaient que les gens ne lisaient plus que des âneries. La solution était peut-être de placer dans ces revues des extraits de saines lectures. Un reportage sur une pseudo-vedette et, juste après, une nouvelle de Maupassant, de Joyce ou un texte de Jack London. Les lecteurs y auraient pris goût car on finit toujours par s'habituer aux belles choses et au luxe. Un peu de caviar kafkaïen à la suite d'un article sur une rupture estivale. L'arrivée de K en Amérique pour publier la misère de cet acteur disparu tragiquement lors d'un concours de selfies le long d'un précipice. Je toucherais un mot de cette idée à Carlo à mon retour. S'il voulait se lancer dans la presse à scandale innovante…

— Tu veux quelque chose, Giacomo ? Je n'ai plus aucun magazine à scandale en français, désolé !

— J'en trouverai à Marseille, ne t'inquiète pas.

— Je te fais confiance, mon ami.

— Je vais bientôt partir.

— Tu m'abandonnes ?

— J'étais venu pour quelques jours et les semaines ont défilé.

— Tu regrettes ?

— Non, j'ai été heureux de passer du temps avec toi.

242

— Moi aussi. On finit toujours par rentrer, c'est la vie. Je sais que tu reviendras voir ton vieux, très vieux coéquipier.

— Bien sûr !

— Avant de partir, tu ferais bien d'aller saluer le Capitaine. On m'a dit que ça n'allait pas fort.

— Qui t'a dit ça ?

— Le Dr Ignazio. Il l'a vu en consultation l'autre jour.

— Parce que Ignazio consulte encore ?

— C'est une mauvaise herbe difficile à éliminer. Un jour, il m'a dit : « Quand on est médecin, c'est pour la vie », comme s'il s'agissait d'une maladie incurable. Comme si je te disais : « Quand on a la cutis laxa, c'est pour la vie. »

— Tu ne t'en débarrasseras donc jamais ?

— Jamais, Giacomo. Même dans la boîte, elle sera présente avec moi. Les asticots croiront manger un vieillard… Ce sera ma vengeance contre ces bestioles. Les tromper sur la marchandise. Comme ta grand-mère avec ta famille ! Nous aimons bien tromper les gens, ici. Tu as peut-être perdu cela, Giacomo, en partant si vite.

— Je ne sais pas… Je vais passer chez le Capitaine avant de partir.

J'avais changé de sujet car je ne savais quoi répondre à Fabrizio. On fait tous ça. Quand la conversation devient trop embarrassante, il faut détourner l'attention de son interlocuteur, même si l'on sait que c'est une illusion. Fabrizio était conscient de son état, il l'acceptait. Moi pas. Il n'en rajouta pas et accepta le nouveau tour que je venais de faire prendre à notre discussion. Je le serrai dans mes bras sans trop forcer car je sentais son corps craquer de tous côtés.

*

La nuit qui précéda mon départ, je me rendis au grenier pour prendre les bombes à peinture de mon père ainsi qu'un petit projecteur. La fresque que ce dernier avait réalisée à la suite de la mort du jeune manifestant avait quasiment disparu. Je n'avais aucun talent pour le dessin. Un comble pour l'habitant d'un village dont les murs ressemblent à une bande dessinée à ciel ouvert. J'avais quelques heures devant moi pour faire quelque chose. En commençant par lessiver les traces de la première peinture. Mon palimpseste. Fabrizio devait m'apporter son aide, mais il s'était décommandé au dernier moment, trop fatigué pour me rejoindre. Je ne lui en voulais pas. On se débrouille comme on peut avec son existence. Fabrizio n'était pas plus artiste que moi, son absence n'était finalement pas si préjudiciable. Bien sûr, mes parents n'étaient pas au courant.

J'avais opté pour une forme simple mais riche en symboles. Une forme verticale. La peinture n'est rien d'autre qu'une alliance d'horizontalité et de verticalité. Aucun peintre n'échappe à cette règle. Une forme verticale, donc. Trois couleurs. Du marron. Du vert (la côte émeraude avait fait la réputation de notre île) et du bleu. Rien de plus. Il fallait de la simplicité. Et même si mon motif paraissait celui d'un enfant, je n'en ressentirais aucune honte. Jean-Michel Basquiat, un des peintres les plus cotés au monde, avait ce style naïf et qui s'en offusquait, à part les quelques écervelés qui voulaient toujours tout expliquer ? La comparaison avec le peintre américain pouvait sembler un peu démesurée, mais les artistes ont toujours besoin de modèles. On ne crée pas à partir de rien. Donc, en ce qui me concernait, c'était Basquiat.

Le mur ne m'apportait pas son aide car sa surface était irrégulière. Je commençai malgré tout à tracer les contours, la silhouette de mon objet, en m'aidant d'une photographie, mal imprimée, dont les pixels gâchaient la qualité. Mes parents avaient la même imprimante depuis des années. Ils se moquaient des évolutions technologiques car ils l'utilisaient une fois par an pour sortir les paroles des chansons à connaître pour la procession d'avril. L'imprimante avait été surprise qu'on la sollicite en plein été. Elle avait fait un bruit terrible en pleine nuit, comme un homme qu'on réveille pour lui faire une mauvaise plaisanterie. Heureusement, mes parents et grand-mère n'avaient pas bronché. Seule Mila, la chatte, était venue vers moi, pensant sans doute que ce bruit avait un lien avec la nourriture. « Giacomo est peut-être en train de découper un requin à la tronçonneuse. » Déçue, elle était retournée se coucher avec l'air hautain que seuls les chats peuvent avoir.

Le temps passait et je m'appliquais. La forme verticale s'élevait parfaitement et se divisait en plusieurs segments. Au bout de deux heures, je pus enfin mettre de la couleur. Mon travail n'était pas exceptionnel mais il me convenait. Il y avait un arbre sur le mur. Un pin maritime, comme ceux qui avaient été frappés par la maladie. Un pin maritime sur la pierre. Un seul car je ne voulais pas signifier la multitude. Un pin maritime comme un homme seul, perdu dans un endroit inhabituel. Le pin maritime sur la montagne, loin de ses congénères. Il fallait ajouter du bleu, pour le ciel. Pas de fumée cette fois-ci. Pas de gris. Un bleu clair dont je doutais, sous la lumière du projecteur. On verrait mieux demain, quand il serait trop tard. Je reculai pour avoir une vision globale de mon travail, m'assurant de ne pas trébucher contre les pavés inégaux.

Dans la rue, j'entendis un volet s'ouvrir. Je me jetai sur le projecteur et l'éteignis, personne ne devait voir mon œuvre. Les gens sont curieux dans notre village. Je me cachai durant quelques minutes. Au loin, les chiens aboyaient, ils prenaient possession de leur territoire nocturne dans la plus grande indifférence. Le danger passé, je m'approchai de l'arbre. Il me restait un élément à ajouter. Une phrase parce que, si je ne m'y connaissais pas en peinture, je m'y connaissais en phrases. Je venais de traduire des milliers de phrases de Melville, mais celle-ci serait la mienne. Je m'emparai de la bombe noire. Une bombe spéciale, pour écrire. Il y en avait tant pour détruire... Patiemment, j'écrivis :

Je voulais dormir, à présent. Basquiat lui aussi dormait. Trois heures sonnaient au clocher infatigable. Dans mon lit, je trouvai Mila qui me laissa un peu de place pour m'installer. Elle avait compris que je quittais la région pour un long moment. Elle se blottit contre moi sans que je la repousse. Mon bateau partait à sept heures. Avec un peu de chance, personne ne découvrirait la fresque avant mon départ.

La peinture m'avait épuisé. Mes mains me faisaient mal, mes doigts, mes poignets, mes jambes aussi car j'étais resté debout trop longtemps. D'ordinaire, je faisais partie des travailleurs assis. Les privilégiés. Heureusement. L'inspiration avait disparu, mais pas l'adrénaline qui coulait dans mes veines et faisait bouillonner mes tempes. Je remontai le drap jusqu'à mes oreilles, comme lorsque j'étais enfant et que je cherchais un peu de réconfort. Cette fois-ci, il ne vint pas. L'heure du réveil m'obsédait. Je m'inclinai sur la droite, en direction du nord. J'avais entendu dire qu'on dormait mieux au nord. Les gens racontent des idioties et les imbéciles les croient. Vingt minutes plus tard, les draps bougèrent et je sentis bientôt les pieds de maman venir au contact des miens. Mila sauta hors du lit, elle ne supportait pas qu'on la dérange. Maman prit la place de la chatte et passa la main sur mon visage,

247

de haut en bas. Elle non plus ne trouvait pas le sommeil. Elle voulait profiter encore un peu de son fils.

*

Sur le pont, on trouvait toujours des passagers énervés, cigarette à la bouche, téléphone à la main. À croire que les ponts des navires servaient à évacuer les tensions. Je regardais, en bas, le manège des véhicules qui entraient dans le navire. Il les avalait tous. Les voitures, de la plus petite, la moins chère, à la plus prestigieuse. Tout le monde dans le même garage, il y avait là une forme d'effacement des différences sociales. Le plus pauvre garé à côté du plus riche, sans distinction. Le plus pauvre, comme le plus riche, à surveiller que personne n'égratigne son véhicule. Les camions les plus imposants trouvaient une place dans ce garage flottant. Ils repartaient à vide souvent puisqu'on leur demandait d'apporter des denrées sur l'île, pas d'en exporter. Cela arrivait parfois, mais le commerce extérieur de l'île était largement déficitaire. Qui voulait de nos gnocchis et de notre pain ?

La fumée du bateau montait rejoindre le bleu du ciel, sans risque de le troubler. J'avais vécu des dizaines de départs et, chaque fois, je ressentais la même chose. Le désespoir de partir. La folle envie de courir, de descendre tous les étages du bateau et de retourner sur l'embarcadère. Tous les gens (ou la plus grande partie) autour de moi devaient penser la même chose, mais personne n'osait le faire. Si l'un d'entre nous avait sauté le pas, peut-être que tous les autres auraient suivi. Mais personne ne sautait le pas. Il fallait partir. Personne, il n'y avait jamais personne. Mon voisin jeta son mégot dans l'eau sombre. Il se disputait avec quelqu'un au téléphone. À sept heures du matin, on trouvait des gens pour téléphoner. Et se disputer.

Dans sa maison, mon oncle Gavino devait chercher son rasoir partout. Ou son vélo. Ou son téléphone. Ou n'importe quoi d'autre. J'étais allé le saluer, la veille. Il m'avait pris dans ses bras, comme toujours avant mon départ. Le plaisir, mal dissimulé, de me voir disparaître. Quelques recommandations, quelques questions sur la vie en France et j'avais accompli mon devoir. Ici, même si on se détestait, on se saluait.

— Je m'occuperai de grand-mère, sois rassuré.

— J'en suis sûr.

— Et je veillerai sur tes parents. Je suis un peu maladroit, parfois, mais j'aime chaque membre de notre famille. Même toi.

Gavino disait tout ce qui lui passait par la tête, sans filtre. Comme une cafetière dont l'eau aurait coulé directement sans se transformer au contact du café. Le résultat était forcément décevant. Il ne me blessait pas car j'étais habitué. Mon oncle ne jouait aucune partition. Il était là, « entier ».

— Il y a Mila, aussi. Tu ne l'oublieras pas ?

— Impossible ! Je me sens très proche de cette chatte.

— Je ne savais pas.

— Je lui ai apporté nos restes durant des années. Elle a un solide coup de fourchette.

— C'est une chatte.

— Oui, enfin. Je veux dire qu'elle a bon appétit.

J'imaginais Mila, fourchette à la patte, serviette autour du cou, assise à la table de grand-mère. Et Gavino lui apportant les restes. « *Buon appetito !* »

— J'avais compris.

— Ah, tu es toujours obsédé par les mots ! Mais je te comprends, c'est ton métier, les mots.

— Les mots des autres…

— Giacomo…

Quand mon oncle commençait une phrase par mon prénom, c'est que le sujet était grave. Son visage se crispait, se fermait, à la manière de portes d'ascenseur.

— Giacomo, je ne t'en veux pas au sujet du mensonge de grand-mère.

— Tu ne m'en veux pas, c'est vrai ?

— Disons que je t'en ai voulu, sur le coup. C'est normal ! Mais je ne t'en veux plus. Dans une famille, on doit pardonner. Embrasse-moi ! Sans rancune, Giacomino. Quand je pense que ta mère m'envoyait acheter du lait pour ton biberon… Tu as bien grandi, mon neveu.

Le bateau commença à se dégager du quai. Gavino descendit de mon esprit pour retourner dans notre village. L'homme à mes côtés en avait terminé de sa dispute téléphonique. Il regardait les passagers qui se bousculaient pour s'installer sur le pont. Un père de famille, aussi grand que trois canettes de bière mises l'une sur l'autre, gonflait un matelas pour y disposer sa progéniture, deux adorables petites filles en mouvement perpétuel. Quand on rechignait à prendre une cabine, il ne restait que le pont ou les coursives. Malheureusement pour lui, son gonfleur montrait des signes de fatigue inquiétants. Dès qu'il poussait sur la pompe, le tuyau se décrochait à toute vitesse. De colère, il le jeta au sol et essaya de souffler de tous ses poumons dans le petit orifice en plastique. La folle entreprise ! Le rouge envahissait son visage pendant que ses enfants couraient un peu partout sur le pont. La scène était cocasse car le père de famille interrompait régulièrement son effort pour les réprimander. Mon voisin se mit à rire, grassement. Il riait parce que le voyage du pauvre voyageur commençait mal. Pouvait-on gonfler matelas si imposant avec une cage thoracique si petite ? « Tu as vu ça ? Les gens sont bêtes ! » me dit-il. Je ne répondis rien et tournai la tête dans l'autre direction. Il me tutoyait sans me connaître, signe d'une indélicatesse effrayante. Heureusement pour moi, son téléphone joua une sonnerie ridicule. Peut-être du Phil Collins réorchestré. La dispute reprit de plus belle. Il y avait la mer, très calme. Un peu sombre parce que les bateaux la salissaient. Il y avait les oiseaux qui planaient près de la cheminée, attendant que les passagers laissent s'envoler quelques miettes de leur petit déjeuner. Le haut-parleur nous rappelait chaque minute qu'il était temps de le prendre. Les bars ouvraient sur le bateau fatigué par son voyage nocturne. Il ne s'arrêtait jamais. On avait préparé les cabines, changé les draps et les serviettes, nettoyé les sols. Les hommes s'activaient. Les passagers du jour devaient se sentir les seuls passagers, oubliant les milliers de vies qui avaient cheminé dans ces coursives. Tout recommençait toujours. Il y avait la terre, encore énorme face à nous, qui se transformerait bientôt en souvenir.

*

Une vieille légende racontait que nos ancêtres avaient bâti des Domus de Janas là où la Méditerranée avait fait son lit. Sous cette masse d'eau, on passait au-dessus des sépultures, comme un avion survolant un cimetière. À chaque traversée, je pensais à cette histoire. Les petits hommes enfouis très loin et qui nous regardaient par le bas. En contre-plongée. Ils devaient être désespérés de voir ces imbéciles jeter tout ce qui leur passait entre les mains.

Une main se posa sur mon épaule.

— Vous ne restez pas dans la cabine ?

— J'y retournerai dans un moment, je veux profiter du départ.

— Le pont est parfois hostile.

— Je suis habitué aux hostilités.

— Je sais, Capitaine.

Ma valise était chargée pour ce retour. D'une nouvelle traduction et de produits locaux qui feraient le voyage avec moi jusqu'à Marseille. Il y avait aussi le Capitaine. Quand je m'étais rendu chez lui, sur le conseil de Fabrizio, je l'avais trouvé très affaibli. « Je suis dans le couloir de la mort, Giacomo, et il n'est plus si long », m'avait-il dit d'une voix privée d'énergie. On ne meurt pas si jeune, chez nous. Le Capitaine ne devait pas s'endormir seul, dans cette maison vide. Nous avions discuté un long moment, lui couché, moi assis dans son fauteuil près de la fenêtre d'où son reflet ne partait jamais. Le pêcheur l'avait finalement abandonné, comme tous les autres. Passé le temps des grands discours, il avait trouvé ce vieux militaire encombrant. Alors, il n'était plus venu le voir. L'amour est toujours impossible.

— Giacomo, merci de m'avoir pris avec toi.

— Je ne vous ai pas pris, Capitaine, vous êtes venu, c'est différent.

— Il ne me reste guère de voyages à faire, mais celui-là me réchauffe les entrailles. Je n'avais plus quitté l'île depuis des années. Et il faut que ce soit un jeune homme qui me tire de là !

— Plus si jeune.

— Un homme plein de bienveillance. Pardonne-moi de t'avoir laissé pour ce pêcheur. Je croyais que mes histoires l'intéressaient.

— Il ne faut pas trop en dire. Garder des réserves.

— Comme en amour…

— Comme en amour ! Le secret, lentement dévoilé, c'est la clé de l'amour.

Maman ne savait pas que le Capitaine voyageait avec moi. Je ne lui avais rien dit. J'aurais tant aimé qu'elle fasse un jour cette traversée à mes côtés. Mais elle ne partait jamais, elle non plus. Sauf en cas de malheur. Le vieil homme n'avait prévenu personne. Il m'avait expliqué avoir cherché, en vain. Qui prévenir dans le vide ? Au moment de partir, il avait saisi une petite valise qui portait les marques des différents bataillons avec lesquels il avait combattu. Une valise minuscule. Selon lui, il se contentait de peu. Peu de vêtements, peu de nourriture… Avec Jessica, lorsque nous partions en voyage, j'avais l'impression d'emporter la quasi-totalité des biens que nous possédions. Il fallait tout prendre pour ne manquer de rien. Mais sur l'île, Jessica, on ne manquait de rien. Sauf de toi, au moment où le bateau prenait son rythme de croisière.

— Tu rêves souvent. Je suis sûr que c'est un défaut de traducteur. Dans la pensée, toujours, dans les mots. Loin de la réalité.

— Vous avez tout compris. Il y a une minute, je m'adressais à mon ex-femme, Jessica. Comme si elle était là, à mes côtés.

— Tu n'as qu'un vieux militaire, ici ! Mais tu parles souvent de Jessica. Tu l'aimes encore ?

— Sans doute.

— Tu dois la reconquérir.

— Je ne suis pas un conquérant. La bataille est perdue depuis longtemps.

— Depuis quand ?

— Depuis un soir où je l'ai accompagnée à l'hôpital.

— Tu m'as dit qu'elle était toujours en vie…

— Oui, bien sûr. Jessica devait accoucher.

— « Devait » ? Que s'est-il passé ?

254

— Le petit est mort.

— Mon Dieu.

— Les médecins ont fait ce qu'ils ont pu. Notre couple n'a pas surmonté cette épreuve. Jessica se sentait coupable, moi aussi. Il valait mieux poursuivre notre route séparément.

Je ne parlais jamais de « ça ». Je dis « ça » parce que les mots sont difficiles à prononcer et à entendre. Mes parents vinrent à Marseille pour nous soutenir, mais il était trop tard. Nous étions enfouis, comme les Domus sous la Méditerranée. Personne ne pouvait nous en faire sortir. Leur seul voyage vers moi. Ils devaient venir pour une naissance, ils vinrent pour un enterrement.

— Pourquoi ne m'as-tu rien dit avant ?

— Parlons d'autre chose, s'il vous plaît. Je n'aurais pas dû vous en parler. Je me livre trop… Vous savez qu'il y a des Domus au fond de la mer.

— J'en ai entendu parler. Mais tu crois à ces histoires ?

— Oui ! Pas vous ?

— Non. Je suis plutôt pragmatique, la magie et les sorcières, je n'y ai jamais cru. Même quand j'étais enfant.

— Il ne reste que ça, les livres et la magie. Je tiens le coup grâce à eux.

Quand maman arriva à Marseille, elle ne parlait plus. C'était la première fois que je la voyais muette. Papa prit la relève et essaya de faire ce qu'il pouvait. Ils étaient dans une situation impossible. Parfois, les enfants font vivre des choses

terrifiantes à leurs parents. Même s'ils ne le souhaitent pas. Quant au Capitaine, il paraissait anéanti
et osait à peine me regarder. Le militaire abattu
par l'idée d'un nourrisson envolé. Un petit garçon,
Fernando, en hommage à Pessoa. Les gens qui lisent
ont souvent la tentation de donner un nom « littéraire » à leur enfant. Une référence que l'enfant n'a
jamais réclamée. Jessica et moi avions hésité entre
Fernando, donc, et Solal, le héros d'Albert Cohen.
Solal ou Fernando. Des prénoms pleins de poésie.
Ou Sandro parce qu'il y avait un romancier qui
s'appelait ainsi. Et un autre prénom, encore. Celui
que nous avions choisi, finalement. Personne ne
savait, sauf nous. Le privilège des futurs parents.
Le Capitaine baissait les yeux, ils semblaient impossibles à relever. Il en fallait peu à ces hommes dont
dépendait le sort de notre pays.

— Tu viens prendre un café ?

— Avec plaisir. J'ai gâché votre voyage avec mes
histoires…

*

Mon petit avait décidé de ne pas venir au monde,
j'en étais persuadé. Aucune maladie ne lui avait fait
du mal, il avait décidé de ne pas venir. Les enfants
sentent les choses et mon petit garçon savait bien
que quelque chose n'allait pas. Il nous avait laissés
seuls, mais je ne lui en voulais pas. Autour de nous,
chacun osait une explication, une interprétation
du malheur alors qu'il n'y avait rien d'autre à dire

que ce que je disais à tout le monde. Le petit avait changé d'avis au dernier moment. On me prit pour un fou, on mit ça sur le compte de la douleur infinie. Ils avaient tort. Mon opinion était réfléchie.

Jessica décida de partir se ressourcer chez ses parents, à Rome. Elle ne souhaitait pas que je l'accompagne. Je restai à Marseille, dans l'appartement où la chambre du fils existait encore. Ma femme ne voulait plus la voir. Comme j'avais patiemment monté le lit, je le défis, beaucoup plus rapidement. Ce geste que j'aurais dû accomplir aux trois ans de mon enfant, je le fis précocement. Je ne m'appliquais nullement sur les charnières, sur les écrous, je démontais le plus rapidement possible. En trente minutes, le lit avait disparu de la pièce. En une heure, il gisait dans un container de la déchetterie. Quant à la peinture, je la recouvris de deux couches de blanc. La chambre n'existait plus que dans mon cerveau. Les futurs acheteurs – parce qu'il était évident que nous partirions de cet appartement – ne sauraient jamais qu'elle avait été prévue pour accueillir notre enfant. Qui voudrait d'un appartement tombeau ? Jessica n'avait eu la force ni de participer à cette modification ni d'y assister, d'ailleurs. À Rome, elle pleurait chez ses parents. Je ne voulus pas la rejoindre. L'histoire était finie. Se retrouver à deux après avoir été trois nous aurait semblé insupportable.

Maman me harcelait quotidiennement pour que je vienne en Sardaigne. « Je vais m'occuper de toi, mon amour, me répétait-elle. Tu n'auras à te soucier de rien. » Je ne voulais pas que l'on s'occupe de moi. Je désirais être seul. Pourquoi pas en Sardaigne… C'est alors que je pensai au phare de Carloforte. Le frère de Fabrizio en était le responsable depuis des années. Il y avait même habité. Voilà ce qu'il me fallait, un phare au bout de l'île. Seulement, il fallait être invité. Fabrizio convainquit son frère aîné de me laisser y séjourner. Dans sa famille, on disait toujours oui à Fabrizio. C'était une sorte de privilège dû à sa maladie. Son frère ne savait comment faire pour s'excuser de n'être pas malade. Au jeu des chromosomes, il avait gagné. Fabrizio avait perdu. Je devais simplement me montrer discret et ne pas saccager les lieux, un phare du XIXe siècle. Je partis donc en Sardaigne, conformément au souhait de maman. Cependant, je ne lui indiquai pas précisément ma destination.

— Tu vas me faire mourir, Giacomo. Où es-tu ? Dis-le-moi et nous arrivons.

— Je suis en Sardaigne, c'est bien ce que tu voulais.

— Oui, mais je pensais que tu viendrais à la maison.

— J'ai besoin de solitude, maman. Comprends-moi. Je n'aurais pas supporté la famille.

— Mais tu ne les aurais pas vus !

— Maman, ils seraient venus me chercher au port.

— J'ai peur que tu ne fasses une bêtise.

— Il n'y aura pas de bêtise, je te le promets.

— Tu es plutôt au nord ?

— Je t'embrasse.

Le phare n'avait jamais été peint, les pierres lui donnaient une couleur ocre, noircie par le vent et les vagues. Pas de peintures, pas de fresques, j'étais au sud de l'île, très loin de mon village dessiné. Maman ne me trouva pas, malgré ses investigations auprès de Fabrizio. Elle savait qu'il savait, mais mon ami pouvait se montrer aussi peu enclin à la discussion qu'un tigre face à un lapin. Chaque matin, elle se rendait à l'*edicola* pour acheter le journal et chaque matin, elle apportait des gâteaux à Fabrizio. Maman pensait que le monde entier pouvait être corrompu par des gâteaux. Pas Fabrizio. Il acceptait le présent parce qu'il était gourmand, mais gardait le silence car il était mon ami.

— Fabrizio, tu pourrais me dire où est mon fils... Il me manque tant.

— Je ne sais rien. Et, si je savais, rassurez-vous, je ne vous dirais rien. Vos gâteaux sont délicieux ! Giacomo m'en a souvent parlé.

Je passai un mois dans le phare. À lire, à travailler, à regarder les bateaux, à pleurer. Il n'y avait rien d'autre à faire. Je traduisais *Mes amis*, un roman d'Emmanuel Bove. Une œuvre aussi drôle que triste. L'histoire d'un homme sans amis, seul dans Paris. Je trouvais le personnage de Victor Baton attachant. Je me reconnaissais dans sa solitude. C'était le bon texte à traduire dans ces circonstances. Baton m'aidait à tenir le coup.

Un matin, Fabrizio m'appela pour me dire que Gavino était à ma recherche. Fabrizio riait aux éclats et n'arrivait pas à formuler clairement sa pensée. Mon oncle prospectait au nord-est de l'île et pensait me trouver aisément. Une de ses connaissances avait cru me voir acheter des artichauts sur un marché d'Olbia, une autre, déguster une tranche de pastèque sur une plage de Santa Teresa di Gallura... J'étais au sud-ouest. Une vraie enquête de police se mit en branle. La famille entière prospectait. Gavino parcourait l'île en vain. Un dernier ami m'aperçut un jour en train de faire du vélo près d'Arzachena. Moi qui ne roulais pas droit. Cet épisode m'apporta un peu de légèreté. Je l'acceptai volontiers et ne manquais pas de tromper maman quand je lui parlais au téléphone.

— Tu fais un peu de sport là où tu es ?

— Bien sûr, maman. Le sport me change les idées. La nature aussi.

— Tu combines les deux ?

— Comment ça ?

— Tu pratiques un sport qui te permet de te promener en pleine nature ?

— Parfaitement.

— Le vélo !

— Oui. Les routes près d'Arz... sont magnifiques. Tu as failli me faire avouer ! Mais je suis vigilant.

Maman écourtait alors la conversation, prétextant qu'elle avait un plat sur le feu. Il était quinze heures. Elle raccrochait et devait sans doute contacter son enquêteur pour lui confirmer la nouvelle. Son fils faisait du vélo à Arzachena, sur des routes sinueuses et pentues.

J'étais face à la Méditerranée, assis sur une chaise en fer, entouré de roches et de maquis, dans un phare gigantesque accroché dans le ciel. Le vent, l'ennemi du cycliste, était mon seul compagnon.

*

Au bar du bateau, le chanteur que j'avais rencontré à l'aller installait minutieusement ses appareils. Les gens qui le voyaient faire ne savaient sans doute pas qu'il était l'artiste. On a rarement vu une vedette internationale brancher sa guitare, sa sono et tout le reste. Il suait avant même que d'avoir commencé et n'arrêtait pas de s'éponger avec un mouchoir. Toujours le même. Autant dire qu'au bout de quelques minutes le tissu ajoutait de la sueur à la sueur. Nous nous installâmes face à la petite scène et le chanteur me lança un salut amical. Il ne semblait pas vraiment se souvenir de moi, mais ma tête devait lui rappeler quelque chose. Depuis notre discussion, il avait vu défiler des centaines de passagers, alors que moi je n'avais pas rencontré d'autre chanteur.

— Vous allez voir, Capitaine, il se débrouille bien.

— J'espère que d'autres spectateurs viendront au spectacle. Il y a bien longtemps que je n'ai pas assisté à un concert. Depuis, depuis… En fait, je n'ai jamais assisté à un concert.

— Alors, ce sera une première.

— Et que chante-t-il ?

— Phil Collins.

— C'est tout ?

— Rien d'autre. Vous aimez Phil Collins ?

— Je ne connais pas.

— Vous avez de la chance. Enfin, vous aviez de la chance.

Le tour de chant débuta pendant que les passagers prenaient leur petit déjeuner. Certains remplaçaient le café et les brioches par des sandwiches de mortadelle ou de speck. Un souvenir de l'île dans leur estomac. Les bruits de papier d'aluminium froissé et de discussions sur la température de leur boisson couvrirent les premières mesures. Ce n'était pas Phil Collins. Je reconnus « The Logical Song », de Supertramp. Le chanteur avait changé de répertoire. Il enchaîna les titres du groupe, sans pause, sans reprendre sa respiration. L'ouverture des paquets de chips et la graisse qu'elles véhiculaient dans l'air ne l'empêchèrent pas de mener à bien son spectacle. Les passagers, loin de la terre ferme, hors du temps, hors d'une localisation précise, perdaient tous leurs repères. Ils mangeaient ce qui passait devant leurs yeux. Il fallait remplir le vide causé par le départ.

— Je vais me reposer un peu dans la cabine, Giacomo. La musique est trop forte.

— Je vous rejoindrai plus tard.

Peut-être que Phil Collins aurait eu plus de succès avec le Capitaine. Je ne le saurai jamais. Il se sortit difficilement de la banquette où nous étions installés. Sa démarche déséquilibrée ne m'inspirait pas confiance. Notre cabine se trouvait à l'étage inférieur, au bout d'un couloir étroit et triste. Le requin dans le couloir. Pouvait-il s'y rendre seul ? Je n'osai pas le lui demander car je craignais de rabaisser le vieux militaire. Je fis mine de me lever. D'un geste de la main, il m'incita à m'asseoir. « Profite du spectacle, me dit-il, tu es plus malheureux que moi. » À ce moment précis, je n'étais pas vraiment malheureux. Je l'avais beaucoup été. À en vomir. Puis il avait fallu se relever. Du bas vers le haut. Parce que le contraire m'aurait conduit droit à la mort. À présent, une mélancolie douce l'emportait sur le malheur.

Quelques passagers se mirent à gigoter devant la scène, créant la surprise de l'artiste. On lui faisait rarement cet honneur, j'imagine. De mon côté, je n'arrivais pas à savoir si les gens étaient sincères ou simplement moqueurs. L'accent italien posé sur la langue anglaise donne un résultat étrange. Une sorte d'hyperbole linguistique. Le chanteur ne s'arrêta pas et demanda même aux spectateurs de frapper des mains. Ils ne le firent pas tous. Comment applaudir avec un café brûlant ou un sandwich dégoulinant ? Moi qui avais les mains libres, je l'accompagnai sans hésiter. Il était l'interprète des chanteurs comme j'étais celui des romanciers. Un peu de reconnaissance ne lui nuirait pas. Je me levai pour donner plus de rythme. Mes jambes suivirent mes mains. On me regardait mais cela ne me dérangeait pas. J'aime bien Supertramp, même avec l'accent italien. Il y avait quelques années de cela, j'avais traduit une nouvelle de Maupassant, « La parure », dans laquelle Mathilde, une jeune femme modeste, se trouve invitée à un bal prestigieux. Lors de ce bal, elle se déchaîne et tient le premier rôle, malgré sa pauvreté et ses bijoux en toc. Les personnages les plus illustres n'ont d'yeux que pour elle. J'étais Mathilde, un peu, dansant sur la musique maladroite de l'artiste. On me regardait. J'ai toujours aimé danser. Avec Jessica, nous prenions des cours de tango, c'était extraordinaire. Sur le bateau, ma danse était plus instinctive, moins codifiée, un peu plus ridicule sans doute, mais peu importait. À la fin du récital, les passagers présents avaient fini de petit-déjeuner, ils purent donc applaudir sans difficulté. Certains me distribuèrent quelques compliments.

— Merci de m'avoir accompagné.

— Je vous en prie, c'était un plaisir.

— Nous avons déjà parlé, non ?

— Vous avez bonne mémoire. Je suis traducteur.

— Oui ! Celui qui dit « presque » la même chose. Je me souviens.

— Phil Collins, c'est fini ?

— Je voulais passer à autre chose. Je ne me surprenais plus avec lui. C'est comme une nouvelle coupe de cheveux, ça change tout. Notre perception et celle des autres. Vous devez ressentir la même chose quand vous traduisez un nouveau roman, un nouvel auteur.

— Et le public accroche davantage avec Supertramp ?

— Complètement ! Mais, dites-moi, votre père est parti en plein milieu du spectacle. Il n'a pas aimé ?

— Ce n'est pas mon père, juste un ami.

— Pardon.

— Il se sentait fatigué. Il est âgé. Je vais d'ailleurs le rejoindre dans la cabine pour voir si tout va bien.

— Je rechante d'ici deux heures.

— Je viendrai.

— Ce sera la même chose, enfin, presque. Une dernière chose, l'année prochaine, je m'attaque à Depeche Mode ! Ensuite, ce sera le tour de Duran Duran… Je vais devoir me laisser pousser les cheveux !

Et il commença à fredonner les premières paroles de « Just Can't Get Enough » en les saupoudrant de soleil.

*

Carlo avait crié de joie quand je lui avais annoncé que la traduction était achevée. Il avait posé le téléphone et interrompu notre conversation pendant au moins une minute. Je l'avais déjà vu faire ça. Il courait en tous sens dans son bureau, comme le chien de l'épicière lorsqu'il comprenait qu'on allait lui donner les restes du repas. Carlo à la course, sous le regard de Carlo sur son sofa, la peinture accrochée au mur. Des Carlo partout. Il m'avait dit qu'il m'aimait. C'était son habitude lors de la remise d'un travail. « Je t'aime, Giacomo. Tu le sais. Nous sommes frères. » L'exagération faisait partie du personnage. « Ah, si je t'avais sous la main, je te prendrais dans les bras et je te couvrirais de baisers. » Il oubliait son aversion létale pour toute forme

265

d'homosexualité. Le bonheur emportait tout et j'aurais pu lui proposer de venir me rejoindre en Suède pour célébrer notre mariage. *Moby Dick* effaçait les mauvaises ondes et les pensées un peu honteuses. Face à cet assaut de bons sentiments, j'avais gardé un ton plutôt posé. En fait, je savais que ceci n'était que passager, comme une mauvaise grippe, et que bientôt viendrait le temps du travail et de la menace renouvelée. « La maison va exploser ! On parlera de nous partout dans le monde, mon frère ! Tu te rends compte ? » La question qui me venait à l'esprit était : *Moby Dick* intéressait-il encore les lecteurs ? Le livre était épais, âpre, il ne convenait peut-être plus aux attentes modernes. L'histoire d'amour d'un homme avec une baleine, le pitch me semblait étonnant, dérangeant. J'espérais que Carlo ne se trompait pas. Il avait tant rêvé de ce texte.

— Et après, on va trouver autre chose, Giacomo. J'ai des pistes.

— Quelles pistes ?

— Je voudrais me spécialiser dans les inédits de textes célèbres.

— Célèbres et inédits, je ne te suis plus, Carlo.

— J'ai rencontré un type qui se dit capable de me fournir des manuscrits inédits d'auteurs mondialement reconnus. Il aurait sous le coude une version inédite des *Misérables*.

— Qu'est-ce que tu me racontes là ? Il n'y a qu'une version des *Misérables*.

— C'est ce que tout le monde croit mais on peut s'arranger.

266

— S'arranger ?

— On peut s'arranger avec la vérité. Les gens sont friands d'inédits, de découvertes… Mets-toi un peu à leur place, on leur vend toujours la même chose.

— Carlo, le type dont tu me parles, c'est un faussaire ?

— Les grands mots, tout de suite ! Disons qu'il veut faire plaisir aux lecteurs. Tu sais qu'il est un véritable orfèvre. Il travaille sur du papier d'époque, utilise des encres spéciales. Un artiste, mon ami !

— C'est un faussaire ! Tu finiras en prison ! Tromper les gens, ne compte pas sur moi.

— Giacomo, mon frère, ne dis pas cela. Tu seras riche et célèbre.

— Han Van Meegeren !

— Comment ?

— C'est le faussaire qui a lancé la carrière de Vermeer, une vie passionnante, incroyable ! Il y a un très bon livre sur son parcours, je te donnerai les références. Il a mal fini…

— La personne dont je te parle n'a rien de fascinant, c'est un homme simple, incroyablement doué mais simple. Tu aimes beaucoup Victor Hugo, non ?

— Hugo n'est pas le problème. C'est le principe qui me gêne.

— Si tu préfères, il m'a proposé du Voltaire.

— Carlo, tu es devenu fou, j'en suis convaincu. Mais, dis-moi, le manuscrit de *Moby Dick*, c'est un vrai ?

— Je t'entends très mal, Giacomo.

La conversation s'arrêta là. J'essayai de rappeler Carlo une bonne dizaine de fois, mais je tombai chaque fois sur sa messagerie. Je n'aurais pas ma réponse avant de le revoir. J'avais peut-être travaillé sur un faux. L'idée me faisait mal, mais je ne pouvais plus rien y faire. Le texte était parti dans un mail, juste avant notre conversation téléphonique. On nous soupçonnait souvent de malhonnêteté, nous autres, venus du Sud. Cette fois-ci, à juste titre. Carlo voulait la gloire, peu lui importait la moralité et la vérité. La chaise de la certitude sur laquelle j'étais assis depuis des mois avait été retirée brutalement par Carlo. J'étais resté quelques secondes en lévitation, à la manière des personnages de cartoons, avant de chuter lourdement. Si j'avais pu me téléporter, je l'aurais fait sans hésiter. Dans le bureau de Carlo ! Je lui aurais serré le cou assez fort pour qu'il me dise la vérité. Mais la téléportation n'existe que dans les livres et dans un ou deux laboratoires scientifiques. On déplace la lumière de deux à trois mètres et c'est exceptionnel. Cependant, de la Sardaigne à Rome, il y avait un peu plus de distance.

Je repensai au faussaire de Vermeer qui avait réussi à tromper les nazis durant la Seconde Guerre mondiale. Tromper des monstres n'était pas condamnable. Au contraire. Tromper des lecteurs crédules me paraissait moins acceptable. Emprisonné, Han Van Meegeren avait réalisé, en présence de témoins, un « nouveau Vermeer », *Le Christ au Temple*. La preuve qu'il pouvait faire revivre le mort et augmenter son œuvre.

J'avais réalisé une fresque sur le mur de mes parents, sans la signer. Lors de mon prochain séjour sur l'île, il me faudrait le faire, je ne voulais pas que l'on me vole mon œuvre. Gavino serait assez malhonnête pour signer de son nom. J'utiliserais un pseudonyme. Banksy, par exemple.

1789. Les chiffres s'affichaient nettement sur la carte magnétique que m'avait donnée le réceptionniste. 1789. Révolution française. 1789, je n'arrivais pas à ouvrir la cabine. La porte devait dater du XVIIIᵉ tant elle semblait terne et fatiguée d'avoir reçu ce que je lui assénais à présent, des coups d'épaule. Je n'allais pas jusqu'aux coups de pied, je les gardais pour les cas d'extrême urgence. À l'intérieur, le Capitaine devait dormir et n'entendait pas mes tentatives d'intrusion. Le calme et la tempête séparés par une porte. Je me jetai à plusieurs reprises contre elle, prenant garde de ne pas me blesser. La porte était fine, comme toutes celles des cabines, elle ne me résisterait pas longtemps ! Je m'appuyai sur celle qui lui faisait face, la 1791, à un mètre de distance, et enchaînai les assauts. Je manquais de vitesse. Cela expliquait mes échecs. En prenant appui de manière encore plus pesante sur la 1791, je me rendis compte qu'elle bougeait énormément et avait l'air près de céder. En fait, elle n'était pas fermée à clé. Je jetai un œil, discrètement, pour vérifier si elle était occupée. Il n'y avait personne. Une forte odeur de rance envahissait les lieux. Je me plaçai au fond de la cabine, entre les deux lits, cela m'offrait un couloir de course bien plus important. La 1789 ne résisterait pas. Je me lançai une fois, puis deux, mais elle tenait bon.

Les injures commençaient à m'accompagner dans ce mouvement. Les injures puis les suppliques parce que les premières ne produisaient aucun effet positif. « Ouvre-toi, je t'en prie », comme si la porte pouvait m'entendre et accorder une attention toute particulière à ma demande. Alors que je prenais mon élan pour porter un coup que j'espérais décisif, un homme donna de la voix : « Attendez, vous allez vous faire mal. » À la manière d'un coureur rappelé par le starter, je me relâchai. Une tête apparut. Une tête imposante et penchée, comme détachée de son corps. L'homme redoutait de se faire renverser, voilà pourquoi il ne montrait que son extrémité haute. L'instinct de survie… Quand il comprit que je n'allais pas me lancer, le reste du corps suivit. C'était un membre de l'équipage. Il doutait de ma capacité à ouvrir la porte, ce que je pus comprendre quand il ajouta : « Ça fait cinq minutes que je vous observe, vous n'y arriverez pas. » J'eus très envie de lui demander pourquoi il m'avait laissé me ridiculiser ainsi, mais je ne le fis pas. Un reste de fierté, sans doute.

— Les portes s'ouvrent avec des cartes magnétiques, pas à coups d'épaule.

— Je le sais, mais la mienne ne fonctionne pas.

— Donnez-la-moi, s'il vous plaît.

Je m'exécutai et le marin approcha de la cabine 1789. D'un geste calme et doux, presque féminin (si

270

tant est qu'il existe des gestes féminins et d'autres masculins), il inséra la carte et une lumière verte, signe de bon fonctionnement, apparut. Sésame ! La porte s'ouvrit.

— Les portes, c'est comme les femmes, il faut y aller doucement.

À l'énoncé de cette sentence proverbiale, les visages de Manuella, de Jessica et d'Alessandra refirent surface en pleine mer. *Les Trois Grâces*, de Raphaël, sur un bateau. Ces femmes qui comptaient pour moi n'étaient pas des portes. Aucune d'entre elles ne méritait l'analogie. Ni aucune autre femme, d'ailleurs. Personnellement, j'aurais opté pour une comparaison avec les ceintures de sécurité. En effet, quand la ceinture est coincée, le fait de forcer n'est d'aucun secours. Il faut essayer de la débloquer avec précaution, sinon elle se braque. Les portes, c'est comme les ceintures de sécurité, il faut y aller doucement.

On dit souvent que les marins sont des gens un brin vulgaires, suintant le machisme. D'ordinaire, je ne participe pas de ce mouvement de caractérisation négative. Je trouve injuste de cataloguer les êtres humains sans les connaître. Cependant, à la suite de cette réflexion, je décidai de ranger mon interlocuteur dans la catégorie « Marins Grossiers ». Il s'y sentirait parfaitement à l'aise.

Le marin, pas totalement rassasié de vulgarité, poussa complètement la porte de ma cabine. Le Capitaine dormait à poings fermés.

— Vous avez failli réveiller votre père.

— Ce n'est pas mon père. C'est un ami.

— Ah, je comprends. Vous savez qu'il y a des cabines avec lit à deux places ?

— Un lit chacun, cela convient parfaitement.

— Elles sont à peine plus chères mais… Allez, je vous laisse, bon voyage.

Il me regarda et me fit un clin d'œil plein de sous-entendus. Il partit en sifflotant.

Le Capitaine dormait sur le dos. Il ronflait si fort que l'on entendait mal les informations données au haut-parleur. Sur son torse, il y avait un livre ouvert, c'était l'exemplaire de *Moby Dick* que je lui avais prêté pour le voyage. Je le pris et le feuilletai. L'incipit est impressionnant, il happe le lecteur. Première page, première phrase : « Appelez-moi Ismaël. » Le Capitaine l'avait soulignée au crayon à papier. Lors de notre première rencontre, près de l'abribus brûlant, des années avant Jessica, des années avant le malheur, il s'était ainsi présenté à nous : « Appelez-moi Capitaine. » Connaissait-il le roman de Melville ? Il ne m'en avait jamais rien dit. Était-ce la force de la littérature, capable de s'engouffrer dans le réel ? De le modifier, de faire de lui un récit permanent ?

Je posai le livre sur la table de chevet qui séparait la paroi en deux. La traversée serait longue, le Capitaine pourrait poursuivre sa lecture. En attendant, je décidai de ne pas rester dans la cabine. Je voulais lire, mais les ronflements m'en empêcheraient.

Comme le chanteur avait repris son spectacle, je ne pus m'installer au bar. Il fallait trouver un autre

272

endroit. Seulement, trouver un endroit sans bruit est une gageure. Sur un bateau ou ailleurs. Partout on parlait fort, les enfants criaient et couraient… Pourquoi n'avait-on pas imaginé une salle dans laquelle les passagers pourraient rester au calme ? Sans doute parce que personne ne souhaitait le calme et le silence. Je trouvai une chaise près de la piscine. Si le concepteur du navire n'avait pas pensé à une salle silencieuse, il avait imaginé une piscine minuscule et étrangement profonde. Une sorte de baignoire améliorée. Il était dix heures du matin, personne n'avait encore osé y plonger. Je pouvais donc commencer *Mal de pierre*s, de Milena Agus. En France, on parlait beaucoup de cette auteure sarde. En Italie, beaucoup moins. Elle vivait à Cagliari et évoluait dans le monde des lettres à la manière d'un fantôme dans un château hanté. On la voyait parfois, on l'entendait, mais elle restait insaisissable. Lire en pleine mer un roman qui évoque l'île que l'on vient de quitter relève du sadisme. Son texte exhalait la Sardaigne, à chaque mot, même dans les blancs qui les séparaient. Dans la ponctuation, aussi. Les points, les virgules, tout était sarde. Agus avait l'art de faire aimer notre île. Ou de la détester si l'on y avait vécu une expérience malheureuse. En France, on confectionnait un gâteau nommé saint-honoré. Je l'aimais absolument, d'une passion sans limites, lorsque je m'installai à Marseille. Tous les jours, j'en achetais une part dans la pâtisserie près de mon appartement. La diététique ne m'inspirait pas. Seul mon plaisir importait. Ce régime dura jusqu'à ce que l'un de ces charmants gâteaux me rende malade. Malade à être incapable de sortir de chez moi. Tout ça à cause d'une pâtisserie… Dès lors, je rejetai tout ce qui avait un rapport avec ce gâteau : la crème, les choux et le caramel. C'était injuste car, forcément, il n'y avait qu'un seul coupable.

Lire Milena Agus quand on avait subi un préjudice en Sardaigne devait avoir à peu près le même effet. Le dégoût total – et injuste – de l'île.

Ma théorie sur Milena Agus accaparait mon esprit quand je reçus un ballon en plein visage. Un de ces ballons marqués du drapeau sarde que l'on vend sur les plages. Le genre de ballon que j'aurais acheté à mon fils pour qu'il le rapporte en France. La fierté sur l'imitation cuir. Mes lunettes de soleil volèrent et le livre de Milena Agus, mû par un réflexe de protection à retardement, finit dans la piscine. Un adolescent se présenta devant moi et s'excusa : « Désolé, monsieur. Je vais aller chercher votre livre. » Il ôta son tee-shirt et se jeta dans l'eau sans grâce afin de récupérer Milena qui flottait comme un bouchon. Il sortit de la piscine et s'ébroua. Je reçus des gouttes glacées, portées par le vent.

— Tenez, faudra juste le faire sécher. À mon avis, dans un quart d'heure, vous pourrez lire.

— Merci du conseil.

— Sinon, mon père vous le remboursera. Il est là-bas, regardez, c'est le grand avec la chemise bleue.

— Ne t'inquiète pas.

— Tenez, je vous redonne vos lunettes… Aïe, elles sont un peu abîmées… Mais ce n'est pas vous qui étiez à la plage l'autre jour ? Le blessé !

— Le blessé ?

— Oui, vous n'avez pas voulu jouer au football avec nous parce que vous nous avez dit que vous vous étiez blessé aux ligaments. La marque au genou !

— Oui, tu as raison, c'est bien moi.

— Je suis content de vous revoir. Ça va mieux ?

— De mieux en mieux, merci.

— Si vous voulez, on joue ensemble après.

— C'est encore trop tôt. Je préfère lire. Mais je vais te demander quelque chose. Tu veux me faire plaisir ?

— Après ce que je vous ai fait, je ne peux pas dire non.

— Quand tu seras chez toi, promets-moi d'acheter le livre que tu viens d'envoyer dans la piscine.

— Si vous voulez. Et pour les lunettes ?

— On s'en fiche des lunettes.

— C'est quoi le titre ?

— *Mal de pierres*, de Milena Agus.

L'adolescent saisit son portable dans son sac à dos et écrivit les références du roman.

— Agus, il y a un H ?

— Non. A, G, U, S. Tu le liras ?

— Promis.

— Ce livre vaut bien une paire de lunettes de soleil.

— Il parle de quoi ?

— De la Sardaigne.

*

Les premières fois où le Capitaine nous accompagna à la plage, il offrit des glaces à chacun d'entre nous. J'étais un peu gêné car maman m'avait toujours dit de ne rien accepter des inconnus. Et le Capitaine était un inconnu. Un inconnu célèbre dans le village, mais un inconnu quand même. Pour ne pas désobéir immédiatement, j'adoptai la technique du refus léger. Regard dirigé vers le sol.

— Giacomo, veux-tu une glace ?

— Non, merci, Capitaine.

— Vraiment ?

— Si vous insistez, il fait très chaud. Oui ! J'en veux bien une.

Mes yeux s'écarquillaient. Ma tête se relevait. La carte des glaces apparaissait comme un mirage. Quatre-vingts centimètres de cornets, de glaces à l'eau et de gâteaux gelés. Je choisissais alors une glace rouge en forme de main, certifiée chimique. Mes amis variaient leurs choix. Moi, jamais. J'avais besoin d'être rassuré et la répétition rassure les enfants. La glace à l'aspect de main passait par les mains du Capitaine avant d'arriver dans les miennes. Toutes les autres, de toutes les couleurs, suivaient le même chemin. Le vendeur qui se trouvait dans une structure en forme de citron nous voyait arriver avec plaisir car il savait que son chiffre d'affaires allait gonfler. Nous étions une dizaine d'enfants à sautiller devant un citron en plastique. L'idée de la plage fut renforcée par celle de la glace. Nous attendions fébrilement le moment où le militaire nous montrerait le vendeur du doigt. Le signal ! L'assaut vers le citron. Quand nous étions tous servis, nous lancions un merci gigantesque et unanime en direction du Capitaine. Un plébiscite sarde qui ravissait le militaire. Il faisait mine de s'incliner pour manifester sa reconnaissance.

Malheureusement, l'habitude finit toujours par se casser les dents sur le mur du temps. On peut, d'un bond, gravir trois marches d'escalier, on peut porter trois sacs de provisions sans effort, puis arrive le moment où ces gestes deviennent impossibles.

Un jour, le Capitaine nous dit solennellement qu'il achèterait une glace à la moitié du groupe, soit cinq enfants. Les autres auraient la leur la fois suivante. Cette nouvelle organisation chamboula la troupe car nous voulions tous être dans le groupe qui avait droit à une glace. Personne ne voulait attendre notre prochaine venue à la plage. Le Capitaine, voyant à quel point son idée nous ennuyait, proposa d'organiser un tirage au sort. À pile ou face. Bien sûr, je perdis et fus relégué dans le second groupe. Je perds toujours. Fabrizio, également. Mes quatre compagnons d'infortune et moi regardâmes les cinq vainqueurs déguster leur glace avec une déception bien visible. Le Capitaine, je l'ai déjà dit, ne connaissait pas le fonctionnement d'un enfant. Il maîtrisait les armes, la survie, le combat, mais les enfants, non.

La semaine suivante, ce fut notre tour et je pris un malin plaisir à manger la glace en forme de main devant mes anciens amis. Ils ne l'étaient plus depuis qu'ils avaient gagné le tirage au sort. Nous ne nous parlions plus et le militaire ne s'en rendait même pas compte. Il ne percevait pas la tristesse chez les enfants qui ne mangeaient pas de glace. Il répétait aux malheureux : « Si vous voulez de la couleur, regardez mes chemises, elles vous en apporteront. » Se consoler de ne pas manger une glace en observant une chemise colorée, quelle torture et quelle idée farfelue. La mode n'était pas aux chemises chamarrées.

Cependant, par petites touches, les couleurs du Capitaine se firent de plus en plus éparses. Enfants, nous ne comprenions pas vraiment pourquoi le bleu devenait gris et le rouge virait au noir. Les symboles sont un mystère pour la plupart des êtres humains. Une autre fois, à peine installé dans le bus, le militaire se leva et prit la parole devant l'ensemble du groupe : « Aujourd'hui, il n'y aura de glace pour aucun d'entre vous. C'est ainsi. » Il se rassit, nous laissant voir son cou et l'arrière de sa tête. Comme nous n'avions pas l'habitude de discuter ses ordres – par respect et par peur –, nous fîmes comme si cette nouvelle n'avait aucune incidence. Une simple illusion d'optique. Malheureusement, c'était mon tour et celui de mes camarades de déguster une glace. L'autre groupe nous regarda, moqueur. Les enfants mimaient le fait de lécher une glace avec une vulgarité édifiante. De futurs marins, sans doute. Nous profitâmes malgré tout de la mer, oubliant peu à peu la déception glacée et la carte qui nous faisait de l'œil devant le citron en plastique. Le sport remplaça le sucre. Au beau milieu d'une partie de ballon dans l'eau, je fus pris d'une crampe et décidai de rejoindre la plage, claudiquant. Le Capitaine, de dos, ne me vit pas arriver. Il échangeait avec le chauffeur de bus.

— L'État a diminué de moitié ma pension de guerre.

— Comment ça ?

— On n'a plus besoin des vieux militaires. Nous étions beaux et utiles avant. Officiellement, il faut faire des économies… Je ne peux même plus acheter une glace aux enfants.

— Ils s'en remettront.

— Moi, plus difficilement. Je n'ai pas osé leur dire la vérité. Ils me respectent tant.

— Mais ils peuvent comprendre. Ils vous respecteront toujours.

— La suite va être compliquée.

— Comment allez-vous faire ?

— J'ai déjà pensé à vendre mes médailles et mes uniformes. Il y a des collectionneurs dans tout le pays, prêts à mettre une fortune dans mes breloques et dans mes vieux habits. Même s'ils sont abîmés !

— Vous n'y pensez pas !

— Si, je n'ai pas d'autre possibilité. Je ne possède rien sinon des souvenirs qui n'intéressent personne. Je pense que…

Le chauffeur fit signe au Capitaine que quelqu'un se trouvait derrière lui. Il stoppa net sa phrase et se retourna.

— Que se passe-t-il, Giacomo ?

— J'ai une crampe.

— Allonge-toi ici, je vais m'occuper de toi.

Le militaire étendit ma jambe avec tact. La crampe passait doucement entre ses mains. Ses yeux étaient humides et le vent marin n'y était pour rien. Le pays unifié n'avait plus rien à faire de ses soldats encombrants.

— Ça va mieux ?

— Merci, Capitaine. Vous savez, j'ai un peu d'argent chez moi. J'ai aidé ma grand-mère à ranger son grenier et elle m'a récompensé. Je peux vous le donner, si vous voulez. On ne dira rien aux autres.

J'avais très peur de la réaction du militaire. Ma jambe détendue, mes doigts se crispèrent, comme chez le dentiste quand il procédait à un détartrage avec un instrument pointu. Mes ongles entrèrent dans mes paumes.

— Ta proposition me touche vraiment, Giacomo. Cependant, je vais me débrouiller, ne t'en fais pas pour moi.

— Si vous changez d'avis, n'hésitez pas à venir à la maison. Maman sera contente de vous voir. Papa aussi !

— Allez, retourne t'amuser avec tes amis.

Mes doigts avaient desserré leur emprise sur ma peau, ils se dépliaient, à présent. Je courus me jeter à l'eau, projetant au passage du sable sur les serviettes que je croisais. Grand-mère m'avait donné quelques pièces pour le travail fourni. Je les avais cachées dans un livre, de peur qu'on ne me les reprenne. Quel livre ? *Moby Dick*, sans doute.

*

Je n'avais plus de roman à lire. Je me rendis dans l'une des boutiques. Il y avait des romans légers, très légers, du genre à s'envoler dès la dernière page tournée. Des histoires de femmes de ménage épousant des hommes puissants et riches. Des couvertures avec des chevaux, des visages dessinés en gros plan, perdus au milieu de nuages roses. Des couleurs agréables et douces. Décidément, nous vivions entourés de couleurs. Sur les murs et sur les livres. La vendeuse ne prêtait pas attention à moi, occupée qu'elle était à ranger des tee-shirts floqués du drapeau des quatre Maures. Sur notre île, le drapeau sarde était endémique, comme les arganiers dans la région d'Agadir. En France, je ne voyais que très rarement la bannière tricolore, on la sortait dans de très rares occasions. Chez nous, le drapeau s'affichait sur les vêtements et aux fenêtres des maisons. Quatre Maures qui regardaient à droite depuis une décision officielle. Auparavant, ils regardaient vers la gauche et portaient un bandeau sur les yeux. Le signe de leur soumission au peuple qu'ils avaient tenté en vain de soumettre. On dit même que les têtes avaient été tranchées. Jusqu'aux années 2000, des enfants avaient porté des tee-shirts marqués de têtes coupées.

— Vous cherchez quelque chose ?

— Euh, oui… Vous avez d'autres livres que ceux-ci ?

— Ils ne vous plaisent pas ?

— Je les ai tous lus.

— Attendez, regardez tout en bas, derrière les magazines.

Je me penchai et déplaçai une pile de revues. Effectivement, de l'autre côté, deux livres brochés enchaînaient les traversées en toute discrétion. Je les saisis et me relevai.

— Ah, je vous l'avais bien dit. J'étais persuadée qu'il m'en restait d'autres. Je les ai mis là parce qu'ils n'intéressent pas les clients. De nos jours, tout le monde écrit, même les auteurs sans talent...

La vendeuse semblait regretter cette situation. Les deux livres exhumés étaient les mêmes. Une édition horrible des poésies de Rimbaud. Une couverture verte cartonnée. Un vert repoussant, loin de l'émeraude de nos côtes. Qui n'avait connaissance de l'œuvre ne pouvait désirer s'y plonger.

— Je vais le prendre.

— Vous ne prenez pas l'autre ?

— C'est le même.

— Vous êtes sûr ?

— Oui, regardez.

Je montrai les tranches en les plaçant l'une à côté de l'autre, faisant de Rimbaud une sorte de long sandwich vert. Les yeux de la vendeuse commencèrent par lire l'exemplaire de gauche, puis se déplacèrent vers la droite.

— Rimbaud, *Poésies* et Rimbaud, *Poésies*. Vous avez raison, ce sont les mêmes. Vous aimez la poésie.

— Celle-ci, oui.

— Vous l'avez déjà lu ?

— Oui.

— Alors, pourquoi le racheter ? Prenez plutôt un livre que vous ne connaissez pas.

— Je l'achète parce que je sais ce que je vais y trouver. Regardez, lisez ce texte.

Je tendis le recueil. La jeune femme commença à lire à voix haute :

— « L'hiver, nous irons dans un petit wagon rose / Avec des coussins bleus. / Nous serons bien. Un nid de baisers fous repose / Dans chaque coin moelleux. » « Un nid de baisers fous repose dans chaque coin moelleux »... C'est sensuel.

Elle fit mine de s'éventer de la main gauche et leva les yeux au ciel.

— Très.

Elle poursuivit en articulant parfaitement. Le bateau bleu et blanc avait fait place à un train rose. Les clients de la boutique l'écoutaient avec attention. Plus personne ne bougeait. C'était la magie de la poésie. Une incision dans le temps humain.

— « Et tu me diras : "Cherche !" en inclinant la t... »

Une voix masculine l'interrompit en pleine envolée. Un homme tout blanc. Celui-là qui m'avait empêché de forcer la porte de la cabine.

— Dis donc, Nina, tu fais la lecture aux clients, maintenant. Un peu de sérieux, s'il te plaît !

— OK, chef. Ça fait sept euros, monsieur.

Je réglai, laissant la place à une dame qui me dit, tout doucement, quand je la frôlai :

— Qu'est-ce que c'était beau. Je vais prendre l'exemplaire restant.

— Dites donc, vous ne vous en faites pas ! Elle est mignonne, Nina.

— Je lui achetais juste un livre.

— Comme vous essayiez d'ouvrir votre cabine à coups d'épaule. Coquin, va !

J'avais trente-six ans et c'était la première fois que l'on m'appelait « coquin » en public. Coquin, parce que j'avais fait lire un poème à une jeune fille. Je ne souhaitais pas la séduire, seulement lui faire découvrir un texte incroyable, écrit par un gamin deux fois plus jeune que moi.

— Le poème était magnifique.

— Monsieur aime la poésie, c'est un atout dans la séduction.

— Votre collègue est charmante mais je voulais simplement acheter un livre.

— C'est ce qu'on dit... Mais, méfiez-vous, elle a l'air facile, comme ça, cependant, elle a de la repartie, Nina.

La poésie de Rimbaud était essentielle. Pleine de révolte et de délices. Accessible à tous, sauf à quelques imbéciles en blanc.

Ta poitrine sur ma poitrine,
Mêlant nos voix,
Lents, nous gagnerions la ravine,
Puis les grands bois !...

*

Avec Jessica, nous ne nous parlions presque pas. Tout est dans le presque. Nos contacts étaient aussi réduits qu'une glace déposée en plein soleil. Nous nous appelions parfois pour des problèmes administratifs qui traînaient dans nos existences. Une facture ancienne, une résiliation, des traces qui ramenaient des tonnes de souvenirs. Professionnellement, Carlo s'arrangeait pour ne pas nous convoquer dans ses bureaux au même moment. Il savait ce qui nous avait amenés à cette situation. Cependant, il arrivait que nous nous croisions. C'était toujours particulier de revoir la femme qui devait être mon épouse pour la vie, c'est ce que nous avions dit au prêtre, et la mère de notre enfant. Elle avait été mère pendant un peu plus de huit mois. C'est long et c'est peu. Huit mois pour traduire un ouvrage paraissaient une épreuve interminable. Huit mois de maternité, une goutte d'eau dans la Méditerranée. À chacune de nos rencontres, je me rendais compte que Jessica pâlissait de plus en plus. Elle dont la peau n'était jamais blanche semblait originaire d'un pays nordique. « J'ai toujours froid, m'avait-elle dit un jour chez Carlo, plus jamais je ne ressens la chaleur. »

Sur le bateau, le visage de Jessica m'apparut alors que je m'assoupissais sur un transat. Un rêve hâlé car elle était bronzée. Mes lèvres sèches me réveillèrent. J'étais mal à l'aise, les yeux troublés. Je bus l'eau tiédie par le soleil que j'avais achetée avant de m'installer. Jessica ne quittait pas mes pensées. Il n'existait aucun antidote. Son visage était le visage de toutes les femmes qui déambulaient sur le pont. La jeune femme plongeant dans la piscine trop petite. La mère de famille séchant énergiquement sa petite. La vieille dame stylée buvant un Campari. Le visage de Jessica était même sur l'affiche qui vantait les bienfaits du parfum « Acqua di Sardegna ». Mon téléphone se mit à vibrer dans ma poche, ce devait être elle. Alessandra s'afficha. Un autre nom en A. La *dottoressa*. Je ne répondis pas. Je ne voulais que Jessica. Il fallait l'appeler, voilà tout.

— Jessica, c'est moi.

— Je le sais. Le nom s'affiche sur les écrans des portables depuis un certain nombre d'années.

— Je suis maladroit.

— Que veux-tu ?

— Je te voyais partout.

— Tu es ivre ?

— Non, pas du tout. Ou ivre d'eau, alors. Je suis entouré d'eau.

— Giacomo, ça n'a pas l'air d'aller…

— Je te voyais partout, Jessica. Toutes les femmes avaient ton visage sur le bateau.

— Tu es sur un bateau ?

— Oui, je reviens de Sardaigne.

— Je croyais que tu travaillais sur la traduction de *Moby Dick*, en France.

— J'ai dû venir pour grand-mère.

— Il lui est arrivé quelque chose ?

— Elle était sur le point de mourir. Je suis venu en urgence.

— Et ?

— Et elle regarde *Beautiful*…

— Comment ça ?

— Elle n'est pas morte. Je suis resté plus longtemps que prévu, tu comprends, elle devait mourir. C'est une longue histoire.

— Tu as toujours une bonne excuse pour retourner sur ton île.

Durant des années, j'avais employé tous les prétextes possibles pour venir avec Jessica. Au départ, seuls nos étés étaient concernés, puis ce fut le tour des vacances d'automne pour profiter de l'arrière-saison, puis des vacances de Noël parce que la Sardaigne est douce en hiver, et enfin des vacances de printemps car il n'y a pas de plus bel endroit au monde au moment de la floraison. Jessica avait fait une overdose. Malade dans la voiture qui nous emmenait au port et malade dans le bateau qui n'en finissait jamais de tanguer. Il ne manquait plus que je lui offrisse l'œuvre romanesque de Milena Agus.

— Il y a autre chose.

— De la paperasse ? Des factures ?

— Non, autre chose de plus important.

— Dis-moi.

— J'ai beaucoup pensé au petit ces derniers temps.

— Tu plaisantes ? Moi, j'y pense tous les jours, pas seulement ces derniers temps ! Et c'est pour cela que tu m'appelles ?

— Je souffre autant que toi. Tu n'es pas la seule dans cette maudite aventure. Je veux dire que ces derniers jours, j'ai pensé au petit encore plus que d'habitude. Tu vois, je n'accepte pas ! Je n'accepterai jamais ! Grand-mère vivra cent ans alors que mon fils, lui, n'aura jamais respiré notre air. Jessica, je n'y arrive pas. Je ne te l'ai jamais dit, mais je n'y arrive pas. Je travaille, je rencontre mes amis, je voyage, mais je n'y arrive pas. Il est partout.

— Giacomo, tu peux arrêter de dire « il », prononce son prénom, pour une fois, pour la première fois, peut-être, je veux l'entendre.

— Ismaël…

— Notre petit Ismaël.

— Ne pleure pas, je ne voulais pas te faire pleurer.

— C'est réussi.

Voilà pourquoi nous évitions de parler depuis plusieurs mois. Les mots étaient impossibles, comme l'amour pour le Capitaine. Autour de moi, les femmes avaient récupéré leur visage. Sur le solarium, les gens se doraient paisiblement au soleil, le vent marin les leurrait quant à la puissance de l'astre. Ils s'en rendraient compte le soir venu, quand les brûlures les empêcheraient de trouver le sommeil.

— Comment va ta maman ?

— Elle va bien. Elle est toujours triste quand je pars, mais elle sait que je reviendrai.

— Tu reviens toujours…

— Tu as des nouvelles de Carlo ?

— Oui, je l'ai souvent au téléphone.

— Ah oui, pour le travail ?

— Pas seulement. Nous parlons beaucoup.

— Méfie-toi, c'est un beau parleur.

— Comme tous les gens de ton île.

— Sans doute.

Carlo savait écouter les autres et les embobiner avec ses histoires incroyables. Il avait dû lui parler de ce faussaire qui ferait sa renommée. Jessica n'avait pas besoin d'un gourou, mais elle était assez faible pour se laisser manipuler.

— Je parlerai à Carlo.

— Pourquoi, tu es jaloux ? Nous ne sommes plus mariés.

— Je ne suis pas jaloux. Je voulais dire que je dois lui parler pour le travail. Rien de plus.

La première fois que Carlo avait vu Jessica, il m'avait dit qu'elle avait un derrière parfait, comme dessiné par un peintre. C'était vulgaire. Digne du marin. Avec une touche artistique en sus. La marque de l'éditeur.

Sur mon transat, j'étais pris en sandwich entre le bleu du ciel et celui de la mer. Le réseau téléphonique ne fonctionnait plus. Ismaël était peut-être là-haut, à me regarder. Ou en bas, dans l'autre bleu, caché au fond d'un Domo de Jana. Il me voyait et m'entendait, lui, c'était certain !

Dieu, en ce qui le concernait, n'avait rien entendu. Sur mon île, on lui parlait souvent, pourtant. L'angélus rythmait nos journées et nos nuits. Il ne fallait jamais oublier que Dieu se promenait dans les alentours. Le prêtre, durant les cours de catéchisme, n'arrêtait pas de nous répéter que notre Père avait en amour notre terre et qu'il l'aimait davantage que toutes les autres de ses créations. Bien sûr, il n'argumentait pas plus. Il le savait car Dieu, sans doute, le lui avait dit. Dieu aimait la Sardaigne. Dieu était sarde, oui ! Il prononçait cette phrase avec une intensité effrayante. J'avais l'impression que derrière ses yeux se trouvaient deux lampes halogènes tant ils brillaient. Le jardin d'Éden avait été, selon ses dires, localisé à côté d'un petit village du centre de l'île. Près d'une forêt gigantesque, propice à l'épanouissement des arbres fruitiers, traversée par de nombreuses rivières. On y trouvait même des serpents. Tout coïncidait. Nous étions trop jeunes pour remettre en cause la parole de l'homme d'Église. Convaincus, nous lui demandions chaque semaine de nous conduire dans cet endroit sacré parce que nous nous sentions importants, choisis par Celui qui choisit tout. Le prêtre ne refusait pas mais repoussait sans cesse notre pèlerinage et nous l'acceptions. Un prêtre ne décide pas seul. Dieu devait l'appuyer. En fait, *Dio* voulait, c'est ce que nous pensions, nous réserver un accueil particulier. Nous étions de la même origine que lui, après tout. Quand j'en parlai avec maman, elle me demanda d'être patient et ajouta que nous serions bientôt récompensés.

— Mais, maman, c'est vrai que Dieu est sarde ?
— Qui t'a dit ça ?
— Le prêtre.
— Le prêtre a toujours raison.

Le prêtre a toujours raison, surtout quand il frappe les doigts des enfants avec sa règle.

Enfin, en ce qui nous concernait, Dieu, sarde ou pas, n'avait rien entendu. Il n'avait pas entendu que nous étions malheureux et que nous jouer ce mauvais tour était la pire des infamies que nous puissions subir, Jessica et moi. Étymologiquement, Ismaël signifie « Dieu entendra » parce que, dans la Bible, il est le fruit d'un amour interdit. Abraham avait épousé Sarah mais celle-ci ne pouvait lui donner une descendance. Alors, le couple décida qu'Agar, la servante, prêterait son ventre pour accueillir le petit Ismaël. Après la naissance, les femmes se déchirèrent et l'histoire biblique se complexifia autant qu'une saison entière de *Beautiful*. Quand Jessica me proposa ce prénom, je pensai immédiatement aux problèmes familiaux venus tout droit de la Bible. Elle s'en fichait. Comme du fait que ce nom apparaissait dans le roman de Herman Melville, d'ailleurs. Jessica aimait sa sonorité exotique et la difficulté qu'auraient les autres à en saisir l'origine. Mon oncle se nommait Gavino et tout le monde le savait sarde. Ismaël était un prénom plus énigmatique. Je ne cherchai pas à la contredire ni à faire montre de mauvais esprit. Je ne dis rien et Dieu n'entendit rien.

Le Capitaine dormait profondément et le bateau n'était pas près d'accoster.

Je n'avais décidément rien à faire sur ce bateau. Un attroupement se fit sur la partie gauche du pont. Tribord ou bâbord, je n'avais jamais su. Les enfants arrivaient à toute vitesse et sautaient dans les bras de leurs parents. Un passager avait aperçu un dauphin. Ou plutôt un aileron de dauphin car, en m'approchant et en scrutant la mer, je ne vis absolument rien. Sauf des vaguelettes qui pouvaient rappeler le mammifère. Le marin vulgaire arriva, toujours souriant. Lunettes de soleil vissées sur le visage, il montrait son pouce aux enfants en signe de complicité. En fait, il était en représentation permanente. Peut-être m'étais-je trompé sur sa fonction. Animateur au lieu de marin. Je ne souhaitais pas le lui demander. Il se colla contre mon épaule.

— Les dauphins, ça marche toujours avec les gosses. Vous en avez, vous ?

— J'en ai eu.

En grammaire, l'interrogation totale appelle une réponse par oui ou par non. La mienne, aussi étrange que maladroite, suscita l'étonnement chez le marin. Il répéta sa question, espérant obtenir un éclaircissement de ma part.

— Vous en avez, alors ?

— J'en ai eu.

— Et vous lui montriez les dauphins, je parie.

— Non, jamais. Il n'a jamais vu de dauphin. Enfin, je ne suis plus si sûr.

— Même dans les livres ?

— Dans les livres, c'est certain. Je voudrais vous poser une question.

— Allez-y, je suis là pour ça.

— Quel est votre rôle sur ce bateau ?

— Je m'occupe du bien-être des passagers. Je vérifie que leur traversée se passe sans souci.

— C'est un beau métier.

— Merci.

— Et si, par hasard, l'un d'entre eux tombait à l'eau, que feriez-vous ?

— Bah, si je suis témoin, je me jetterais à l'eau pour le secourir.

292

— Ça vous est déjà arrivé ?

— Jamais. Il y a parfois des incidents mais rien de grave. Jamais de plongeur !

Il ôta ses lunettes de soleil pour exécuter un clin d'œil digne d'un acteur américain en pleine promotion. Il les remit aussitôt après. Il avait sans doute les yeux fragiles, comme il passait le plus clair de son temps sur un bateau en plein soleil. Le marin me rappelait un chauffeur de taxi que j'avais rencontré lors d'un séjour à Naples et qui gardait, sur le siège passager, un bouclier de Captain America. Encore un capitaine. C'était un jouet en plastique qui, m'avait-il dit, découragerait les malfrats en cas d'agression. J'avais été étonné par son argument parce qu'un jouet n'a jamais fait peur à un voyou, mais, selon lui, le symbole du superhéros effrayait les imbéciles. Et les autres. « Tout le monde a peur de Captain America, il est large comme un camion à poubelles. Je ne m'en sépare jamais. Et, qui sait, les gens finiront peut-être par croire que c'est moi, Captain America… *Di Napoli !* »

Quand Jessica sortit de la maternité, elle n'avait plus de ventre. Plus d'enfant non plus. Elle ne quittait pas ses lunettes de soleil malgré le jour sombre et la pluie battante. Je portais sa petite valise en évitant de marcher dans les flaques. La voiture était garée assez loin de l'hôpital parce que l'architecte avait oublié de construire un parking à proximité. Si Ismaël avait été avec nous, il aurait été trempé. Une première sortie ratée… Mais il n'était pas avec nous.

Dans ma main, je tenais les poésies de Rimbaud.
Le Bateau ivre.

Plus léger qu'un bouchon j'ai dansé sur les flots
Qu'on appelle rouleurs éternels de victimes,
Dix nuits, sans regretter l'œil niais des falots !

Le marin vit une jeune femme s'approcher. Il se
tourna vers elle avec un plaisir non dissimulé.

— Que puis-je pour vous, madame ?

— Savez-vous à quelle heure nous arriverons ?

— À dix-sept heures, à peu près. Rien n'est
jamais certain, en mer. Cela fait vingt ans que je
navigue, vous pouvez croire mon…

À bord, tous les passagers posaient la même
question aux membres de l'équipage. C'était une
tradition. L'heure d'arrivée était pourtant indi-
quée sur les billets que chacun possédait mais rien
n'y faisait, il fallait demander l'heure d'arrivée.
Les êtres humains ont besoin du temps, même s'il
finit par les tuer. J'enjambai la protection à moitié
rouillée. La peinture écaillée partait au moindre
contact. J'en aurais sur mon pantalon. Un pantalon
blanc mal choisi eu égard aux circonstances… On
voit à travers au contact de l'eau. La jeune fille
cria et le marin, d'un bond, se tourna. L'acier nous
séparait.

— Qu'est-ce qui vous prend ? Arrêtez !

— « Plus léger qu'un bouchon j'ai dansé sur les
flots / Qu'on appelle rouleurs éternels de victimes, /
Dix nuits, sans regretter l'œil niais des falots ! »

La température de l'eau en pleine mer est sensiblement moins élevée qu'en bord de plage. C'est sans doute pour cela qu'on s'y baigne rarement. Le bruit qui accompagna mon entrée dans la Méditerranée fut imposant. Pour mes oreilles, en tout cas. L'eau les pénétra et j'eus l'impression que la mer me remplissait comme une bouteille vide. Une bouteille d'eau sarde, bien sûr. En sortant la tête, j'entendais les hurlements qui venaient du pont. Mes yeux ne distinguaient plus rien. Un bruit retentit alors, le signal de détresse lancé par le bateau. Et un autre, provoqué par un homme suivant le même chemin que moi.

— Imbécile, imbécile, imbécile.

On nageait en m'invectivant. En rythme. Je me mis dans ma position fétiche, sur le dos. Je ne dansais pas sur les flots mais me laissais porter, comme un bouchon. Les mouvements de l'eau soulevaient et abaissaient mon corps. Étant désormais accoutumé à la température, je me sentais parfaitement à l'aise en pleine mer. Je ne comptais faire aucun mouvement, seulement me laisser aller. Mon fils était peut-être là, juste en dessous, à me regarder. Peut-être même qu'il était fier de son père, qui avait joué un vilain tour au marin vulgaire. Du fond de son Domo abyssal, il devait esquisser un sourire de contentement. Son père n'était pas n'importe qui. Tout un bateau le regardait, criait, l'encourageait à flotter, à ne pas sombrer, à ne pas couler.

Pourtant, si je coulais, je verrais peut-être Ismaël. Le mien, mon enfant. Ou celui de Melville. Qui

sait ? Et le cachalot, viendrait-il me voir ? Et Achab ?
J'avais passé des semaines entières en leur compagnie, ils me devaient bien ça ! L'eau glissait sur mon
visage sans que j'en ressente la moindre appréhension. À la piscine, je redoutais le moment où il fallait
mettre la tête sous l'eau. La peur d'étouffer, la peur
de mourir. À présent, je n'avais plus d'appréhension.

— Argh ! Je ne vous lâche plus !

Un bras se plaça entre ma tête et mes épaules sans
me demander l'autorisation.

— Vous avez tenu parole.

— Comment ?

— Vous m'aviez dit que vous plongeriez si
quelqu'un tombait à l'eau.

— Vous, vous n'êtes pas tombé, vous avez sauté.
Ne parlez plus, on vient nous chercher avec le Zodiac.

— Mon petit, vous savez, je suis sûr qu'il m'a vu.

— Taisez-vous, s'il vous plaît.

— Il est tout au fond.

— Taisez-vous ou je vous laisse couler.

— Je ne coulerai pas, je flotte. Je suis tellement
content de flotter. Lâchez-moi.

Je me libérai de son emprise et repris ma posture dorsale. Le marin commençait à fatiguer et ne
montra pas trop de résistance. Il manquait de condition physique. Regarder les jolies femmes ne muscle
pas le cœur.

— Regardez comme je flotte. Un vrai bouchon.
Allez, à vous, mettez-vous sur le dos.

— Vous êtes cinglé.

— Allez, ne faites pas l'idiot, sur le dos ! Les secours vont nous rapatrier illico presto. Autant profiter du peu de calme qu'il nous reste.

Finalement, il se plia à mes recommandations et laissa apparaître sa bedaine qui dépassait de la ligne de flottaison. Tout compte fait, je n'étais pas si mal que cela pour mon âge.

— Vous avez quel âge ?

— Quarante ans.

— Moi, trente-six. Vous savez qu'il y a des requins en Méditerranée. Ils sont inoffensifs. Ils sont encore plus craintifs que les dauphins, c'est pour ça qu'on ne les voit jamais.

— Tant mieux.

— Joignons nos mains, nous resterons groupés.

J'attrapai sa main gauche et la tins assez fort pour qu'il ne puisse s'en défaire. D'en haut, nous devions ressembler à une sorte d'étoile de mer difforme. Un ballet aquatique pour les passagers qui nous regardaient de plus en plus loin. Jessica aimait beaucoup la natation synchronisée, elle passait des heures à suivre les compétitions internationales. Malheureusement, les hommes ne pouvaient y participer. Le marin et moi nous débrouillions assez bien pour des amateurs et j'étais à deux doigts de lui proposer de former un duo original. Les nageurs sur le dos.

— Vous avez déjà vu un Domo ?

— Non.

— C'est une construction préhistorique pleine de poésie. La maison des fées.

— Je m'en fiche.

— La prochaine fois, descendez du bateau en Sardaigne et allez en visiter un. Il faut s'ouvrir au monde et aux autres civilisations, fussent-elles très anciennes.

Je compris bientôt que le marin ne voulait plus parler avant l'arrivée du petit bateau. Il ne dit plus rien même quand je le relançai sur la jeune femme de la boutique ou sur celle qui, sur le pont, lui avait posé une question juste avant que je ne saute. Il était sans doute fatigué après l'effort qu'il avait fourni. Ou alors, il m'en voulait. Comme Gavino et quelques membres de la famille. Comme Carlo quand je ne répondais pas à ses appels. Comme Alessandra quand je l'emmenais sur une plage en proie aux flammes. Comme Jessica quand je disais « il » à la place d'Ismaël. De mon côté, tout allait pour le mieux. D'ailleurs, tant que je serais dans l'eau, tout irait pour le mieux. Parce que l'eau, c'était mieux que le vide.

Le bruit du bateau à moteur qui venait nous chercher se faisait de plus en plus pressant. On sentait l'agitation. Les hommes parlaient fort et agitaient les bras en tous sens. Le livre de Rimbaud flottait à mes côtés. « Les Réparties de Nina », « Rêvé pour l'hiver », « Le Bateau ivre »… Ils m'accompagnaient. Je n'avais rien à craindre.

*

Les bateaux ne coulent plus. Ainsi, les formations « Que faire en cas de naufrage ? » n'ont que très peu

298

de chances d'être mises en application. On nous avait rapatriés dans une salle assez grande et les marins nous regardaient comme des bêtes étranges. Mon sauveteur était le héros. Moi, le fou. Les grosses couvertures bleues en laine qu'on avait posées sur nos épaules étaient aussi désagréables qu'un vêtement allergisant. Le marin ne me regardait plus. Comme si j'étais renvoyé au rang d'idée. Transparent. Nous grelottions en plein été, signe que tout n'allait pas si bien. « Vous voulez une boisson chaude ? » me demanda un membre de l'équipage. Une boisson chaude en plein été. J'acceptai. Un responsable s'approcha.

— Vous avez une cabine ?

— Oui, la 1789. La Révolution !

— Vous voyagez seul ?

— Avec un ami.

— Nous allons le prévenir.

— Comme vous voulez.

— Vous vouliez en finir ?

— Pas du tout. Je ne veux pas mourir.

— Mais alors, pourquoi sauter par-dessus bord en pleine mer ?

— En plein été.

— Oui.

— Parce que votre compagnon (je désignai le marin) m'a dit qu'il plongerait si un passager tombait à l'eau. Il fallait vérifier cette assertion. J'ai par ailleurs quelques problèmes personnels, mais je ne voulais pas mourir, j'insiste.

— C'est insensé ! Et s'il avait menti et n'était pas venu vous chercher ?

— J'aurais fait la planche pendant plus longtemps. Quelqu'un aurait bien fini par me rejoindre.
J'ai des amis dans la région.

— Je ne vous suis plus du tout.

Le Capitaine finit par arriver, les cheveux en
pagaille et les yeux gonflés par une sieste trop longue.

— Bon Dieu, Giacomo, qu'est-ce qui t'a pris ?

— Je voulais vérifier les propos du marin qui est
assis à côté de moi.

— Te suicider en pleine Méditerranée, c'est d'un
triste. Fais ça comme un homme, mon petit. Au pis-
tolet, il n'y a que ça ! Tu aurais dû m'en parler.

— Mais je ne voulais pas en finir. Difficile de se
faire comprendre.

— J'ai ce qu'il faut dans ma valise...

Le vieux militaire parla plus bas.

— J'ai toujours une arme sur moi, on ne sait
jamais. Et si l'envie me prenait de disparaître, je
n'aurais pas à demander la permission à qui que ce
soit. Une balle, une seule et j'irais voir la terre depuis
le ciel.

Il nous fallut interrompre notre conversation car
le médecin du bateau souhaitait m'examiner. On
me conduisit dans une cabine qui servait de cabinet
médical.

Le docteur me demanda de m'allonger sur la
table d'auscultation. Il tira un bout de papier jetable
pour que je ne ressente pas le froid du cuir. Ensuite,
machinalement, il mesura mon pouls, ma tension.
Dans le cabinet, le silence régnait en maître. Il enve-
loppait l'espace. J'entendais mon cœur et celui du

médecin. « Two hearts », comme dans la chanson de Phil Collins. Leurs pulsations se mélangeaient. On pouvait percevoir ce mélange particulier dans une salle d'échographie. L'organe de la mère et celui de l'enfant réunis. Je sentais également le souffle du professionnel. Doux et tiède. Une odeur de chlorophylle. Par la suite, il testa mes réflexes en frappant sur mes genoux avec une sorte de petit marteau à l'embout de caoutchouc. Heureusement que ce n'était pas un vrai marteau, d'ailleurs. Les résultats seraient terribles pour les patients. Ensuite vint le tour des yeux et des oreilles. L'examen médical ne révéla rien d'anormal. Le docteur fit mine de maintenir une sorte de suspense un peu surjoué avant de me dire du bout des lèvres : « Tout va bien. » Je savais que tout allait bien puisque je ne ressentais aucune douleur. J'étais même plutôt apaisé depuis mon plongeon. Le contact de l'eau fraîche avait eu un effet positif sur mon métabolisme.

— Vous avez eu de la chance.

— Ah ?

— Oui, vous auriez pu vous tuer en plongeant.

— C'est pour cela que je suis entré dans l'eau les pieds en premier.

— Bien joué. C'est la première fois ?

— Que je saute ainsi ?

— Que vous tentez de mettre fin à vos jours.

— Je ne cherchais pas à mourir.

— Vous admettrez avec moi que votre geste ressemblait à une tentative de suicide.

— Si j'avais voulu mourir, je n'aurais pas emporté Rimbaud !

— Vous avez besoin de repos, monsieur. Je ne vous ferai pas héliporter car votre état physique est bon. Le côté psychologique me gêne davantage.

— Ne vous faites pas de souci pour moi, je ne recommencerai plus.

— Vous resterez sous surveillance jusqu'à notre arrivée. Ensuite, je vous conseille de prendre contact très rapidement pour un suivi psychologique. Où résidez-vous ?

— À Marseille. Rimbaud y a été hospitalisé à son retour d'Afrique. Mais n'y voyez aucune relation de cause à effet.

— Vous connaissez un psychothérapeute à Marseille ?

— Non.

— Je vous laisserai le nom d'un ami. Vous l'appellerez de ma part.

— Très bien.

Le médecin murmura quelques paroles à un marin et se tourna vers moi :

— Franco restera auprès de vous pour la fin du voyage. Et si vous avez besoin de quoi que ce soit, je suis à votre disposition.

— Une dernière chose, docteur.

— Oui ?

— Vous connaissez les Domus de Janas ?

— Oui, j'aime beaucoup ces vestiges nuragiques.

— Vous êtes le premier à connaître ! En général, personne ne sait ce que c'est.

a forward, he was a strong presence on the ice. He was physical, but could also score. He saw the plays that needed to be made.

But things weren't right.

Bobby had started to feel strange. He was thirteen, going through the changes that boys go through as they start to become men. But it was more than that. Sometimes he was tired. He was eating a lot; it seemed that nothing could fill him up, even on the days when he didn't have a game or a practice. He was always thirsty. He was also visiting the bathroom a lot more often. He didn't know why.

These changes didn't go unnoticed. Bobby's mother was concerned. She took him to see the doctor. But usually, when he was feeling unwell, it was nothing more than a cold or virus that was going through school. So when they left the doctor's office one afternoon, Bobby wasn't all that worried.

Winter Classic

Playing on an outdoor rink is something most NHL stars don't regularly do today. That's why the NHL is trying to return to the great hockey tradition of outdoor rinks. Each year the NHL boasts its Winter Classic, in which two teams meet to play a regular-season game on an outdoor rink. The tradition started with an Edmonton–Calgary game in 2003, which was a huge success. More than 50,000 people braved temperatures of -20°C. In the 2009–10 season, the Philadelphia Flyers played in their own Winter Classic at Boston's Fenway Park.

hockey's appeal for Bobby. As he got older, he still loved to hop onto the ice, charge into the action, and battle for the puck. He gave it his all each game. He wasn't afraid to try to make the plays that would put the puck in the back of the net. And he played a good game. He was a good playmaker. As